曼陀罗悬疑馆

给您最好看的原创悬疑小说

云顶学院事件簿①

璇儿 著

贵州出版集团
贵州人民出版社

图书在版编目（CIP）数据

云顶学院事件簿. 1／璇儿著. —贵阳：贵州人民出版社，2017.11

ISBN 978-7-221-11360-3

Ⅰ.①云… Ⅱ.①璇… Ⅲ.①长篇小说－中国－当代 Ⅳ.①I247.5

中国版本图书馆CIP数据核字（2017）第312502号

云顶学院事件簿①

璇儿／著

出 版 人　苏　桦
总 策 划　陈继光
责任编辑　黄蕙心
封面设计　李　琴
版式设计　陈红昌
出版发行　贵州人民出版社（贵阳市观山湖区会展东路SOHO办公区A座）
印　　刷　长沙鸿发印务实业有限公司（长沙市黄花工业园3号）
版　　次　2018年2月第1版
印　　次　2018年2月第1次
印　　张　18
字　　数　240千字
开　　本　710mm×1000mm　1/16
书　　号　ISBN 978-7-221-11360-3
定　　价　32.00元

云顶学院事件簿①

YUNDINGXUEYUANSHIJIANBU Ⅰ

目录

厄日枫红祭（枫红传说）

尸迷九重葛（九重葛的秘密）

厄日枫红祭（枫红传说）

人物简介

夏　棠：十全十美美丽可爱女主角，唯一让她不满足的，就是对自己身世的疑问。

夏　芾：夏棠的堂兄，遗传学家，对夏棠疼爱有加。

沈靖飞：大三学生，新闻社社长，却有另一重神秘身份。

杜亚冰：大一新生，计算机系学霸少女。

喻林霖：大一新生，音乐狂人，学的却是十个人里九个半人都没听过的奇怪专业。

查妙琪：大一新生，出身书香世家，爷爷是著名的国画大师。

宋诗言：生物工程系高才生，喻林霖的好友，在云顶学院离奇死亡。

方依依：生物工程系学生，擅长吹笛子。

安　安：生物化学系学生，跟夏棠同一个实验组。

李　询：生物化学系学生，安安的高中学长。

谢咏心：舞蹈社社长。

韩歌吟：舞蹈社副社长。

韩康年：韩歌吟的哥哥，舞蹈家。

楔　子

这一年，云顶学院的枫红祭，又要开场了。

枫叶最红的时候，这座修建在山脚的云顶学院也到了最美的季节，漫山遍野的枫叶凄艳如血。

“枫红祭”就是在这时候举办的盛大活动。

不知道是在哪一年，就在枫红祭的晚上，云顶学院有学生离奇地死亡了。也不知道是谁的主意，在枫林里建了一个“镜子长廊”——铺满鲜红枫叶的林中小路两侧，摆放了两排巨大的镜子。

——俗话说的“哈哈镜”。

这是个很有趣的主意，学生们在观赏枫叶的时候，顺便可以照照哈哈镜，看看自己在镜子里面滑稽的样子。

也许，冲淡一点枫红如血的气氛？

在枫红祭结束第二天的凌晨，整个云顶学院还沉浸在盛会的气氛之中，一个女学生就被发现死在“镜子长廊”里。她旁边正好是一面“鱼眼”状的哈哈镜，把她支离破碎的躯体给扭曲得更加稀奇古怪。她的身旁，散落着大大小小的镜子碎片，清晨的阳光，映得那镜片五颜六色。但奇怪的是，这些碎片却不是镜子长廊里面的任何一面——所有的哈哈镜，都是完整的，把她的尸体给一再地折射出来。

后来，经过学院的“地毯式搜索”，发现打碎的是西九楼（一座实验楼）里的一面镜子。

女学生的死，一直没有查出原因。

从那一年开始，每年枫红祭的前后，就会有一个学生离奇地死在枫林中。与此同时，都会有一面属于云顶学院的镜子不可思议地破碎。

鲜红的枫叶铺在他（或者她）的身上，几乎跟鲜血分不出来。原本，枫叶最红的时候，就跟人血无异。

当然，从那一天之后，再也没有了镜子长廊。但是，即便如此，关于这个学院的不可思议传说，也成了一个奇特的、融合了“血色枫叶”和“镜子”的传说。

大约没有人真正去想过，究竟是从哪一年开始：“枫红祭”的时候，不再有人死掉了。云顶学院似乎也很平静地接受了这一点，不再深究。

只有如血的枫叶，每到深秋的时节，绚烂到哀伤地盛放在半山上。

这里的枫叶不知道是不是品种不同，比一般的枫叶要大得多，简直像一面面染满血的旗帜，在深秋的寒风里招展。

不过，有一个传说，在学生们中，悄悄地流传。这样的传说，往往就像是风一样，传得特别快。

没有人知道，这样的传说，是从什么时候开始的，又会在什么时候结束。

传说，有一个神秘的魅影，一直悄悄地藏身在云顶学院的深处。他身披黑色的斗篷，戴着血红的面具，面具上嵌着有魔力的镜子。他的一双眼睛，仿佛是燃烧的地狱之火。

因为他天生的畸形，所以，他最恨的就是镜子。他见到镜子，就会把镜子打碎——他不愿意见到自己映在镜子里的脸。他是拥有魔法的人，可以让他讨厌的人血肉都被溶解。只不过，只有枫叶最红的时候，他才会出现。

每当枫叶变成血色的时候，他就会出现在云顶学院半山腰的枫林之中。

只属于云顶学院的枫红魅影。

不可思议的传说

“哎哟哟，这个听起来真是刺激呢，简直像是《歌剧魅影》里面的那个魅影！”查妙琪嚷嚷着，“听说啊，你们知道吗，枫红祭就是为了这个魅影而存在的！就是为了满足他血腥的愿望,才开始每年举行的！”

夏棠无精打采地说：“胡说八道，枫红祭都多少年了。我说，妙琪，你就不能说话之前先动脑子想一想吗？”

这一年新生入学的时候，夏棠来到了云顶学院。她就读的是医学院的法医系，同时兼修生命工程学院的神经生物学，这可是云顶学院的王牌专业之一。她刚满十七岁就读大一了，因为她成绩够好，还发过几篇很出色很有想法的学术论文，很让老教授们大跌眼镜，所以破例跳了级。

夏棠是个美人胚子，五官长得没一样是不标准的，一张脸像是精描细画的工笔画。只是她不太爱笑，有点冷冷的高不可攀的样子，但也更显得气质出众，一群男生都偷偷看她，却没谁有胆子上来跟她搭讪。

另外一个跟她同时入学的女孩，叫查妙琪的，也是一来就受到了男生们的热烈欢迎。如果说夏棠是工笔画里的仕女，那查妙琪就是油画里浓墨重彩的美少女。她个子很高，皮肤如雪，鼻梁又高又直，一头打着卷的棕褐色长发披在背上，说有多妩媚就有多妩媚。

查妙琪的专长是绘画。她的爷爷是个著名的画家，大概查妙琪也继承了她爷爷的才华。

云顶学院的女生房间，都是两人一间。喻林霖和查妙琪一间，她们对门，就是夏棠和杜亚冰。她们四个，算是这一年入学的新生里，最引人注目的几个了。

在这次的枫红祭上，专门给喻林霖留了一个拉小提琴的节目。喻林霖短发，英气，浓眉，却有双极漂亮的凤眼，眼尾微微上挑，顾盼神飞。她很有音乐天赋，不过，读的却是一个神奇的叫“固体地球物理学”的专业，说出来十个人有九个半人都没听过。入学的时候，查妙琪就为这个问了喻林霖半天，喻林霖解释得都快翻白眼了。

杜亚冰个子娇小，老是架着一副黑框眼镜，不过仍然掩不住秀丽的五官。云顶学院并不要求穿校服，尤其是在枫红祭的时候，女学生们都打扮得很漂亮，杜亚冰却仍然是简单的T恤短裤，头发在背后束成一把。

即便如此，可没有人敢小看她。谁都知道，杜亚冰小小年纪就获得了专为青少年设的一个国际计算机银奖。她的梦想是有一天能获得图灵奖——国际最高级别的计算机奖。她父母都是这方面的专家，现在正在国外做一个超大型的项目，连杜亚冰都好久没有见到他们了。

夏棠为人很冷，但却跟杜亚冰一见如故，两个人好得很。喻林霖和查妙琪也常常到她们房间来做客，查妙琪特别爱吃零食，大把大把地带过来堆在桌上，想起了就抓一把来吃。巧克力、牛肉干、开心果、奶油松子。除了零食，还有一束红玫瑰，不知道是哪个男生给查妙琪进贡的。

杜亚冰推了推她的眼镜，说：“也不一定啦，棠儿，谁知道魅影传说在前面，还是枫红祭在前面？枫红祭也好多好多年了。”

“查一下不就知道了。”夏棠说，“枫红祭每一年都是有详细记载的。”

她站起身，去把那一大捧红玫瑰插在花瓶里。给房间里增添点亮色总是好的，新鲜的花能带来明媚的青春活力。

喻林霖看着那束红玫瑰，忽然说了一句：“最后那一年，死在枫林里的宋诗言，身边除了破碎的镜子之外，还有一枝新鲜的玫瑰。”

她这句没头没尾的话，像股阴冷的风，刮过了小小的房间。查妙琪正在嚼松子，一下子就怔住了，不知道是吐出来好，还是吞下去好。夏棠正准备抓一把奶油松子，手也停在了半空。

三个人的眼睛都盯着喻林霖。

“后来，根据检测，那是日本前几年研发出来的一种转基因的玫瑰。本来是白色的，植入了三色紫罗兰的某种基因，然后这玫瑰就开出了蓝色的花朵。——比真正的蓝玫瑰，还要珍贵上百倍呢。”

喻林霖表情严肃地说着，一点没有开玩笑的意思。查妙琪一脸狐疑地说：“你怎么知道呀？我也看过新闻，我可不知道有这朵玫瑰的存在呢！”

夏棠剥了一颗奶油松子，在嘴里嚼。她眼皮也没抬，说：“真有这事。每个死在云顶学院的学生，都死得很骇人。身体、肌肉、甚至骨骼——就像是在强酸里面浸过一样，被强烈地腐蚀了。哦，准确地说，是很像氢氟酸中毒。林霖说的宋诗言，嗯，她的左手，完全被腐蚀得没有了。就像武侠小说里的化尸散一样。之前死的学生，都差不多，只不过，有的被全部腐蚀的是右手，有的是右脚，甚至有的是头部。”

这一次，杜亚冰都转过头瞪着夏棠了。原本她俩是并排坐在床沿的，这时候，她都像看怪物一样地看着夏棠了。

查妙琪“哇”了一声：“棠儿，你怎么连这个都知道！”她的表情一向夸张，丰富得不行。不过好在她五官立体，表情生动也一样的好看。

喻林霖却毫不惊奇说：“她可是学法医的，这么著名的案例，她怎么可能不感兴趣。”

“什么？”查妙琪眼睛瞪得更大了，“我们不是差不多大吗？棠儿只比我小一岁耶！”

喻林霖笑笑，说：“冰冰不也是天才少女吗？你的画不也一样出名吗？”她望着夏棠，说，“棠儿的伯伯，就是云顶学院的院长。”

杜亚冰叫了起来："棠儿，你居然连这个都瞒着我们！还当不当我们是朋友了？"

夏棠继续在剥她的松子。"这个有什么说的？显示我与众不同吗？"她也望了一眼喻林霖，"我听我伯伯提过，说喻家的伯伯有个非常优秀的女儿，很有音乐天分，却从来没有见过面。就是林霖你喽？"

喻林霖点了点头。"闻名不如见面，大家都说夏棠长得特别漂亮呢。"

查妙琪把嘴一扁，喻林霖笑着搂住她肩头，说："你也漂亮，你更漂亮，谁都比不过你漂亮，行了吧？"

夏棠问道："林霖，你为什么对那个女孩的事，那么关心？按理说，这些事情，都不应该对外公开，你是从你爸爸那里打听到的吧？"

喻林霖本来在笑，这时候，她的笑容也突然在脸上凝固了。

"我家跟宋诗言家，本来就是世交。诗言比我大几岁，前几年考进云顶学院的。她死的时候……我真不相信……但是，我看到了她的尸体……一直没有找到凶手，从来都没找到过……"

杜亚冰秀丽的小脸也严肃了起来。她看看夏棠，又看看喻林霖。

"云顶学院的枫红之谜，一直没有解开。林霖，既然是你的朋友，我们就一起去解开这个谜底，找出幕后的凶手，好不好？"

查妙琪扭过头看着她。"凶手？你认为真有凶手吗？难道你不认为是有鬼吗？这个云顶学院……一向都有很多奇奇怪怪的传说……"

她缩了缩肩膀，好像那些传说中的鬼怪就藏在她们的房间一样。

在云顶学院，的确一直流传着各种各样的传说。好像每个有点历史的学校都会有所谓的"七不可思议传说"，云顶学院也不例外。尤其是，据说，云顶学院的前身本来就是一座军医院，那医院曾经是个秘密的实验基地。

"实在是太俗套了。"喻林霖说，"我从来就不相信这些。所以，诗言跟我讲起的时候，我完全没当一回事，说，你好不容易考进这个学校，难道还在乎这些不靠谱的事？可是，当时，诗言的表情，真的很古怪，古怪得都不像她自己了……”

说到这里的时候，一向冷静，甚至有些男孩子气的喻林霖，也微微地颤抖起来，眼神呆滞地望着前方。

她们的寝室挂着深色的窗帘，外面是一片漆黑。学院的宿舍建在山脚，周围都是密密的树林。

很黑。晚上连路灯都没几盏。风一吹，树叶就哗啦啦地作响。

只听到喻林霖的声音，颤抖的，破碎的，像是被风给吹得七零八落。

“我真的很后悔……我不应该不相信的。诗言……她就在枫红祭的时候……惨死在那条传说中的‘镜子长廊’里面。之前，她还在西九楼做实验的时候，我就觉得她……很奇怪了……”

虽然镜子长廊的镜子已经不存在了，但自从那件事发生之后，不知道从什么时候起，那附近就不再有树生长了。

光秃秃的一片。

喻林霖的声音，越来越飘忽。“我搜集了一切关于她的死的资料。但是，这个案件，成了一个谜案。好几年了，都没有一点进展，就跟云顶学院之前发生的那些案子一样。这个世界上，真的有鬼吗？……”

没有人回答她。

夏棠侧过了脸，盯着窗外。虽然隔着窗玻璃，她仍然听到外面的风声飒飒。

玻璃映出她的脸。美丽，却苍白。像玉像。

她听着喻林霖的声音，在房间里幽幽地回响。

宋诗言父亲早亡，是妈妈把她带大的。宋诗言非常勤奋，考进了云顶学院，而且以她的优秀，可以拿到全额的奖学金。

就喻林霖对宋诗言的了解，宋诗言是个理智聪慧的女孩，加上她的专业，是从不相信怪力乱神的事的。但她也记得，宋诗言那欲言又止的古怪表情——后来回想起来，喻林霖觉得，宋诗言一定知道一些事，但是没有告诉她。

“我怀疑，诗言的死，是跟她所知道的某些秘密相关。”

“究竟云顶学院的不可思议传说是什么？”夏棠问，“我不是太清楚，只是隐隐约约地听到过一点。我对这些从来就不上心。”

查妙琪抢着说：“最有名的就是镜子传说。在有魔力的镜子里照自己的脸——照一次，就老一点！从一个女孩子，变成白发苍苍的老太婆！”

她捧着自己的脸，做了个怪相。“我绝对绝对不要去照那面镜子！哪怕只是个荒唐的传说，我也不会去！”

杜亚冰疑惑地问：“真的有人变老了吗？”

查妙琪有点茫然地摇了摇头。“我不知道，这只是个学院的不可思议传说而已。”她又轻轻地说，“另外一个，就是枫红传说。”

传说，染血的枫叶飘到教室的桌子上，就会有人死去。

不过，这几年，已经没有这样的事情发生了。

宋诗言是最后一个死者。

夏棠确实是因为对那些“传说”的好奇，才去那半山的红枫林的。

她不由自主地觉得，如果在阳光下，这枫林就像是浴在血里。如果没有阳光，那么，这枫林就像是暗暗的血潭，发着幽幽的血光。枫林很常见，枫叶本来在红了的时候就是用来观赏的，可是，云顶学院的枫叶真的不太一样。夏棠对植物没有研究，她不知道，这究竟是枫树的哪一种，特别的高，特别的密，树叶一片片的特别的大。

都说枫叶是“大如儿掌”，可是，这里的枫叶，却像一把把扇子。有的已经红透了，有的还在慢慢地泛红。奇妙的色泽，就像是用颜料在叶子上一点点地晕染。就像那种特殊的摄影效果——一朵花，在你面前一瓣瓣地迅速绽放——夏棠就觉得，好像那枫叶，就会在她眼前，一点一点地把血色扩散到整片叶片一样。

她突然眨了一下眼睛。枫林里，有什么东西闪了一下光，刺了一下她的眼睛。像是镜片的反光？

夏棠揉了揉眼睛，再睁大眼睛看的时候，她似乎看到一角黑色的衣服，飘起来，又隐进了枫林里。她奇怪地向枫林深处走了几步，十分突然地，一团燃烧的火一样的红，猛地映入她的眼帘。

相隔太远，夏棠实在看不清那团燃烧的火红是什么。但是真的十分抢眼，一瞬间，她甚至有种被烧着的感觉。

“谁在那里？”

夏棠的声音，有点微微的颤抖。她不是个胆小的人，可是，这时候，这偌大的枫林，就只有她一个人。除了风吹过枫叶的沙沙声，就只有她的声音。

她听到了脚踩在落叶上的沙沙声，似乎这个人，是刻意地放重了脚步。

“对不起，吓着你了。”

夏棠有点怔怔地看着面前站着的男孩子。是个很帅气的男孩子，皮肤微黑，鼻梁高挺，不笑的时候，也像在笑。

大概是因为他的嘴角，天生微微上翘的缘故。

男孩子比夏棠年纪要大一点，二十出头的年纪。他看着夏棠，是很专注地在看，眉梢笑角都带着笑意。

他穿的是白衬衣，浅色长裤。

夏棠的眉，微微地蹙了起来。不对，刚才她看到的人，明明是黑色和红色的。这个男孩子穿的明明是浅色衣服。

而且，这男孩子是从右边的枫林出来的。而她看到的人影，明明是在枫林正对着她的深处。

相隔有好长一段距离呢。

“你怎么了？”男孩子问她，“有什么不对吗？”

夏棠摇了摇头。“没有。”

男孩子的笑容更灿烂，比懒洋洋的阳光，要明朗得多了。“我姓沈，沈靖飞。”

听到这个名字，夏棠不由自主地笑了。“呀，这个名字如雷贯耳啊。我耳朵都快要听出茧子了。新闻社的社长，是不是？”

沈靖飞居然还有点不好意思。“是，就是我。我之前见过你……”

“棠儿！棠儿——”查妙琪又清又亮的叫声，把沈靖飞的下半句话给打断了。查妙琪跑了过来，她穿着条宽宽松松的碎花长裙，卷卷的长发用丝带随便束了一束。她看起来，实在是很美丽，脸颊又白又嫩，嘴唇天然的红润。她一看到沈靖飞和夏棠站在一起，就眼睛一亮，捂着嘴咯咯地笑个不停。

“哎哟哟，你们什么时候认识的啊？还瞒着我呢？”

夏棠心想，我还不知道你们是什么时候认识的呢，你还不是一样没说？只不过，夏棠保持沉默，懒得跟查妙琪多话。

查妙琪肩上还背着沉重的画板，沈靖飞非常绅士地说：“妙琪，我帮你拿吧。”

查妙琪自然乐得轻松，取下画板交给了沈靖飞。“最近我都在这里画画。这个地方画画，还真是有灵感！”

“画的什么？”沈靖飞去看她的画板，只可惜，只有个草图，完全看不出来是个什么。查妙琪笑着说：“急什么，画出来就知道啦！走走走，排练要开始了，小沈，你赶紧帮我拍几张照，我可是女主持呢！”

沈靖飞笑着说：“我不是安排了人吗？”

“那可不行，你拍照拍得好，才能把我拍得漂亮点嘛！”查妙琪说到这里的时候，声音甜得都像是在撒娇了。

“好好好，你说了算，我陪你一起去吧。”沈靖飞又望了夏棠一眼，学着查妙琪的叫法，叫了她一声，“棠儿……”

夏棠抢在他前面说：“那我先走了，我的教授还等着我去干活呢。”

望着夏棠的背影，沈靖飞脸上微微的失望，又怎么可能逃得过查妙琪的眼睛？查妙琪在他背上拍了一下，大声说：“放心，有我呢！”

夏棠倒也没说谎。她跟的胡教授是个工作狂，长年泡在实验室里。学生们都怕接近他，传言说胡教授“身上都有一股尸体的味道”。

尸体的味道未必有，福尔马林的味道是真的很大。不过，夏棠也习惯了这种味道，她也是常常泡在实验室的人。

胡教授把一些整理数据的工作，都交给了夏棠，他的大办公室的钥匙也扔给了夏棠，几乎是夏棠一个人享用。胡教授自己，都是睡在实验室旁边的小休息室里面，那里基本上等于他的家。

现在胡教授就在睡觉。他的字典里根本没有“工作时间”和“休息时间”，有时候一熬就是几个通宵。

办公室在四楼，有个很大的落地窗，外面就是一株株高大的枫树。这几天，枫叶已经越来越红了，傍晚的时候，映着夕阳，夏棠甚至觉得米色的窗帘也被映成了一片红。

她懒懒地开始收拾桌面上的文件。胡教授实在是个“不拘小节”的人，说难听点，就是邋遢。夏棠把他的办公室整理清楚，也花了不少时间。

夏棠去找隔壁实验室的安安。安安是学生物化学的，也是胡教授带的学生。云顶学院院系非常多，从化学类、生命科学类、物理类一直到人文类、艺术类都有。胡教授的研究，对神经生物学、生物化学、细胞学，都有涉猎，本来嘛，在生物工程研究里，这些都是彼此交叉，很难完全区分的。

安安很喜欢夏棠，总是说她长得漂亮。因为安安自己是个其貌不扬的女孩——说是其貌不扬都太抬举她了，一脸的雀斑，小眼睛，塌鼻子，扁脸。不过，她在学习方面也是很不错的，不然，也进不了这个人才济济的云顶学院。

不过，安安的好处是，从不嫉妒。她只会羡慕地看着夏棠，说：“你今天穿这件衣服好好看啊！”

每次听她这么说，夏棠都哭笑不得。

“安安，今天就到这里吧，我们一起走？……”夏棠推开门，话还没说完，却看到安安吓了一跳，慌慌张张地把实验桌上的东西往自己包里塞。夏棠眼尖，一眼看着，觉得好像是一块灰白色的毛皮。她微微地起了疑心，安安把这种东西带到实验室做什么？

“哦，啊，好，我一会儿就走。”安安口吃地说。她一向说话不是特别有条理，夏棠也习惯了。

有人在礼貌性地敲门，门本来就是开着的。夏棠回头一看，居然是沈靖飞。沈靖飞正冲着她笑。“棠儿，我是替妙琪给你送东西来的。”

他手里捧着一个包装得非常好看的盒子，看样子是个小蛋糕。查妙琪是个做西点的高手，夏棠很喜欢她的手艺，可是这时候，她实在是觉得一点都不好笑了。送东西就送东西，让沈靖飞来，这太容易引人误会了。

她尴尬地扭过头看了安安一眼，安安可不笨，脸上也是怪怪的表情。夏棠尴尬地说：“要不，我们一起去花园里吃？这里，好像……不适合喝下午茶啊。”

安安连忙摆手，她的表情像哭又像笑。“不不不，不了不了，我还有事，我……我先走了。我走了。”

“哎！安安！……”夏棠叫了一声，安安已经像只兔子一样地跑了出去。夏棠突然觉得有点生气，也不知道是生查妙琪的气，还是生沈靖飞的气。她大声地说：“好了，东西送到了，如果你没有别的事的话，可以先走了。我还有工作！”

沈靖飞也觉得不太好意思，忙说：“那好，我就不打扰你了。”

夏棠抱着那个蛋糕，回到了办公室。这时候，她的手机“嘀”的一声响了，是查妙琪的信息。

“嗨，棠儿，我够朋友吧？”

夏棠气得“啪”地把手机一砸。不过，这时候，她也觉得饿了，想了半天，还是把那个蛋糕打开了。

做得很漂亮，是个苹果派。查妙琪做点心的手艺，可不是吹的。夏棠拿起了放在里面的小叉子，正准备叉下一块，忽然，她的手停住了。

夏棠后来回想，她确实说不清楚，办公桌上那片枫叶，是什么时候有的。也许是从她一进来，就已经在桌子上了。也许是开着窗子，被风给吹进来的。因为办公桌上实在东西很多，被别的文件和书遮住了，也有可能。

她并没有多想，就想把那片枫叶拿起来。很美丽的一片，比她的手掌还要大，殷红如血，平贴在褐色的桌面上。

她的手指，立即碰上了什么黏腻的东西。

夏棠把手指举到了面前。

血。

她的手指被染红了。

云顶学院的不可思议传说之一，枫红传说。

当带血的枫叶落到教室里面的桌子上的时候，就会有人死去。

夏棠怔怔地望着手里那片枫叶，这时候，太阳已经快要落山了，映得她白玉一样的小脸，也是一片血光莹莹。

不管怎么样，夏棠的第一反应，还是告诉学院的领导。院长是她的伯伯，这没错，不过她伯伯实在太忙，是不怎么管学院的行政事务的。真正管事的，就是副院长庞达。这庞副院长对夏棠从小就喜欢得很，一见着就笑眯眯地“棠儿”“棠儿”叫个不停，不过，这一天，看到夏棠手里染血的枫叶，庞达亲切的笑容，也顿时僵住了。

他的办公室很大，很豪华。一把落地窗帘拉上，外面几乎什么光都透不进来了。庞达把门关了，还反锁上了。看他这紧张的样子，夏棠本来不觉得多紧张的，都紧张起来了。

“庞伯伯，那个传说是真的吗？”

庞达明显地愣了一下。虽然这房间够大，压根不可能藏人，四周都是书架，他仍然压低了声音，甚至还左右看了一眼，就像是生怕有什么人藏在他们四周一样。他把夏棠拉到身边，低声地说：“棠儿，听我的话，这不是你应该掺和的事。唉！你本来就不应该……来这个云顶学院的。”

夏棠有点奇怪地说：“庞伯伯，这是我伯伯的意思啊。而且，我要学的专业，就云顶学院最好，我不来这里，又去哪里呢？”

庞达看了一眼夏棠，欲言又止。他的眼神是柔和而关切的，还有一点点的悲哀。“好了，棠儿，反正，听我的话。这些什么不可思议传说，你都别管，啊？哦，对了，还有……”

他停了停，脸色变得十分严肃。“关于那个镜子传说，你一定记住，棠儿，绝对不要接近跟那镜子有关的一切东西。那座楼，那些人……相关的一切。别把你自己牵连进去，明白吗？”

说实话，夏棠不明白。但是，庞达的警告是认真的，也显然是善意的。不管心里有多少疑问，她也只能点了点头。

庞达找了个信封，把那片染血的枫叶放了进去，用火机点着了，当着夏棠的面给烧掉了。

“忘了它，棠儿。就当你从来都没有见过，没有听过。”

不枯萎的蓝玫瑰

夏棠相当莫名其妙地走出了庞达的办公室。一直走到楼下，她还是没有回过神来。突然之间，她兴起了一阵冲动，想再去看一看那红枫林。

看一看，那里是不是真的有染了血的枫叶。

枫林还不够红。真不够红。不过，正是夕阳西下的时候，就算不够红，也被夕阳给染红了。夏棠茫然地走在浓重的枫林中，忽然，她觉得，似乎有个影子，在重重的暗红的枫林中，一闪而过。

夏棠瞪大了眼睛。她迟疑了片刻，拨开重重的枫叶，向里面走去。

她觉得，自己确实听见了沙沙声。不，不是风吹过枫叶的沙沙声，这天傍晚，根本就没有风。就是人踩在落叶上的沙沙声。

夏棠走快了几步。

这一回，她看到了。虽然背着光，她仍然看清楚了。

是一个穿黑斗篷的人。他的斗篷带着兜帽，连头一起都罩住了。夏棠脱口叫了一声："谁？"

那个披黑斗篷的人，就像个幽灵一样，迅速消失在了枫林的深处。

夏棠的胆子并不小。她奔了过去，这里差不多是枫林的尽头，只有山石，别的什么都没有。那个人，就像是消失在了灰色的石头里。夏棠站在那里，茫然不知所措。

忽然之间，有一只手，按在她的肩头上。夏棠这一吓非同小可，她猛地回过了头去，脸色都变了。

站在她背后的，是沈靖飞。

沈靖飞的脸上，挂着相当奇怪的表情。

看到是他，夏棠松了一口气。她有点埋怨地说："你怎么不声不响地跟在我后面？你快吓死我了！"

沈靖飞的眼中，也满是古怪的表情。"我是跟着你过来的。你一脸失魂落魄的样子，我不知道出了什么事。你看到了，棠儿？"

他这一说，夏棠就知道，刚才看到的，并非自己的幻觉了。只听沈靖飞发出了一声叹息，缓缓地说："棠儿，这就是云顶学院里面，一直藏着的魅影啊。歌剧院里藏着魅影，云顶学院，也有传说中的魅影……"

夏棠并不是个想象力丰富的人，说实话，她根本没有把查妙琪的话当过真。这时候，她才想到，原来自己看到的，就是枫红传说中的魅影！她这时候，才开始觉得害怕。一阵阵深秋的风吹过来，枫叶被吹得飒飒地响，那声音，几乎是带着战栗的，夏棠一瞬间，居然有点发抖了，也不知道是冷还是怎的。

沈靖飞脱下外衣，披在她身上。"你穿得太少了，棠儿。"

夏棠脸微微一红，但是她确实觉得冷，也没有拒绝沈靖飞的好意。她就穿了件米色衬衣，格子长裙，一件针织的薄外套。可这样简单素净的打扮，仍然衬得她出奇的娇艳。沈靖飞轻轻地说："棠儿，你从来不穿颜色鲜艳的衣服，就爱穿黑啊，白啊，灰啊，米色啊，什么的。"

这话说得，好像是太过于亲密了。夏棠有点不快，也不回答。沈靖飞是个懂得察言观色的人，自然也没在这个有点出格的问题上再说下去。他在枫林里走了几圈，喃喃地说："奇怪了，这个人消失到哪里去了？据说，每年枫叶红了的时候，魅影就会出现在这枫林里。大家都说，他披着黑色的斗篷，却戴着红色的面具，面具上还镶着反光的镜子……"

"很多人都看到过吗？"夏棠问。沈靖飞点了点头，"是，我问过很多学生。每一年，都有不少人会看到。但是，他就像是个幽灵，就那样，来无影去无踪地消失在枫林里。哦，仿佛这个地方，就是他的领地一样。”

夏棠勉强地笑。“就像《歌剧魅影》？”

《歌剧魅影》里面的魅影，因为天生的缺陷，只能藏身在黑暗里面，不见天日。他把巨大的歌剧院，当成了自己的玩具。而这个魅影呢？如果他真的存在的话，他出来游荡的目的是什么？

沈靖飞忽然低呼了一声。他上前几步，在一堆枫叶上，拿起了一支玫瑰。因为光线昏暗，之前夏棠是完全没有注意到。

蓝色的玫瑰。

这时候，太阳已经快下山了。但奇怪的是，这支蓝玫瑰，居然就在暮色里，闪烁着淡淡的幽光。

会发光的蓝玫瑰。

沈靖飞喃喃地说：“奇怪了，在宋诗言死的那天，也在现场发现了一朵蓝玫瑰。——这个世界上，从来没有存在的蓝玫瑰。”

夏棠怔怔地站在那里。她听到了不远处传来了一缕笛声。

有人在吹笛子。这并不奇怪，云顶学院的音乐社人才济济，会什么乐器的都有。

可是，这笛声却特别的奇怪。笛声原本应该是清亮的，但她听到的，却是呜咽幽怨，近于箫声。

她看到，沈靖飞的脸上，也满满的都是茫然的表情。

在枫林旁边，有一条细细的小溪。一个穿白衣服的女孩，坐在溪边，就坐在那些飘落在草地的枫叶上。

这是个很美丽的女孩，只是脸色苍白，白得有点半透明了。不太健康的一种白，跟个瓷娃娃一样，仿佛一破就会碎。

夏棠也是美丽的，但她就算五官像幅工笔仕女，仍然是洋溢着青春的健康的美，绝不像这个女孩，美得带着病态。

那女孩的头发非常长，长得一直垂到了小溪里。

她手里拿着一支笛子。

“吹得真好。”沈靖飞轻声地说，“她一定是方依依。”

夏棠模糊地听过这个名字。音乐社的，她好像听喻林霖提过。

沈靖飞走上前一步，对方依依说：“天黑了，你一个人在这里，会不安全。跟我们一起回去吧？”

方依依轻轻地笑了一下，放下了她的笛子。她的声音，就跟笛声一样动听。“不，没关系。我就想坐在这里，看着天黑。你们知道吗，看着这枫林，渐渐地淹没在黑暗里，红色也被黑色吞没，是很奇妙的感觉。”

沈靖飞和夏棠都注视着她，也都不知道怎么搭话。方依依似乎也并不希望他们回答，只是握着那支笛子，偏着头，望着枫林深处。

“没关系，你们走吧。我是在——等人。”

沈靖飞问道：“等人？等谁？”

这个问题，分明是不太礼貌的。方依依并没有在意，她只是浅浅一笑，把脚放在了溪水里。她微微垂下了头，她的长发，在水里丝丝缕缕地漾动。

“等那个传说中的影子。”

夏棠脱口而出：“枫红传说中的魅影？！”

方依依侧过头，望着夏棠。背着光，夏棠看不清她的表情，只能看到她微翘的鼻尖。“魅影？传说？……不，这不是真的。”

她忽然住了口，没有再说下去。夏棠等了很久，看她并没有接着说下去的意思，忍不住问道：“那么，什么是真的？你知道吗？”

“……唯一真实的就是，每一年枫叶都会红，每一年都会继续枫红祭，可埋在下面的人呢？真的安息了吗？”

夏棠望着她。“你指谁呢？谁无法安息？”

她已经感觉得到，这个白衣女孩并无恶意。至少在这个枫叶飘红的地方，除了喻林霖，还有一个人是惦记着那些死去的人的。

“宋诗言。不，不止宋诗言一个人。那么多人。没有安息。无法安息。”白衣女孩白瓷般的脸蛋上，笼罩着一层阴郁，“我看见，她的血……像从身体里爆裂出来一样……”

夏棠的眉头一挑，她的表情不是恐惧而是诧异，而且是冷静的诧异。“你见到宋诗言的尸体了？”

方依依点了点头。“是我第一个发现她的。”

她的眼里露出了奇怪的光，仿佛她看到的不是同学的尸体，而是美丽得出奇的东西。“她躺在红色的枫叶里，身边那些玻璃碎片，映着从枫叶的缝里透出来的清晨的阳光……红的，都是红的，被她的血染红了，像红色的玻璃……真的，像红宝石一样漂亮……”

她的目光，突然地移到了夏棠的脖子上。

“对，对，就跟你脖子上戴的项链一样。红宝石……鲜红的宝石……”

夏棠的手，不自觉地摸上了自己的脖子。

她的脖子上，戴着一串红宝石项链，每一颗都有小指头大小。中间最大的一颗，足足有成年男人的拇指盖那么大，用黄金镶成海棠花的形状。

衬着她白嫩的脖颈，这红宝石红到惊心动魄的地步。

夏棠定定地注视着方依依。“你究竟是什么人？你好像对宋诗言的事，知道得很多。”

方依依低着头，她的脸上带着一抹做梦一样的微笑，声音十分轻柔地说：“我跟诗言一样，是学生物工程的，只不过研究方向不一样。如果你们想知道宋诗言的事，为什么不去西九楼呢？”

夏棠突然隐隐地感到一阵寒意。她记得，喻林霖说过，宋诗言在死之前，是在“西九楼”做实验的。

大概是深秋的缘故。每一片鲜红的枫叶飘到她面前的时候，她甚至都觉得，有一股血腥气扑面而来。

一定是她的错觉。

夏棠自然不会忘了那片染血的枫叶，但她确实按庞达所说的，做到了守口如瓶，谁都没有提过。

夏棠发现的蓝玫瑰送去检验的结果是：跟在宋诗言身边发现的玫瑰完全相同。

宋诗言死的时候，那朵蓝玫瑰，作为证物，一直存放在警方那里。奇怪的是，这玫瑰就一直没有凋谢，仍然像它第一天被发现那样，色彩妖丽，每一片花瓣都闪烁着莹白的光泽。

仿佛是映在夜空里的新月的色泽。

这个世界上，怎么会有不会凋谢的玫瑰呢？

实验室的鉴定结果是：这玫瑰是转基因的产物，但是跟日本的转基因蓝玫瑰仍然是有区别的。第一，这玫瑰虽然是蓝的，但闪耀的色泽有如月光。第二，也是最奇怪的，这玫瑰永不枯萎。

很多专家对这朵蓝玫瑰十分好奇，但是不管他们再怎么研究，也研究不出这蓝玫瑰的分子结构。他们都表示，能制造出这朵玫瑰的人，一定是个不可想象的天才。

喻林霖静静地坐在夏棠身边,久久地凝视着那朵插在花瓶里的玫瑰。检测不出结果，只有拿回来供着了。

甚至连水都没有灌，就是一个空空的花瓶。可这玫瑰，就跟夏棠在枫林里发现的那一天一样，新鲜如初。

尤其是，夏棠找了一个很美的蓝色细颈的瓷瓶来放它。这朵蓝玫瑰插在里面，就像是衬在幽蓝色的天幕下，发着月亮一样的光。

“棠儿，你知道蓝玫瑰的花语是什么吗？”喻林霖问。

夏棠摇了摇头。“我只知道红玫瑰代表爱情。”

“蓝玫瑰表示——奇迹与不可能实现的事。”

夏棠喃喃地重复：“奇迹……与不可能实现的事……？这跟宋诗言，有什么关系？”

提到宋诗言，喻林霖的脸色，又黯然了。她振作了一下，拉起了夏棠。“我们别在这里对着这蓝玫瑰发呆了，那么多专家都研究不出来，我们能看出什么来呢？走吧！彩排马上就要开始了，我还有节目呢！”

枫红祭仍然在热热闹闹地筹备着。夏棠一向不喜欢出风头，但查妙琪是从来不愿意放弃任何出风头的机会的，她是主持人之一。夏棠和喻林霖在后台找到了查妙琪，查妙琪正对着镜子在化妆。她化的舞台妆，非常艳丽，但凑近了看，五颜六色的真是吓人，她却还对着镜子左看右看，顾影自怜。

喻林霖有一个小提琴的节目。杜亚冰没有节目，但是负责在后台调试音响和舞台效果，这是她的强项。

查妙琪拿着节目单，开始做最后一次的核对。

沈靖飞站在查妙琪身边，正跟她说着什么。他是跟喻林霖同一个节目的，喻林霖拉小提琴，他弹钢琴。夏棠曾经问过杜亚冰：“这个沈靖飞什么来头？”

杜亚冰的回答是：“他现在是大三，不过，听说他跟国外好几个学院都有交换项目，每年的大半时间都不在云顶学院。新闻社的事，几乎都是副社长在管的，他没什么空，挂个名而已。这次枫红祭他一直在场，大家都已经觉得很反常了。我看，是不是因为妙琪的缘故？”

夏棠若有所思地看了一眼跟查妙琪说话的沈靖飞。不知道为什么，她总觉得沈靖飞有意无意间总在看自己。只是，夏棠一看他，他就马上把眼光移开了。

沈靖飞弹得一手好钢琴，各种体育项目也十分出色，更不要说人还长得超级帅，倒追他的女孩子都快排到云顶学院的大门外了。只可惜，目前还没有一个成功的。这时候，查妙琪跟他站在一起，俊男美女，真是十分相衬，别的女孩子看过来的眼神都是羡慕嫉妒恨，当然，查妙琪是根本无所谓的。

查妙琪粗枝大叶，从来不太在意别人的想法。

这一年的枫红祭十分红火。人都是健忘的，宋诗言和别的学生的死，似乎已经成了过往烟云，消失在众人的记忆里。

夏棠看到了方依依。方依依手里拿着一支笛子，没有吹，就坐在角落里发呆。安安正在跟她说话。

方依依穿的是深蓝色的裙子，可是，给人的感觉就是白，不健康的白。夏棠从第一眼看到方依依就觉得，她肯定是有什么病。夏棠已经告诉过杜亚冰了，让她去查一查，看方依依究竟有什么问题。

方依依忽然抬起了头，看了安安一眼。她说了一句话，安安顿时脸色就变了，拉着方依依，又说了几句话。

看起来，她们是在争执。好像是安安想要什么，而方依依在坚决地拒绝。夏棠远远地望着她们，真的是很想知道，她们究竟在吵些什么。

不知道什么时候，喻林霖走到了她的背后。“你在看什么？”

“哦，没什么。”夏棠迅速地收回了视线，她可不是个八卦的人，一定要保持自己高傲的形象。

但喻林霖是个观察力很敏锐的人。“你一直在注意方依依。你为什么对她特别在意呢？”

夏棠自己也说不清楚。也许是因为方依依太特别，太与众不同，她好像跟周围的世界格格不入一样。也许是因为方依依在枫林里，所说的那些奇奇怪怪的话。

杜亚冰不知道什么时候，像个幽灵一样从她们身边钻了出来。杜亚冰个子小，身手敏捷，最喜欢做这种“突然出现”的动作。

“我帮你查了方依依的档案了。”她眨着眼，一口气不停地说了下去，“她父母离婚了，有个同父异母的哥哥也在十年前死了。她很不幸，先天就有病，是脑部血管瘤方面的病，这是无法治疗的病，动手术也没什么用。她能活到现在，都算是奇迹了。”

夏棠轻轻地“哦”了一声。

这就是原因。这就是为什么她觉得方依依脆弱得像个瓷人儿的原因。

突然，她看到方依依伸出手，想去抢安安手里的东西。夏棠睁大了眼睛，她发现，安安手里紧紧捏着的，好像就是那天她去实验室、看到安安正想藏起来的那块东西。夏棠眼睛都要瞪出眼眶了，但是安安捏得太紧了，她实在是看不太清楚——看起来，就是像块白色的皮。

猪皮？牛皮？羊皮？还是什么皮？

方依依显然相当激动，她像是一直在努力劝着安安什么，但安安不肯听，也不肯把自己手里的东西交给她。

最后，安安拔腿就跑，方依依紧跟了出去，就看见她那一头长长的头发在飘动。

查妙琪的声音，猛地冒了出来，吓了几个人一跳。

“哇，羊皮纸！原来传说是真的呀！她手里拿的，不就是羊皮纸吗？”查妙琪看见几个人都在看她，声音更大了，“看我干什么？那个就是传说中签契约的羊皮纸啊！羊皮我还是认得的！绝对不是牛皮啊！要柔软得多，特别适合在上面写字的！”

探险西九楼

经过查妙琪乱七八糟的复述，夏棠等人终于听懂了。

这是枫红传说的另一个版本。就是说，可以跟红枫林中的魅影签下契约，以换得自己所想要的东西。

就像《歌剧魅影》中的克莉丝汀，她向魅影学习唱歌，而魅影不惜杀人，帮助她登上歌剧院的舞台，万众瞩目，星光闪耀。

“你要什么，就能给你什么。”查妙琪说，“至少，我听说的是这样的。”

夏棠嘴角一撇。“不可能。歌剧院的魅影也只能教克莉丝汀唱歌，帮助她走上舞台，如此而已。”

“可是云顶学院的魅影能办到一切。”查妙琪忙说，“他能给你美丽的嗓音。能给你动人的舞姿。能给你出众的容貌。反正，你想要的一切，都能向他要求。”

杜亚冰习惯地推着她的大黑框眼镜，这眼镜占了她脸的一半。“那，能不能找他要过目不忘的记忆力？要超级高的智商？嗯……或者当体育冠军什么的？”

查妙琪耸了耸肩。“反正传说是这么说的，你找他要求什么都可以。”

喻林霖实际地问：“那么，你得用什么来交换呢？海的女儿找巫婆要一双腿，巫婆可是要她用最美丽动人的声音来交换！”

查妙琪说：“就是要跟他用羊皮纸签下契约！用你的血来签！签了就绝对不可以反悔的！”她又眨了眨眼，说，“我一直以为是说说而已，今天看到安安那张羊皮纸，我真的是很吃惊！那分明就是中世纪用来签血的契约的羊皮纸！如果说不是为这个作用的，我死都不相信！对了，现在正好又是枫红祭前夕，时间也很对得上！”

夏棠喃喃地说：“安安她要什么呢？……如果你说的是真的？”

喻林霖更实际地说：“方依依好像知道很多事，你们不这么认为吗？”

说到这个，夏棠就想起来了，方依依让她去西九楼。

西九楼。

这是云顶学院一个近于废弃的地方。之前是生命科学院的实验楼，后来这个院系在东面另外建了一座更新更现代化的实验楼，叫作“东九楼”，而之前的旧楼用得就越来越少，最后差不多是废弃了。

三天后的晚上，正好是周末，没课。

因为马上就是枫红祭了，云顶学院最近都比较冷清，也没什么活动。喻林霖、夏棠、杜亚冰、查妙琪还有沈靖飞，约好一起去西九楼“探险”。

夜里的西九楼看起来非常庞大，是整整一组楼。因为年久失修，到处都爬着爬壁虎。这是老校区的特色——爬壁虎绿油油地布满了整栋楼的墙壁，很多窗户全都被遮盖住了，就算是大白天，看起来也是阴森森的。

更不要说夏棠他们半夜过来了。为了“掩人耳目”，他们自然要半夜才能行动。每个人都穿着不显眼的深色衣服，就连查妙琪也换了条牛仔裤，长发梳成了辫子盘在头顶。

当宋诗言的尸体呈现出氢氟酸中毒的迹象的时候，喻林霖怀疑，是宋诗言在实验中出现了疏漏。可是，宋诗言并没有做过氢氟酸相关的实验，而且，以喻林霖对宋诗言的了解，她也不会出这种疏忽。

氢氟酸是个十分危险的东西，它的可怕之处在于会侵入人的皮肤和血液，把人的骨骼钙化。而且这是个不可逆的过程，一旦真的侵入血液，而且量足够大，时间足够长，这个进程就是怎么也停不下来的。就算是截肢，这可怕的化学反应仍然会一直跟着人跑，直到把人杀死。

简直比武侠小说中的“化尸散”还厉害。

夏棠忽然问：“宋诗言的导师是谁？她做实验，总要经过她的导师吧。”

喻林霖说：“她的导师就是分子生物系的主任，郎教授。诗言是分子生物系的高才生，虽然年轻，但有几篇论文，已经让学术界大为震惊了。她——本来应该是前途无量的。”

郎教授的面容，浮现在几个人的面前。那是个严格又不乏慈祥的老人，是位十分著名的学者，最近的研究成果在学术界极受关注。说实话，根本就没法想象，这个老教授会是个恶毒的杀人凶手！

众人都脑补了一下郎教授设计杀害宋诗言的场景，然后全都宣告放弃。

时间紧迫，大家决定先进去一探究竟。

西九楼还是有管理员的。杜亚冰调出了那个管理员的资料，年纪也不大，据说是因为工伤致残，学院出于人道主义，还是把他留了下来。西九楼没有什么事做，这个管理员已经在这里待了至少十年。杜亚冰曾经偷偷地在白天去看过几次，这管理员绝大部分时间，都躲在自己的小屋里看电视。

这个管理员特别喜欢看电视，而且拉着窗帘看，估计是因为身有残疾，也不太愿意出来见人。

晚上更是早早地就关了灯睡觉。

这让他们胆子更大了，敢于一探究竟。

灯是一盏都没有开，走廊里黑漆漆的，在手电的光晕下墙壁泛着白光。彼此的脸，也泛着青白的光，鬼气森森。那些蓝色的门，油漆都剥落了，甚至有些铁锈色凝固在上面。

不会是血吧？

“好像什么都没有。”

夏棠说了一句。她接下来又说：“连只老鼠都没有。”

她的语调中，带着些怪异的味道。沈靖飞缓缓地说：“是啊，不过，实验室里面肯定是没什么吃的东西，没有老鼠，也不奇怪的，是不是？”

喻林霖说：“原来你们在奇怪这个。”

确实是太安静了些。一般被废弃的地方，总该有些老鼠、虫子什么的，这里真是什么都没有，弥漫着一股阴森的死气。有些窗玻璃破了，风从破洞里灌进来，那玻璃都像是马上要被风给彻底吹碎一样。

地上有很多镜子的碎片。没有看到一面完整的镜子。

西九楼的镜子，已经不知道在何时，一块块破碎了……

“……我们究竟要找什么？”查妙琪把衣服拉紧了，她的脸上写着“害怕”两个字，“快一点行不行？”

夏棠忽然“咦”了一声，从一扇门底下的一道又深又长的裂缝里，捡起了一样东西。

是半颗小小的珠子，发着珍珠色的幽光。

查妙琪脱口而出：“月光石？”

月光石也是一种天然的宝石，不算特别名贵，但颜色非常特别。这颗月光石，只剩一小半。原本应该是嵌在银托子里面的，但是撞坏了，也看不出原来究竟是戒指还是吊坠了。

查妙琪从夏棠手里，拿过了那颗月光石。“成色真好，颜色美极了。”她转动着那半颗珠子，“真像月光一样。”

忽然，他们听到一阵细碎的脚步声，像是有一个人，在很轻很轻地走路。不过，即便这个人走得再小心，仍然踩着了地上的碎镜片。那细碎的镜子破碎声，像尖锐刺耳的琴弦拨动声，流淌在走廊里。

所有人神经都绷紧了。那镜子“咔嚓咔嚓”的声音，像锋利的刀子，切割着每一个人的神经。

走廊并没有灯光。

沈靖飞做了个手势，示意几个女孩子留在原地不要动，他慢慢地向走廊的方向靠去，两眼灼灼地盯着对面。夏棠看着沈靖飞在黑暗里的身影，他穿的也是一身黑，半弓着腰，手插在腰后，感觉更像是一只黑色的矫健的猎豹，跟他平时的模样大不相同了。

一个白色的影子，出现在了走廊的尽头。

杜亚冰眼疾手快地一下子把手压在了查妙琪的嘴上，才阻止了查妙琪冒冒失失的惊叫。

夏棠低低地“啊”了一声：“安安？”

安安走得很慢，步子放得很轻，走得有点贼眉鼠眼的样子，好像在寻找什么东西。

夏棠突然听到一阵音乐声，她不知道这音乐声是从哪里传来的。忽远忽近，悠远凄切。夏棠只觉得自己一身的寒毛都竖了起来。

有点像笛子，却比笛子低沉。如果说是箫，又要比箫清亮一点。

夏棠的时间，大部分都耗在她的专业和实验上了，对音乐不感兴趣。喻林霖却是个音乐狂人，她只听了一会儿，就低声地说：“这是羌笛！”

一听到羌笛，所有人脑子里就冒出了一句诗。

羌笛何须怨杨柳，春风不度玉门关。

这诗太有名了，你可以不知道羌笛，但是不可以不知道这诗。既然是“怨”，那自然是呜咽幽怨了。尤其是在这个空空如也的西九楼，一片死寂之中，脸色苍白、神情慌张的安安，一步一步地在过道里走着，把无数的碎镜片踩得更破碎不堪。

听到这笛声，安安突然停了下来。夏棠分明地看到，在安安的眼睛里，出现了喜悦的表情。

吹笛子的人，就是她要找的人吗？

沈靖飞向前走了一步。显然，他是想冒险接近安安了。就在这时候，从黑暗里面，伸出了一只手，重重地搭在了沈靖飞的肩头上。

郎教授的脸，惨白的，简直像是恐怖电影的画面，逐渐地浮现在黑暗里。

老实说，安安出现的时候，他们都没有吓得这么厉害。

夏棠只觉得一身寒毛都竖了起来，背上一阵一阵地发凉，凉飕飕的。

朗教授一伸手，一只冷冰冰的大手，压在了查妙琪的嘴上，阻止了她的尖叫。那游丝一样，仿佛从天边飘过来的笛声，还在继续。听起来，这笛声，应该是从楼下传来的。安安并没有发现这边的动静，转了方向，朝楼梯那边走了过去。

她消失在了楼梯拐角，也消失在了众人的视线里。

郎教授的脸，仍然是青中泛白，在手电昏黄的光晕下，简直像个鬼。他对着几个学生，一个一个狠狠地看了过去。

“你们，你们几个，半夜跑到西九楼来做什么？”一直到安安的脚步声完全消失，郎教授才开口说话。他的声音也压得非常低，像是不愿意让别人听到一样。

喻林霖上前了一步。“朗教授，我们想弄清楚宋诗言的死因。”

她说出这句话的时候，夏棠一直在注意朗教授的表情。她很分明地看到，郎教授本来就像鬼一样的面色，现在更恐怖了。

“你在说什么？宋诗言？”

喻林霖平静地注视着他。“您不就是诗言的导师吗？难道您不认识她了？她可是您的得意门生啊，而且，她也很崇拜您的。”

几个人都瞪着郎教授，还没来得及发问，郎教授就突然仰起了头，愤怒地对着他们吼叫道：“还不走？还不回去？快走！快走！西九楼不是你们来的地方！快回去！回去！”

他像老鹰赶小鸡一样地把几个人赶到了楼梯口，挥舞着手臂，一再吆喝，让他们赶紧走。

痛苦、悲哀、后悔、绝望。这些表情，都明明白白地写在他的脸上。

这真会是一张杀人凶手的面孔吗？

“郎教授，我是诗言的朋友。”喻林霖仍然不肯走，站在原地不动。她那张英气十足的脸，是执拗的，薄薄的曲线分明的嘴唇也是固执的。夏棠已经相当了解喻林霖，只要是喻林霖想做的事，她是绝不会后退的，“您知道，郎教授，诗言从小就失去了父亲，她是把您当成是像父亲一样地敬重着啊。”

郎教授的脸上，一连变换了很多种表情。最后，让他们吃惊的是，郎教授居然捂着自己的脸，失声痛哭了起来，夹杂着他断断续续的声音。

“诗言，是我对不起你……是我，都是我害死你的……如果不是因为我让你来……你就不会……”

郎教授的这番“表白”，让夏棠等人都大吃一惊。喻林霖过了好一会儿，才试探着问了一句：“郎教授，您说的，是什么意思？……”

郎教授低下了头。过了很久，他才说了一句：“你们先回去。这件事，我要想一想……我要好好地想一想……”

他回过头，摇摇晃晃地往楼下走去。他又扔下了一句：“你们赶快走，不要留在这里，听见没有？”

既然“探险”已经被发现了，也只能“中止”了。众人出了西九楼，在周围找了一遍，都没有看到安安的身影。不仅是安安，连郎教授也像个幽灵一样消失了。他们明明跟着郎教授下楼的，结果一下去，连郎教授都消失无踪了。五个人沮丧地会合在楼下，继续合计。

只听到一棵大树下，几个人七嘴八舌地在那里低声讨论。

“你们说呢！郎教授真的是害死宋诗言的凶手吗？”

“不像，不像。他说的‘害死’，应该还有别的意义在里面。”

“但是他肯定跟诗言的死有关系！他肯定也知道安安为什么会突然出现在西九楼！安安究竟在找什么呢？好吓人的样子！”

“他好像对我们没有恶意耶！我感觉得到！”

至少讨论了五分钟，她们才发现沈靖飞一直都没有说话。夏棠问道：“小沈，你有什么想法吗？”

沈靖飞皱着眉头。“你们谁对郎教授最了解？”

一阵沉默。

最后说话的是喻林霖。

“只知道一般人都知道的。他是云顶学院的泰斗人物之一，据说他的研究空前，有获得诺贝尔奖的可能呢。他脾气古怪——这个没什么，科学家有几个脾气不古怪的？——诗言非常崇拜他，常常在我面前提到他。嗯，他也很喜欢诗言，常常带她单独去做实验……”

喻林霖的声音，越来越轻，最后消失了。

常常单独带宋诗言去做实验。

宋诗言的死，是不是就跟郎教授的实验有关？

夏棠忽然觉得脸上一热，像是有什么黏糊糊的东西掉到了脸上。她伸手一摸，还没来得及把手放到面前，又是“啪”的一声，一大团东西掉到了她的额头上。

她的手上全是血，浓稠的鲜血。

夏棠的脑子里本能的第一反应就是：这一定是刚死的人。只有刚死的人，才会有这种浓腻温热的鲜血。

一片鲜红的枫叶，飘飘悠悠地掉了下来。

夏棠伸出手，去接那片枫叶。她雪白的手，立即被染红了。

几个人的视线，慢慢地，向上移去。

哦，不是枫叶在流血。是人的血，把枫叶给染红了。也不对，枫叶本来就是红的，只不过，人血让它变得更浓艳而已。

郎教授的尸体，就躺在粗大的树丫里，只剩下上半身的尸体。

刚才还在跟他们说话，在他们面前痛哭流涕的郎教授。他们目前找到的唯一的线索，郎教授，就这样，死在了他们的头顶。

前后最多半小时。

他们离开西九楼，在周围搜寻，加上凑在一起讨论的时间，绝不会超过半小时。

查妙琪的脚一软，头往后一仰，就栽了下去。沈靖飞忙扶住了她，杜亚冰紧紧抓着夏棠，喻林霖的脸也白得像纸。

夏棠的脸，雪白的，一点一点的鲜红，在她的脸上扩散。

一个一个的字，从夏棠的口里，缓慢地迸了出来。

“他最多死了十分钟。他一离开我们，大概……马上就被人杀死了。”

郎教授一个人留在西九楼，这段时间，究竟发生了什么？

“你们在那里干什么？！”

有个嘶哑的声音在大叫。黑暗之中，一个佝偻着身体的人影，缓缓地朝他们靠近。这个人特别的矮，背都整个地弓着。

“你是谁？”

等这个人走近，脸露在月光之下的时候，几个人的惊惧，一点都没有减少，反而是成倍增加了。

好恐怖的一张脸。简直像是被人泼了硫酸，五官都看不分明。整个人都是畸形的，一条腿跛得特别厉害，而且严重地驼背。

露在月光下的那半张脸，简直是恐怖片里的产物。

“他……他是管理员。”杜亚冰抖着声音，低声地说，“我以前看见过他的背影，但是没见到他的脸……”

管理员走过来，他的眼睛却很亮，盯着几个人，看过来，看过去。他走得很吃力，每一步，都是拖着腿在艰难地挪。夏棠只是在想，这个人，曾经遭遇过什么？会把人变成这样，也难怪云顶学院要把他养着了，也难怪他会像个黑暗里的幽灵一样，把自己藏起来，从不在太阳下现身。

“这都半夜了，你们在这里做什么？”管理员嘶哑着声音，非常不满地质问。沈靖飞指了一下头顶，管理员抬头只看了一眼，就连着倒退了好几步。

“报警！报警！报警……”

西九楼，就回荡着管理员嘶哑的号叫声。

夏棠对着梳妆镜，看着自己的脸。她正拿着把梳子，慢慢地梳着自己的长发。

她们已经都在警方那里录过口供，虽然警方对于他们为什么半夜出现在西九楼十分狐疑，但在他们的理由既是真的，也无可挑剔。

因为沈靖飞对他们说："说实话。因为你们说谎，会很快被发觉，最终还是会被套出真话来。"

所以警方问完话也就让他们回宿舍了。

安安则一直没有出现过。

回来之后，哪里还有人睡得着觉，四个女孩都坐在床上。夏棠在梳头，查妙琪在做面膜，杜亚冰在玩手机。

喻林霖还在宋诗言的手提电脑里面漫无目的地翻寻。事实上，她已经找过无数次了，宋诗言习惯很好，东西都是分门别类地放好。喻林霖从宋诗言的妈妈那里要来了电脑,但是她一直没有在其中找到任何线索。

宋诗言是个认真学习的女孩，她没有多少娱乐，电脑里面的东西都是有关于她的学习和她的实验的。而且很多东西太过于专业，喻林霖也看不太懂。

"我来试试。"杜亚冰冒了过来。她长得玲珑俏丽，却是个不折不扣的学霸，计算机专业的天才少女。她把手提电脑抱了过去，在那里一阵敲，过了一会儿，说，"她这里面有个奇怪的加密程序，我运行看看。"

程序运行得很慢，"哔"的一声，跳出了一个骷髅头，和一把血红的大叉。杜亚冰骂了一声："什么加密方式啊？"

她抱着笔记本，盘着腿坐到床上去了，把帐帘一拉，喃喃地说："我就不相信我这个天才少女，攻不破你这个破程序。"

寝室里面就只听到她啪嗒啪嗒敲键盘的声音，几个人都没有说话。夏棠还在对着镜子梳自己的头发，她的头发乌黑，发丝一根根的极有光泽。虽然已经梳得很顺了，但她无聊得很，还在那里继续梳。

查妙琪坐在夏棠身边，镜子也把她的面孔映了出来。年轻娇美的一张脸，在小台灯的黄光下，肤如莹玉。

她的手，摩挲过自己的脸。

“棠儿，记得吗，七不可思议传说的另一个？”

夏棠的头发，从她的额头上纷纷地披下来，遮住了她的脸。她美丽的脸庞，在这样的光线下，也显出了诡异的表情，眼睛幽幽地发着光。查妙琪伸出手，雪白的指尖，在夏棠脖子上的红宝石项链上摩挲。

“好漂亮的红宝石。像——从人身上刚流出来的鲜血。”查妙琪的眼里，也发出了奇怪的光，她的面庞一半藏在夏棠的后面，显得有些诡异，“你看，棠儿，最中间那颗最大的宝石，中间有一道金红色的光——就像是星星的光芒一样。它是哪里来的？”

夏棠慢慢地说：“是我妈妈留给我的。”

“多美啊。”查妙琪的眼珠，似乎也被这红宝石血一样的光泽给染红了，“一定是很有年代的红宝石了。你知道吗，棠儿？不管过了多少年，宝石永远是宝石。她的艳光，是不会被岁月洗去的。会永远存在……就像天上的星光一样，不会减弱……”

躲在帐子里的杜亚冰突然十分学术地插了一句嘴。“星星也会的，星星也会消亡的，比如它自身的能量耗尽，或者遇上了什么大爆炸。”

查妙琪压根就没有把杜亚冰的话听进去。她喃喃地说：“另一个传说就是——当你看着那面镜子里的自己时……你的容颜会逐渐变老……”

“谁不会老呢？”夏棠哧的一声笑了出来，“难道你会像金庸笔下的那个玉像一样，青春永驻？练了逍遥派的武功吗？”

“谁知道呢？”查妙琪的眼神缥缈，“我可是不想老的。”

杜亚冰的声音，再次从帐子里面响了起来。“拜托，镜子传说，说的是人的容貌会在镜子里面迅速变老！不是自然的老化！”

查妙琪回过头，娇滴滴地说：“说清楚一点嘛。”

“我又不是男的，你对我撒什么娇！”杜亚冰的声音，继续从帐子里面传出来，“就是说，你照一次那面镜子，你就会变老一点！照上十次八次的，你这大美女就变成白发苍苍的老太婆啦！”

查妙琪吓了一跳，双手紧紧捂住了自己的脸。“这一定是假的吧？”

喻林霖一直没有说话。她英气的眉，这时也紧紧锁了起来。“这个，我倒是听诗言说过。她说，真的有这回事！”

听到她这话，连杜亚冰都从帐子里把头探了出来。

方依依之死

喻林霖确实听宋诗言含含糊糊地提过“照镜子会变老”的事。

那时候，宋诗言就站在一面镜子前。那是个周末，喻林霖跟宋诗言说好了，开车捎送她回家看她妈妈，但是到了时间，宋诗言还没有出现，喻林霖只好去西九楼找她。

当她看到宋诗言的时候，宋诗言正背对着她，站在走廊角落的一面镜子前面。

这镜子因为放在角落，所以积满了灰。宋诗言的身影，映在镜子里，也看不清楚。

喻林霖看她站在那里一动不动，就上前拍了拍她的肩膀。“诗言，你在这里干什么？我等你半天了……”

宋诗言并没有回头。长长的镜子，却蒙满了灰尘，看不清她映在镜子里面的脸。她的声音，在空空荡荡的走廊上回响，喻林霖突然觉得，都有点不像宋诗言的声音了。

“林霖，你听过云顶学院的镜子传说吗？”

喻林霖怔住。她压根也没想过宋诗言会突然冒出这个问题。“听说过。照镜子，每照一次，人就会变老一分，是吧？这只是胡说八道而已。”

即便她这么说，当宋诗言慢慢转过头来的时候，那一瞬间，喻林霖居然隐隐地感到了恐惧。

是因为时间太晚的缘故吧，除了她和宋诗言两个人之外，过道上空无一人。还有几间实验室的灯是开着的，门也是虚掩着的，一片空空荡荡的静。

她害怕，宋诗言回过头来的时候，是不是也会容颜老去？

当宋诗言的面孔出现在灯下的时候，喻林霖松了一口气。

她嘲笑自己的神经质。

宋诗言还是宋诗言，哪里有一丁点的变化。清清秀秀的五官，冷冷静静的表情。她不算多美，只是五官端正，但是她有一种特别的本领，就是能藏住自己的情绪。这么些年，喻林霖几乎没看到宋诗言有多少的情感表露。

但是这时候，宋诗言一定心里有什么事。凭着对她的了解，喻林霖能感觉到。

因为宋诗言的眼神。

“你的样子不太对劲，林霖。怎么了？”

宋诗言反而来问她这个问题。喻林霖摇了摇头，笑了。“没什么，我就是突然害怕，你回过头来也会迅速地容貌变老。”

宋诗言的回答，是喻林霖怎么也想不到的。

“是吗？那也说不定呢。林霖，你看，在这个地方，这里，会发生一切奇迹和不可能的事……”

她没有再说下去。

之后，她也再也没有提过这个话题。

喻林霖自然也忘记了。

但是，那个场景突然回到她的记忆里的时候，她一瞬间感到一阵不寒而栗。

因为那时候，宋诗言凝视着满是灰尘的镜子，慢慢转过头来——喻林霖是确实感到了少有的恐惧。

“在‘这个地方’？什么地方？”查妙琪奇怪地问，“实验室？西九楼？还是这整个云顶学院？奇迹和不可能的事？什么事？”

没有人回答她。夏棠凝视着镜子里面的自己，庞副院长对她说过的话，又在她脑海里回荡。

“云顶学院有很多秘密。棠儿，不要去接触你不应该接触的东西。好好念你的书，什么都不要多问。”

查妙琪见没有人搭理她，又换了一个问题。“哎，你们发现没有，沈靖飞真的蛮厉害的，见到死人，就跟棠儿一样，完全面不改色。”

喻林霖说：“他有点眼熟，我一定在什么地方见过他。”她漂亮的浓眉紧紧地拧在一起，“究竟是在哪里？我的记性什么时候变得这么差了呢？”

查妙琪撇了一下嘴。“没见过才怪呢，我看大家都拿他的照片当手机桌面！”

“不。”喻林霖说，“我觉得，不是来到云顶学院之后的事。是之前。”

杜亚冰忽然“哇”的叫了一声，从帐子里面钻了出来，手里捧着宋诗言的笔记本。她兴奋得满脸都在放光。

“看，我解开了！”

她把笔记本放在了桌子上，所有人都凑了过去。

这是个监控程序，记录了大量的数据。

数据里有很多心电图、脑电波的波形，非常非常的多，看起来应该还不止是一个人的。应该是有很多很多人，在不同的情况下的数据。

“这程序只有部分。”杜亚冰辩驳地说，“不是我技术有问题，是原本宋诗言的权限就只有一部分。她也只能使用这程序的一部分，而且是比较外围的部分，核心的，我压根不知道是什么东西。不是我能力不足哦！”

查妙琪拧了一下她的苹果脸，笑着说：“没有人怀疑你这个天才少女啦！”

喻林霖和夏棠不理她们，在那里对着笔记本研究，还在那里小声讨论。过了一会儿，夏棠才说：“宋诗言应该是在做什么实验，这些都是实验动物的状态记录。这个很容易查到，只需要查一下她当时做的是什么项目就是了。冰冰，查一下。”

“没问题！”杜亚冰一扬头，“进云顶学院的数据库，太容易了！”

夏棠若有所思地说：“不过，这个程序，跟云顶学院自己开发的，可完全不一样。如果她确实是在做学院的项目，为什么不用学院的程序？”

杜亚冰抓着自己的头发，说：“奇怪啊，她当时就只在做一个跟遗传相关的项目，用的都是小白鼠。但是这些波形，明显是一些更大的实验动物，跟人已经很相似了。云顶学院有黑猩猩实验吗？”

没有人回答她。杜亚冰只得自力更生，在数据库里面继续查。

“黑猩猩实验是有的，但是宋诗言来的那几年，是绝对没有的。”杜亚冰最后得出了结论，“除非没有录进数据库。”

夏棠终于放下了她的梳子。她盯着镜子里自己的脸。“那就很清楚了。她做的，一定是朗教授的实验项目。这是他们之间的秘密。”

喻林霖接过她的话头，幽幽地说：“所以，朗教授才会被杀。所以，郎教授才会说，是他害死了宋诗言。——不是他杀了诗言，是他跟诗言的秘密实验，才会导致诗言被杀，最终导致了郎教授自己被害。”

杜亚冰说：“所以，当务之急，我们就是要查清楚，郎教授究竟在跟宋诗言研究什么，会这么致命！”

朗教授的具体研究，是在分子生物学这一方面。分子生物学是个非常复杂，兼具了遗传学、医学、病毒、疫苗等方面的专业。而且这门科学，极具应用价值。

郎教授最近的、最有名的一篇学术论文是有关于治疗癌症的。

“但是这是好东西呀。”杜亚冰十分之不理解地看着自己搜索出的一堆东西，“是关于抗癌的，如果他的研究成功了，我们甚至可以攻克癌症这个魔鬼。嗯，大概就是强化具有抗癌作用的蛋白质，减缓它的半衰期……这些我不太懂，不过，反正意思就是人类有可能征服癌症。”

确实，为了这种好东西，实在没必要杀宋诗言，杀郎教授。

查妙琪吐了吐舌头，拉了喻林霖一把。“好啦好啦！反正现在也想不出来，我们回我们自己寝室吧！也该睡觉啦！不然我主持枫红祭的时候，会是个大黑眼圈！”

喻林霖不快地说：“你还想着这个？”

“当然了。”查妙琪打着呵欠说，“明天晚上就是枫红祭了，我总得漂漂亮亮地上台吧！相信我，这一年的枫红祭，会很精彩的！”

那天晚上，大概是因为见到了那么些稀奇古怪的事，夏棠又做梦了。

她从小就开始做这样的梦。

梦里，是高高的雪山。雪山不应该总是在很远的地方吗？可是，这座雪山，却就在眼前。她觉得，自己仿佛就站在雪山下面。

这是她见过的最美丽的地方。草地，盛开的野花。没有人，毫无人迹。仿佛是一个远离尘世的世外桃源。

从她记事开始，就在做这样的梦。

有些年，似乎是停了，没有做过。可是，自从她进入云顶学院以来，这梦，就又开始了。有时候模糊，有时候清晰。模糊的时候，雪山都被浓雾给笼罩着。清晰的时候，她甚至能看清楚每一朵花的花瓣，蜜蜂在花蕊上采蜜，她能看到蝴蝶翅膀上艳丽的花纹。

夏棠睁开了眼睛。

她在流汗。从她光洁的额头上，汗珠细细地沁了出来。

她慢慢地摸到了床头的手机，输进了一条信息。

“我又做那个梦了。”

开始闪动的，是一个叫“北斗”的人的头像。这个人的头像很特别，是一个铜制的指南针——最古老的那种，像一把勺子。

“你已经很久没做这个梦了。”

夏棠回复：“是的。”

过了一会儿，对方的回复又来了。“没关系。梦只是黑夜里的东西。你现在过得很快乐，不是吗？”

夏棠不知道该怎么回答这个问题。

“你怎么了，棠儿？”喻林霖是个细心的人，她今天一直就觉得，夏棠的脸色特别不好，而且人也有点恍恍惚惚的。直到晚上枫红祭快开场的时候，夏棠还是这个样子。

夏棠摇了摇头。喻林霖是好朋友，不过，这做怪梦的事说出来，她自己都觉得挺可笑的。“没什么，我就是做了个噩梦。”

喻林霖叹了口气。“谁叫你天天对着尸体，换谁不做恶梦呢？叫你参加社团，你又不肯。这么多社团，音乐社舞蹈社登山社戏剧社，你呀你，就天天看尸体。就算你用功，也得有点休息时间嘛。”

夏棠笑笑。她知道喻林霖是好意，可是，她确实对这些社团缺乏兴趣。一转头，她又看见了方依依。

她觉得，方依依看起来，好像更脆弱了几分，脸色也更白了，越来越像个易碎的瓷人儿。方依依坐在一棵大树下，长长的头发散落下来，手里握着一支笛子——就像一幅画。

“方依依。”

夏棠轻轻地叫她。

方依依抬起了头。夏棠又一次觉得惊讶，方依依这张脸，真是不健康的白，白得像要化掉那种，一破就要碎成片片。她忍不住说：“你最好去休息一下，或者，去看看病。你的样子，真的不太好。”

方依依的眼里，一瞬间露出了回忆的笑意。“哦，以前，我哥哥也常常对我这么说。”

“你哥哥？”夏棠问道。

“是啊。”方依依轻轻地说，“他比我大很多，好多年前，就来到了云顶学院。他很优秀，我从来没有见过比他更优秀的人。他是学生物工程的，他说，他就要学这个，他喜欢这个，而且，只有这个可以救我。”

喻林霖插口：“救你？”

方依依十分平静地说：“我是活不了太久的。”

夏棠也不知道说什么好了。喻林霖比她要心硬一些，继续追问：“那，你的哥哥呢？他在哪里？他这么优秀，现在应该已经在这个领域里面出名了。”

“他死啦。”方依依淡淡地笑着，说，“他已经死了好多年了。就死在这个云顶学院里面，死得非常非常可怕。他们都说，他是自杀的。可是，我一直不相信。我哥哥怎么会自杀呢？我就只有他一个亲人。他不会扔下我不管的。”

她的眼光飘远了，夏棠也顺着她的眼神望了过去。

方依依远远凝视的，是在夜晚里沉寂地发着血光的红枫林。

“是啊，我不相信。所以我一直在等他。我一直在等着他……可是……”她的嘴角，突然露出了一个悲凉至极的笑意，“我现在开始相信，我是永远等不到他了。”

方依依取下了她脖子上的项链。她把项链坠子打开，里面是一张小小的照片，可以看得出来，已经照了很久了。

“你哥哥很帅。”

夏棠几乎是脱口而出的。她一向不是查妙琪那样的花痴，贴了一屋子的明星海报，但是，方依依这照片上那个男人，是真的非常俊美，而且是一看就很有内涵的那一类型，笑得十分温文含蓄。跟方依依，长得相当的像。

喻林霖也凑过去看。她叹了口气。“方依依，你哥哥当年在云顶学院，肯定比沈靖飞还要招女孩子喜欢。”

方依依嘴角那个悲凉的笑意，似乎更浓了几分。“不，他对这些都没什么兴趣。他只对他的工作感兴趣。”

喻林霖皱了皱眉。“我能问问，他是怎么死的吗？”

方依依垂下了长长的睫毛。她慢慢地合上那个项链坠子，戴回了脖子上。“他已经死了，不在了。我们再说他，没有什么意义了。我觉得，你们还是多关心一下活着的人，比较好。”

夏棠吃了一惊。“活着的人？你指谁？”

方依依正想说话，又停住了。她望着舞台的方向，幽幽地说：“枫红祭快要开始了。你们先去忙吧。等到有空的时候，我们再慢慢聊。我有一些事，想要告诉你们。也许，你们可以去做一点事，挽回……或者中止……”

她恍恍惚惚地笑了笑，站起了身。“我一会儿也要去看枫红祭了。听说你有节目吧？我听过你拉小提琴，真的很出色。”

她这话，是对着喻林霖说的。喻林霖被人称赞惯了，应付这种赞美也一直十分淡定，但是方依依这么说，她却是真的觉得高兴。

“谢谢你，方依依。我也很喜欢你吹的笛子。我会一点古琴，如果有机会，我们一起合奏，好不好？”

方依依听了这话，眼里那恍惚哀伤的神色也消失了。夏棠看着方依依，她觉得，听了这话，方依依也有小小的兴奋。

“好，等过几天，空下来的时候，我们一起合奏试试。我也会钢琴，钢琴跟小提琴，也是最佳搭档哦。”

“那好，我们说定了，下个周末，音乐社见。”喻林霖难得这么兴奋，“我们都把乐器带来。”

夏棠叹了口气，说：“我这种不会乐器的人，可以旁听吗？”

“当然可以。”方依依说，“大家都来。”

方依依走了，夏棠轻轻地说：“我还以为她真的不食人间烟火呢，原来，她还是有这一面啊。她真的很喜欢音乐，是吧？”

“其实她是修生物化学的，跟安安一样。”喻林霖说，“不过，她真是很有音乐天分。我很期待那一天呢，棠儿。早知道，就不跟沈靖飞一起表演了，应该找她。”

夏棠把嘴一扁，取笑地说：“算了吧，少了沈靖飞，得少了多少亮点啊！”

喻林霖喃喃地说：“这又不是我决定的。”

夏棠站在后台，小小地掀开了幕布的一角，看着拉小提琴的喻林霖。喻林霖的眼睛半闭着，短发拂在她的脸上。她很投入，那模样是神游物外的。夏棠远远地看着她，觉得喻林霖跟平时的样子，也大有区别，几乎都快不认识她了。

她跟沈靖飞合作的曲子是《春天奏鸣曲》。

夏棠本人对音乐没有什么兴趣，不过欣赏的本事还是有的。他们配合得很好，之前已经在一起排练过好多次了。从夏棠这个方向，她看得到沈靖飞的侧脸，睫毛很长，鼻梁很挺，轮廓分明，实在是个英俊的男孩子。

难怪这么多女孩子为他都发了疯。

查妙琪在她背后，推了她一下。“干什么，你也喜欢他？那我上次叫他给你送点心，你回来还对我那么凶？”

“胡说八道。”夏棠板着脸说，“我跟林霖一样，觉得这个沈靖飞面熟，好像似曾相识一样。”

查妙琪扁嘴。“这样的帅哥，见过一回，就不会忘的吧？再不，你们是上辈子就认识了？”

夏棠瞪了她一眼，懒得搭理她。查妙琪老是说些“与众不同”的话。

突然之间，喻林霖的小提琴，发出了一声十分尖厉而不协调的音节。从夏棠的方向，看得到喻林霖的脸色忽然变了，在舞台上强光的照射下，即便是浓妆，也突然地显得无比苍白。她的手指也停顿了，眼睛呆呆地望着台下的观众席。

云顶学院这个最大的剧院，有一流的声光效果。所有的座椅都是红色丝绒的，豪华程度比得上专业的大剧院。这时候，密密麻麻地坐满了学生和教师。

一柱黄白色的圆柱状灯光，正好打在第五、六排中央。

方依依就坐在中间的座位上。

铺着红色丝绒的椅子，椅背和扶手都嵌着亮晶晶的金色饰条。这实在是很华丽的椅子，就像《歌剧魅影》里面的一样。可是，这时候，就连这些金色的饰条，都被鲜血给染红了。无数的血，从方依依的身上流出来，简直就像她的血管全部从身体内部爆裂了一样。她穿着一袭纯白的长裙，露出来的脖子、手臂，都像是被血管里的血冲破了皮肤，鲜血像一把把利刃，穿透了她的身体。

方依依的眼睛睁得大大的，她的脸上，居然没有恐惧或者痛楚，照夏棠看来，她的表情是一种不可思议的惊诧，甚至有种苦涩的了然在里面。

夏棠一刹那的直觉是：方依依，她一定知道是怎么回事。夏棠曾经见过她唇边无奈的苦笑，就跟现在一模一样。

一个娇小的身影十分敏捷地从舞台上跳了下来，是杜亚冰。她原本是留在后台的。她甚至没有走过道，直接从座位上蹦了过去。

沈靖飞比她慢一点，但是到得不比她晚。

但是他们都不敢去移动方依依。方依依一身白瓷般的皮肤，现在都被血给浸透了，看得人心惊。血沿着她的两边太阳穴往下流，夏棠远远看着，她的太阳穴都是深深的血洞——像是被子弹给打穿了。

方依依的嘴唇艰难地嚅动着，似乎想说什么。杜亚冰顾不得什么，朝她俯过了身去。

“你想说什么？什么？”

从夏棠的方向，她只看到方依依的嘴唇动了两下，视线努力地向下看着。夏棠顿时明白了，方依依是在示意，让杜亚冰去取她脖子上的项链。

“啪”的一声，方依依的手垂了下去。

她死了。

她的眼帘也垂了下来。

“啪”的一声，小提琴从喻林霖手里掉了下来。这是她最珍爱的宝贝，这时候，居然重重地摔在了地上。

“啊——”一声满是恐惧的尖叫声，终于响了起来。

这声惊叫，终于让一片死寂的剧院沸腾了。高叫声，争先恐后地奔出剧院的脚步声，此起彼伏。

夏棠想，对了，这才对了吧。

刚才那恐惧之极的死寂，似乎持续得过于长了一点。

大家都被方依依的死状给震住了。

现场已经封锁，警方也已经来过了。因为是发生在云顶学院枫红祭的事故，所以众人都如临大敌，庞副院长已经亲自去了。而警方来的人，也是喻林霖的一个表亲。喻林霖也跑去打听消息了。

发生了这样的事，自然是一切都停止了。后面的节目自然也不演了，就看着化着大浓妆穿着各色戏服的学生们，来来去去。这场景实在是非常古怪，甚至带着种讽刺的滑稽意味——像五颜六色的小丑们，无头苍蝇一样地来来去去。

夏棠看到喻林霖回来了。

不知道什么时候，下起雨来了。深秋的雨本来就萧瑟，喻林霖也不打伞，也走得不快，就那样走在细细的雨丝里，短发都被淋湿了，贴在她的脸上。她的神情是茫然的，眼神也是飘忽不定的。

走在雨里，她就像个幽灵。

“林霖？……”夏棠叫着她的名字，喻林霖的表情，实在是让人担心。喻林霖的脸上都是细细的雨珠，眼睛也被水洗得发亮，夏棠简直看不出来，她究竟是不是在流泪。

“她死得跟诗言很像，棠儿。”喻林霖低低地说，“血管爆裂，冲破了血管。只不过，她连脑部的血管也爆裂了。这是因为她原本脑部就有血管瘤，所以特别恐怖……过大的压力，把她的太阳穴都压成了血洞，比枪击脑部还可怕……”

她的眼光飘远了，看着那密密细细的雨帘。

“方依依为什么会死？……”

夏棠的嘴唇动了一下。她听到沈靖飞的声音，在雨里传了过来。沈靖飞的声音，低而沉郁。

“因为方依依知道一些她不应该知道的事。”

喻林霖机械地转向了沈靖飞。“那么你又知道什么？”

沈靖飞替喻林霖撑了一把伞，这时候他仍然是很绅士的。但是他的眼睛，却一直停留在夏棠的身上。在雨里，夏棠的脸，清艳如六月盛放的海棠，不知道为什么，明明是萧索的细雨，却有种凄清的感觉。她披了件纯白的外套，但脖子上那串红宝石项链，却红到凄艳，仿佛随时都有血泪，会从宝石上坠下来一样。

秋雨缠绵，那些红枫的叶子，也在雨里翻飞。

美极了，却也凄艳极了。

就像方依依倒在大红丝绒的椅子里面，一身洁白的长裙，却被鲜血给染红了。她那张白净的小脸，除了太阳穴的两个血洞，居然还是美丽的。

比起她那被锋利如利刃的鲜血贯穿的娇小的身体，这份美丽，却显得如此的妖异和可怕。方依依娇小纤弱的身体，孤零零的，仿佛深陷在那深红色的座位之中。

夏棠闭上了眼睛。

她不愿意回想第一次见方依依的模样，白衣的女孩，清丽纯净得就像一弯小溪。

一阵夹着雨丝的凉风吹过，每个人都打了一个寒战。这风好像透过了衣服，一直浸进了皮肤里面。夏棠原本就穿得单薄，这一吹，更觉得寒意逼人。

夏棠忽然看到，好像有个身影，缩在树林里。她轻轻地叫了一声：“安安？”

安安在雨里，缩在树边，发着抖。她本来就长得不好看，确切地说，是属于“丑”的那一类型。可是，不知道为什么，夏棠总觉得，安安在雨里看起来，好像真的有那么点不一样，好像看起来顺眼了一些。

是哪一点不一样呢？

“安安，你怎么了？”夏棠想把她拉起来，可是，安安却把自己蜷缩得更紧。她的声音，在发着抖，“不，不应该是这样的。我从没想过会这样……”

夏棠注视着她。“你知道些什么吗，安安？”夏棠自然不会忘记，那天安安跟方依依发生过争执。

“不！！！”安安突然发出了一声声嘶力竭的叫喊，她一把推开夏棠，冲了出去，“我什么都不知道！我什么都不知道！我什么都没有做！”

喻林霖一直在旁边听着她们对话，这时候，喻林霖轻轻地说：“这么说来，她确实是知道什么，又做了什么喽。”

难道方依依的死，跟安安有关系？

不。

夏棠茫然地摇头，她不相信。安安是个善良的女孩，这一点，她从来没有怀疑过。虽然她跟安安接触不久，但是，她认为安安是羞涩而好心的。

绝对不会有害人之心。

但是，安安那天晚上突然出现在西九楼，又突然消失，她一定跟这些事情有关系。

“棠儿，我觉得非常难受。”喻林霖把头埋在夏棠的肩头，喃喃地说，“我脑子里全是方依依。我跟她约好了，你听见的，我们下个星期会一起合奏。我真是很兴奋的，我是真的很期待的。我没有想到……这会成了一个永远不能达成的约定……我永远没办法释怀……”

夏棠伸手搂住喻林霖冰冷的肩头。“林霖，别这样。你明知道，这不是你的错。这跟你一点关系都没有。”

“是，我知道。”喻林霖低声地说，“可是，我想，我这一辈子，只要一想到这个永远实现不了的约定，我的心就会痛。”

夏棠沉默了很久，才开口说话。

“至少，让我们找出她的死因吧，不能让她在我们眼前死得这么不明不白。”

镜

杜亚冰尽力地搜集了方依依的资料。方依依说的都是真的，她父母双亡，有一个哥哥，在她小的时候就死了。方依依成绩很突出，本来她能选择的学校不少，但是她坚持来云顶学院修生物化学专业。

“她的笛子吹得很棒，这一点我们大家都知道。但是，她特别擅长的，是一种很特别的笛子，叫——羌笛。”杜亚冰把这一点当作最后的重磅炸弹，抛了出来。

羌笛何须怨杨柳，春风不度玉门关。

这是很少见的乐器，而且，这羌笛的声音，太过呜咽凄凉，简直像是哀乐一样。

所以，方依依从来都是“自娱自乐”，不像别的乐器学得好的人，总愿意去展示一下。

那天夜里，在西九楼听到的笛声，就是货真价实的羌笛。

但是，这些所谓的线索，对于方依依的事，没有什么实质上的帮助。

不管怎么样，他们也才进云顶学院没多久，还有的是事情要做。云顶学院是有了名的学业繁重，进来的都是千里挑一的人，但仍然会被这里繁重的课程压得喘不过气来。当然，也不至于到把人压垮的地步，压力本身就是让人进步的一部分。还是有相应的各种活动，各个社团都人气很旺。

夏棠这几天忙着解剖各种尸体，把别的事情都搁在脑后了。

云顶学院的好处就是不会缺给学生用的各种尸体！要知道，别的学院，法医专业如果有具尸体给学生用，那真的是大家都会抢破头的。

这天她从手术室出来，就看到沈靖飞站在外面。

这个男孩子实在很帅，最关键的是他那股气质，就算没有太阳，也感觉有阳光洒在他身上，闪闪发光。他站在空地上，旁边有片树林，一群女孩就躲在树背后偷看。沈靖飞应该对这种事已经习惯了，只当没看见。

他看到夏棠，迎了上去。

夏棠简直不敢正眼看他，她都没转过脸，就能感觉到那群女孩的眼神，感觉一把把飞刀飞过来插得她浑身上下都是。

“棠儿，你的事完了吗？我想请你喝咖啡。”

沈靖飞的声音不算小，夏棠是真觉得身上插的飞刀一下子又翻了倍。她勉强地挤出一个笑脸，说：“不用了吧，我还没忙完呢。”

“我有很重要的发现要告诉你。”沈靖飞朝她挤了挤眼睛，“绝对比你别的事重要。你天天看尸体，还没烦吗？”

夏棠一时也拿不准沈靖飞究竟是借口还是真如他所说，平心而论，她也并不想推掉这个约会。云顶学院对学生谈恋爱，虽然不赞成，但也不反对，大方向是“只要不影响学习就好”。夏棠把头一扬，义无反顾地说：“那好吧！”

反正自己又没有做什么见不得人的事。

他们在图书馆附带的咖啡厅里面坐下了。这个咖啡厅很大，一半是露天的，阳光透过玻璃洒下来。有些座椅和双人秋千椅直接就设在了草地上，每张小桌上都用小瓷瓶插着鲜花，三三两两的学生抱着书和笔记本坐在这里，咖啡香弥漫在草地上，这光景实在是太悠闲了。

夏棠在秋千椅上坐了下来，慢慢地晃动着，悠悠地说：“哎，在这里坐着，完全感觉不到，我们是在课业那么严苛的云顶学院呢。”

“不管在哪里，如果自己不努力，又怎么会有好成绩呢？”沈靖飞笑着说，他拿着奶罐问夏棠，“要不要？”

“不要。”夏棠说，“我就要黑咖啡就可以了。昨天晚上没睡好。”

她凝视着自己的咖啡杯。扎成一把的长发，有点儿乱了，几绺头发垂在脸颊旁边。她睡得确实不好，但是，十七八岁的少女，实在比草地上开着的野花还要清新。

沈靖飞看着她，看得有点呆了。夏棠忽然甜甜地笑了起来，沈靖飞被她笑得有点发蒙。夏棠笑盈盈地说：“小沈，我真的担心，下一桩发生在云顶学院的血案，被杀的人就是我！被她们眼睛里飞出来的飞刀给杀掉的！”

他们两个身边的所有桌子，在他们坐下来的五分钟之内，被一群女孩子给全部占领了，个个都虎视眈眈地在往他们这边看。

沈靖飞微黑的脸，这一下也涨红了。夏棠理了理头发，说：“好啦，不开玩笑了。说吧，找我有什么事？”

“首先，我要对你道歉，我有一件事没告诉你。”沈靖飞从衣袋里拿出一封信，递到了夏棠的手里，“方依依曾经给我这封信，可是，我并没有当一回事。我以为……”

他没有说下去。夏棠脱口而出：“你以为是情书，所以没有搭理她？”

沈靖飞的脸又是一红，他的样子，相当尴尬。“对，我并没有想到她有这么重要的事情。”

那封信写得很简单，字迹很漂亮。

“能约个时间见面吗？在西九楼，明天晚上八点。我有一些很担心的事情，想告诉你。是关于枫红传说的。”

沈靖飞英俊的脸上，露出了苦笑。“真的，这种东西，我收到了不少，什么样子的都见过了。我也不可能一一去回复。我根本没有当真。”

夏棠叹息了一声。“你应该当真的。如果想约会，谁会约在西九楼？”

西九楼几乎没人，空空落落，甚至是阴森森的，又在学院的角落。方依依如果是想约会，云顶学院里面，安静又有情调的地方，大把大把抓。比如柳堤，比如杏林，比如莲园。

“……跟你说实话，棠儿，约在什么地方的，我都见过。”沈靖飞更尴尬了，“你……也应该有很多人追你啊，难道不也是什么招数都会使出来的？”

夏棠无所谓地喝了一口咖啡。“没这回事。第一，不是人人都有胆子来追我的。第二，他们那些招数，我根本不在意，我也根本不会看他们发给我的东西。我可没你这么好说话。”

沈靖飞对她的“淡定”无言以对。他拿出了一叠打印出来的资料。“你先看看，回头我再发你一份到你邮箱里。”

夏棠放下了咖啡杯，翻看着沈靖飞交给她的东西。

她忽然明白了沈靖飞的调查方式。

她们都想着去调查郎教授的学术研究内容，但沈靖飞却是从另外一个渠道在进行调查的。他把郎教授这几年的详细行踪全部列了出来，凡是比较清楚的就画掉，而有问题的，就另外用红笔标了出来。

无法解释郎教授行踪的一段时间，正好就在宋诗言死亡之前，也就是枫红祭的前两个月。

那时正好是暑假。

“郎教授这么多年，固定地每年七月到八月会去瑞士参加年会，这是他们行业内最高端的会议，去的都是最有名的科学家。”沈靖飞说，“这是铁打不动的，十年以来，郎教授没有一次缺席过，有一次生了病都从医院里跑去了，拦都拦不住。但是这一次，不知道为什么，他没有去，而且也没有通知会议的委员会，所有人都为他的缺席奇怪不已，因为郎教授本身要在会上做演讲的，这是定好了的。他的演讲题目就是关于癌症的攻克。”

他又看了一下自己的记录。“后来，也陆陆续续地有几个郎教授的好朋友，联系到了他，对他不出席例会十分吃惊，因为郎教授对自己的这次演讲非常重视。可是，郎教授却在电话里咆哮着说……”

沈靖飞又低下头看了一眼资料。“‘我说的什么？演讲什么？都是废话！笑话！知道吗？我现在才知道我有多愚蠢！’”

他又说，“这是郎教授的好友，斯通教授回忆的。”

夏棠望着沈靖飞，没有说什么。沈靖飞不是普通人，这是她从一开始就能感觉到的。能够搜集到这么多相关的证据，更不会是一般人能办到的。斯通教授是个非常著名的科学家，出了名的古怪，一般人要去找他，估计连面都见不上，能这么和盘托出？

沈靖飞明显地感觉到她的疑问了，咳了一声，正打算解释两句，一个女孩走了过来，站在他们的桌子旁边。

这是个身材高挑的少女，走路姿势很是特别，十分吸引人的眼球，一看就是跳舞的人。她不算漂亮，只是脸特别小，轮廓很好，尖下巴，头发紧紧地在脑后束成一个马尾巴。除了脖子上一条镶着碎钻的白金项链，她什么首饰都没有戴，穿的也是校服，但就是与众不同，咖啡厅里面的所有人都在对着她看。

“那是谢咏心啊！舞蹈社的社长！”

“她去年刚得了‘飞天奖’，跳得可美了！”

谢咏心把一只手放在夏棠的肩膀上。“棠儿，你今天怎么有闲情逸致出来喝咖啡？”她细长的凤眼，眼尾上翘，有意无意地瞟着沈靖飞。喻林霖也是凤眼，但喻林霖看起来就是英气勃勃，谢咏心的凤眼却是媚得要滴出水来。

“我早说了，你呀，这么小，就听你那伯伯的，一天把自己关在手术室，对着那些尸体。现在正是应该玩的年龄，学习重要，也不能太封闭了是不？”

谢咏心今年就要毕业了，马上就二十二岁了，比夏棠大好几岁，算是成年人了，她对夏棠说这番话，夏棠也只有听着。“知道了，咏心姐，你每次见到我就说这个，下次我看到你都要躲着走！”

谢咏心笑了起来，在夏棠的秋千椅上紧挨着她坐了下来。“好啦，棠儿,我这不也是为你好吗？你伯伯最近怎么样？我刚去参加了个演出，都没时间去看他老人家。”

“好得很。”夏棠说，“老样子啦，天天闷在手术室和实验室里面。我都很少见得着他的面！”

谢咏心望着沈靖飞，说：“今年你总算肯在枫红祭露脸了？你的钢琴弹得真好，学妹们都为你发疯，还真不是没有原因的。”

沈靖飞这一下真是脸红透了，说不出话来。谢咏心却凝视着沈靖飞的脸，若有所思地说：“我一直都觉得，你挺面熟的，像谁呢？……”

夏棠心里一动。喻林霖也说过同样的话，她自己也这么觉得。谢咏心摇了摇头，似乎不准备再费脑筋了。她吃了一小块盘子里的布朗宁，叹了口气，说：“真惨，我不能长胖一丁点，可怜我最爱吃甜食，吃点水果都要计算着热量吃。”

她站起身来，说：“棠儿，我走了，舞蹈社还有事。对了，过几天，舞蹈社会有一个演出，我有一个独舞，你到时候也来看吧。”

夏棠笑着说：“咏心姐，你送给我票吗？”

“当然了，VIP 票。”谢咏心笑盈盈地说，“最好的位置。你们两个，一起来嘛。”

她迷人的笑容，突然地僵掉了。夏棠顺着她的眼光看去，不远处走过来了一男一女。男的高大英俊，但看年龄和气质，不是云顶学院的学生。女的跟谢咏心很有点相像，小脸，身材修长，走路就像飘在水上。那女孩子半靠在男人身前，叽叽咕咕地说着什么。

“她是谁啊？”夏棠问。谢咏心的脸色，已经恢复正常了。她笑了一笑，说：“是韩歌吟，舞蹈社的副社长。”她又拉了拉嘴角，“也是我最大的竞争对手。那个男的，是她的哥哥，韩康年。”

她走上前，跟那一男一女打招呼。“韩大哥，你什么时候回国的？”

韩康年对她淡淡地点了点头。“咏心，好久不见。前天刚回来。”

“刚回来，就跑来看歌吟了？”谢咏心笑着，但在夏棠看起来，却觉得她这笑，怎么看怎么不自然。夏棠总觉得，谢咏心眼里，有嫉恨的表情。可是，就她所知，绝对是谢咏心拿的奖比韩歌吟多。

韩歌吟对着谢咏心一笑，那笑容几乎是胜利的。“是啊，我哥一回来，当然是马上来看我。要一起喝杯咖啡吗？”

“不用了。”谢咏心拒绝了，“我还要回去练舞。”

她又对着韩康年笑了一笑：“韩大哥，你有兴趣来看我跳舞吗？”

“不好意思，我回来事多。”韩康年又点了一下头，就走开了。谢咏心的笑容，明显地又僵了一下。

沈靖飞在旁边说：“原来是他们兄妹啊。”

谢咏心盯着沈靖飞。“是啊，那又怎么样？”

“没什么。”沈靖飞笑得很无辜，“闻名不如见面，都很出色。”

谢咏心再看了他一眼，对着夏棠摆了摆手，就飘然而去了。她走路的样子，轻盈无比。

沈靖飞望着她的背影，说：“谢咏心，我看过她跳的‘睡美人’，跳得真美。你们一直就认识吗？”

“是啊。”夏棠不经意地说，“从小就认识。”

她的目光，仍然停留在韩康年兄妹身上。

韩歌吟挽着韩康年的手臂，笑得脸都在放光，半仰着头看着他，嘴里一直在说着什么。可是，韩康年却一直什么都没说，他的眼光，明显地是放空的，也不知道在想些什么。

夏棠轻轻地说：“韩康年的心思，明显地不在韩歌吟身上。”

她沉默了片刻，说：“你给了我那么多资料，我也告诉你一点吧。是有关郎教授和方依依的验尸情况，不过，我想你已经有渠道知道了。“

“我更愿意从你的嘴里听到。”沈靖飞笑着说，“虽然，我实在觉得，那么血淋淋的事，不应该从你这么可爱的女孩嘴里说出来。”

夏棠略微有点不屑地说:“连你也看不起人了。这是我的专业，谢谢。”

“没没，绝对没这回事。”沈靖飞连忙说，给夏棠端过了一片蛋糕，“快说快说，我听着呢。”

“郎教授是吸进了大量的有毒气体而死的。”夏棠说，“他的下半身，至今都没有找到。——我怀疑，是被腐蚀掉了。用强酸——分子结构还在分析中，可能是硝酸，也可能是更厉害的，我们俗称的王水。”

“方依依身上的血，是怎么回事？”沈靖飞问。

夏棠疑惑地摇头。“她体内的细胞组织被改变了。我们现在都不知道是怎么改变的，已经超过了我们研究的范围。但是结果就是，身体承受不了这个压力，然后就……”她打个了寒噤，“就等于是有过度的压力作用在身体内部……想一想，你不穿宇航服，就在月球上面走，会变成什么样……”

沈靖飞提出了一个实际的问题。“可是，人的外表，并没有问题。如果是过大的压强，难道不会把人压成一堆渣？”

“你说的是从外部压下来。”夏棠说，“我说的，是从内部挤压，一直压到血管裂开，鲜血在压力过高的情况下，像刀子一样切割开皮肤，并激射出来。哦，别跟我说合理不合理，我知道在生理上不合理，可是，这事情就这么发生了。”

忽然，他们听到背后有人发出了古怪的声音。沈靖飞和夏棠回头一看，几个坐在他们旁边的女生，都露出了十分恶心的表情，直愣愣地瞪着他们两个。

夏棠叉起一块蛋糕，塞住了自己的嘴。“哎呀，我们别说了，要照顾别人的感受呢。”

沈靖飞笑了，说：“谁叫有人要偷听？”

夏棠说：“下次，我们找个安静点的地方再讨论吧。”

沈靖飞对着她比了个“OK”的手势。“我等着你的‘下次’，棠儿。”

但是，奇怪的是，那个周末的舞蹈表演，谢咏心居然没有上场。夏棠很诧异，因为谢咏心打算跳的是“睡美人”，这个舞是她打算去参赛的，因为云顶学院的舞台效果十分之好，这里等于是她的彩排，她也特别在意，已经练了很久，没有任何理由缺席的。

杜亚冰被派去后台打听，回来汇报说：“舞蹈社的人也不知道，谢咏心从来没有说过自己要缺席今天的演出的。副社长韩歌吟挺生气的，说谢咏心太不把她放在眼里了。——她们两个，一向不和，大家都知道！”

夏棠皱着眉。一股不祥的预感，在她的心底升了起来。她站了起来，说：“你们在这里看，我去找咏心姐。”

谢咏心平时除了上课，别的时间基本上都在社团的舞蹈室。最安静的一间练习室，大家都默认是属于谢咏心的。跟大多数舞蹈家一样，谢咏心有洁癖，也有些怪癖，眼高于顶。只不过，她的高傲，也是她的魅力的一部分。除非得到她的允许，没有人会轻易进她的练习室。

夏棠敲了敲门。她听到练习室里面有轻微的响动，像是有人在拉桌子椅子的声音。

“咏心姐？你在吗？”

她听到刺耳的“吱呀”一声。好像里面的人又用力地拉了一下桌子。夏棠心里又跳了一下，用力地敲了几下门。

“咏心姐，是不是你？你没事吧？”

她试着推了一下门。门并没有从里面锁起来，但是像是用什么重物抵着。夏棠用力推了一下，又听到“嘎吱”的一声。紧跟着，谢咏心的声音尖厉地响了起来。

“别开门！！”

奇怪的是，夏棠觉得，谢咏心的声音，听起来跟平时有点不同。谢咏心的声音本来清丽动听，现在却像是有点感冒，听起来要粗嘎得多。

夏棠缩回了手。谢咏心声音里的惊恐，让她有点害怕。“咏心姐，你没事吧？你为什么没有去表演？……”

“表演……”谢咏心的声音更低哑了，夏棠始终觉得她声音很怪，却又说不出哪里奇怪。“表演……跳舞……我再也没办法跳舞了……”

夏棠一听，这下可是真急了，就在那里用力推门。“咏心姐，出什么事了？你快开门啊，你究竟出什么事了？”

她力气本来也不小，用力推了几推，门就开了一条缝，挡着门的是里面的桌子。夏棠又一撞，门就开了一半。

“不要进来！”谢咏心又叫了起来。

夏棠听她的声音更奇怪了，她想推门，只觉得身后有人猛力撞了一下，门就开了。她回头一看，是沈靖飞。

夏棠来不及问沈靖飞为什么会在这里，推开门冲了进去。

这是个宽敞的练习室，四周都镶着镜子。奇怪的是，所有的窗帘都是拉下来的，里面沉在一片黑暗里。

谢咏心缩在一张桌子旁边，几张椅子倒在她旁边。她的对面是一整堵镜子的墙壁，幽幽地泛着灰白的光，映着谢咏心瑟缩成一团的身体。

“别过来！”谢咏心继续往后缩，把自己裹在了窗帘里面。夏棠的诧异已经到了顶点，她试探地朝谢咏心走了过去，轻轻叫了一声：“咏心姐，你怎么了？”

沈靖飞一直站在她身后，注视着谢咏心。他忽然“啊”了一声，拽了一下夏棠，做了个手势。

夏棠顺着他手指的方向看了过去。

谢咏心把自己藏了起来，但她的头发散开了，披了下来。她的头发原本是直的，因为编过辫子，所以带着一点儿卷。

夏棠记得很清楚，谢咏心没有染过头发，头发是天然的棕黑色。很美丽的头发。

但是这时候，借着外面透进来的微弱光线，夏棠看到，谢咏心的发色变了，变成了一种老妇人一样的灰白色！

夏棠惊呼了一声。“你的头发……！”

她一步步地走了过去，蹲了下去。“咏心姐，是我。我是棠儿。”

她慢慢地掀开了谢咏心裹着自己的窗帘。

沈靖飞和夏棠同时倒抽了一口凉气。

就在三天之前，他们还见过的，年轻俏丽的谢咏心，皮肤紧致光洁，身材轻盈的谢咏心，现在已经完全变了一个样子。

这三天，对谢咏心简直不止三十年。她现在看起来，像是个五六十岁的老妇人。她的脸上出现了皱纹，身材也变得粗笨，甚至连眼神也变得浑浊了。

“这怎么可能……怎么会这样……”夏棠喃喃地说，她实在无法相信自己的眼睛。谢咏心的眼泪，顺着她脸上的皱纹流了下来。她慢慢地、机械地扭过头去，似乎她已经不能完全控制自己的动作了。

她看的是一面镜子。放在练习室角落，用深红色的丝绒遮着的一面穿衣镜。

夏棠一时间，还不能理解谢咏心这眼神的含义。她只听到沈靖飞的声音，在她身边，沉沉地说道：“镜子传说。”

七不可思议传说。

当你对着这面镜子，注视你自己的脸——你会看到自己在镜子里面，慢慢变老。

沈靖飞朝着角落里的镜子，慢慢地走了过去。他伸出一只手，放在了深红色的丝绒上面，想把那块盖布给掀开。

“镜子……呵呵……”谢咏心笑了起来。这时候，夏棠终于明白，为什么她刚才会觉得谢咏心的声音非常奇怪了。她的声音，也随着她的容颜一样老去了，她连声音听起来，都像是个老妇人了。

“我不该那么做的……”谢咏心的啜泣声，也像个垂暮的老妇人，听得夏棠一身寒毛都竖了起来，“我不该签下那个契约的，我不该的……我明明知道结果会怎么样，却还是……”

夏棠听得一头雾水。“咏心姐，你在说什么？契约？什么契约？”

沈靖飞朝虚掩着的门看了一眼。“棠儿，不能让她留在这里。我去找车，我们先把她弄出云顶学院。我直接去找我相熟的医生，不会有事的。”

云顶学院太大，里面随时都有环保的电瓶车来回穿梭。沈靖飞指的“找车”，就是找个电瓶车，先把谢咏心送出去。

沈靖飞匆匆地往外跑，临走时回头对夏棠交代了一句：“别离开她，也别让人看到她。这样的情况，简直没办法说清楚。”

夏棠不由自主地点了点头。她抱着谢咏心，说：“没事的，咏心姐。一切都会好的。”虽然连她自己，都觉得她的话实在是太苍白无力了。尤其是，看到谢咏心那灰白色的头发，触到她那松弛的皮肤的时候。

谢咏心忽然猛烈地一阵咳嗽。她这种咳法，咳得夏棠心都揪了起来，就像是那种垂暮的老婆婆的干咳，好像连血都要咳出来一样。夏棠见她咳得一直不停，咳得都快昏过去了的样子，四周一看，这练习室里面什么都没有，光光的只有镜子和几套桌椅，就说：“咏心姐，你等一等，我去给你找杯水。”

她想站起来，又有点犹豫，沈靖飞说过不要让她离开谢咏心的。但是，谢咏心咳得越来越厉害，嘴角都流出了血。夏棠吓了一跳，不敢再耽搁，跑了出去。

她直走到这一层最角落的房间，才看到一个饮水机。夏棠拿了个纸杯，倒了一杯水，匆匆地走了回去。

夏棠还没走到练习室，就隐隐地闻到一股味道。

她对这味道实在是再熟悉不过了，一颗心都沉了下去。

血腥味。

她放慢了步子，小心翼翼地走到了练习室门口。

那杯水，从她的手里掉了下去，洒了一地。

谢咏心死在了里面。盖在那面镜子上的红色丝绒被掀到了远远的墙角，镜面已经碎成了不知道多少小块。

一块三角形的镜片，刺穿了谢咏心的咽喉。

她的脸，露在开门之后射进来的光线之下。夏棠这一次，是真的看清楚了。谢咏心还是谢咏心，但至少是五十多岁的谢咏心。就跟当年的宋诗言一样，她的身边都是大大小小的镜片碎块，而她的身体，像是被浓酸给腐蚀过，美丽的瓜子脸只剩下了半张。

“啊！——”夏棠的惊叫声，响彻了整个舞蹈社。

她听到有急促的脚步声奔过来，最终静止在自己的身后。

沈靖飞像尊木雕一样，呆呆地站在那里。

谢咏心离奇死亡的事，怎么也瞒不过云顶学院的学生。尤其是，虽然学院遮遮掩掩想不让人看到谢咏心的尸体，但是，学生们都是神通广大，总有几个能偷偷看到。谢咏心一下子像是老了几十年的模样，让学生们都大为震惊。

传说又应验了——这流言，又再次在学校里悄无声息地蔓延。

就连夏棠也都恍恍惚惚了好几天，感觉像是做了一个噩梦。

已经不知道有几批人来反复问过她当时的情况了，夏棠就像个机器人一样，重复了一遍又一遍，最后连她自己都不知道自己在说什么了。

最后她终于被恩准回自己的宿舍了。

庞达追出来，把她一直送出了办公大楼，一再地对她说：“忘了这事！棠儿，忘了这事！这事跟你一点关系都没有，越早忘掉越好！”

他一抬头，忽然一愣。

一个穿了件银灰色风衣，身材修长的年轻男人就站在他对面。

“夏芾？”庞达是真愣住了。夏棠一抬头，也怔住。“哥，你怎么来了？”

夏芾是夏棠的堂哥，是个遗传学方面的专家。夏芾脸色并不好，对庞达点了点头，就对夏棠说：“跟我回去，不能再留在这里了。”

夏棠呆住了。“你开什么玩笑呢，哥？我在这里好好的，而且，我这学期刚进来，还没等到放假呢。回去？”

“我一开始就反对你到这里来！”夏芾恼怒地说，“什么地方不能读，非要跑到这里来！现在出了这些事，我难道还能把你放在这个危险的地方？你真是幼稚，棠儿，你不知道这里有多危险！”

夏棠重重地一跺脚，只有在夏芾面前，她才会这样子撒娇。“哥，你好歹把话说明白啊！危险？什么危险？你总得告诉我啊？”

夏芾看了一眼庞达，庞达也叹了一口气。“棠儿，你就听夏芾的话，回去吧。云顶学院，现在……确实不安全。”

“你们不说清楚，我是绝对不会回去的。”夏棠不满地说，“喻林霖的好朋友宋诗言前几年意外身亡，现在咏心姐又发生了这样的事。不仅如此，我还要你们帮我一个忙——解剖谢咏心尸体的时候，我要在场。”

她抬起头，清亮的黑色眸珠，注视着庞达和夏芾。“如果你们不肯告诉我，我就自己去调查。尸体是最好的证据，不会欺骗我，也不会对我有所隐瞒。”

夏芾盯着她。过了好一会儿，他点了点头，说：“好，棠儿，你确实很倔强，而且越来越固执。从小到大你都这样，你要做的事，没有一件你会不坚持到底。这是你的优点，也是你的缺点。我拦不住你，但是，你要记着一件事。”

他朝夏棠走近了一步，低声地说：“不要接近西九楼。如果枫叶变红了，就马上离开云顶学院。”

说完这句话，夏芾就头也不回地走了。庞达在旁边搓着手，有点无措地说：“棠儿，你看，你把你哥哥惹火了。你真没必要留在这里……”

“庞伯伯。”夏棠打断了他，“你也是看着我长大的。我没有弄清楚的事，我不会放弃的。尤其是，这件事还有我的责任！如果我当时不离开咏心姐，她也许就不会死得那么惨……”

“你应该庆幸你当时走开了。”庞达的声音，忽然地变得有点阴森了，“棠儿，你应该庆幸，而不是后悔。谢咏心……她是必须死的。照过了有魔力的镜子的人，尤其是，那种贪婪的，一直照下去的人……都只有这个结果……”

夏棠紧紧地盯着庞达。她的震惊无以言喻。

庞达的话，跟谢咏心临死前对她说的话，如出一辙。

她想问庞达，但是，庞达那神秘的眼神和表情，都在告诉她，他是不会再告诉她任何事的。

云顶学院是有秘密的。

至少，庞达就是一个知情人。

舞者之死

夏棠回到了舞蹈社的小楼。这是座相当新的白色小楼，很漂亮，楼前有很大一块草坪。她看到沈靖飞坐在一张木头长椅上，手里拿着一片叶子，当成口哨在那里吹。

他吹的曲子还挺好听，不知道是哪里的小调，从来没听过。

夏棠站着听了一会儿，走到了沈靖飞的身边，坐了下来。

沈靖飞把那片绿叶抛到了草地上。他的脸色相当沉重。

“我还记得，那天我们在咖啡厅遇到谢咏心。她从阳光下走过来，轻盈得像是飘在水上，巧笑嫣然。还不到一个星期，她就变成了一个白发苍苍的老妇人，而且，就在我们面前——棠儿，她就死在我们眼皮子底下！”

夏棠低下了头。“对不起，我没有听你的话，我走开了……”

“不干你的事！”沈靖飞的声音也提高了，他的拳头捏得格格响，“她的死，是必然的，一定是必然的。就算那时候不死，之后也会死！你的走开，只不过给了凶手一个机会而已，这个机会没有，还会有别的机会，甚至会制造机会！”

夏棠听着他的话，奇怪地问：“怎么，你觉得她是被人杀死的？不是因为镜子的诅咒？”

“你信？”沈靖飞嘲弄地说，“棠儿，我从来都只相信真实的东西。你信吗？我从来不信这里莫名其妙的七不可思议传说。谢咏心就跟宋诗言一样，是被人害死的！”

听到“宋诗言”三个字，夏棠一凛。她望着沈靖飞，说：“你是因为宋诗言而来的，对不对？”

“不全是。”沈靖飞认真地说，“但是，我确实是来追查她的死因的。棠儿，以后，到合适的时候，我会告诉你一切的，但是现在不行。”

夏棠笑了一笑。“好，我相信你。”

她看了一下表。“我要走了。咏心姐的尸检，马上就要开始了，我提出了我要在场。现在我就要赶过去了。”

沈靖飞的眼睛一亮。“那就全靠你了，棠儿。”

夏棠却叹了口气，说：“我想，你会失望的。我认为，在谢咏心的尸检里，恐怕不会有什么决定性的证据。毕竟……”她的眼神飘远了，“这是全世界都有名的云顶学院啊。一切都可能发生……”

“棠儿，你既然要去做尸检，为什么还跑来这里？”沈靖飞问。

夏棠的目光，空洞而迷惑。“哦，我也不知道。我就是想再来看看——现场。不过，警方已经来过了，应该所有有价值的东西，都已经被他们给带走了吧。”

“我会再去看看。”沈靖飞回答，“你就去忙你的吧，等你的消息。”

他们看到一个人在舞蹈社外面徘徊。夏棠一看清，就脱口而出。“安安？”

安安一看到她跟沈靖飞两个人，眼里又露出了某种夏棠曾经见过的神色。不，不能算是嫉妒，夏棠努力地想找一个词。

最后她想到了。

“自惭形秽”。

可是，夏棠总觉得安安看起来有那么些不一样。比起上次见到她，又有那么些不一样了。究竟是哪里不一样呢？

沈靖飞笑着朝安安打招呼。“嘿，安安，你好。”

安安的脸，顿时红透了，支支吾吾地连话都说不出来了。最后，好不容易挤出了两个字。“你……好……”

夏棠好心地说：“我们一起去喝咖啡，好不好？”

安安吃了一惊，她看了看沈靖飞，又看了看夏棠，似乎是很想答应的样子，最后，还是摇了摇头。

“不了，我不去了。”

她又像只兔子一样地跑走了。夏棠叹了口气，说：“好吧，我也该去面对我的尸体了。”

沈靖飞说：“你明明有事，却还叫她一起喝咖啡。”

“因为我知道，她是不会答应的。”夏棠轻轻地说，“我了解安安，她虽然喜欢你，但却不敢说出来的。”

这话说得太直接，沈靖飞都呆住了，呆了半天才说：“棠儿，你这是什么意思？”

“我说的是实话。”夏棠说，“安安非常喜欢你，我看她看你的样子就知道了。”

“可是我……”沈靖飞叫了起来。夏棠立刻打断了他：“我没有什么意思，真的，我就是挺担心安安而已。我这段时间，一直想找她谈谈，可是，我连她的人影都看不到。是的，小沈，我担心她。”

夏棠面对过太多的尸体。但是，这一次，面对谢咏心的时候，她仍然觉得有一丝丝的胆怯。

她并不是主刀，论资历还轮不到她。胡教授主刀，她是助手。

谢咏心的尸体，怎么看，都像是一个垂暮的老妇人。她的内脏器官明显衰竭，尤其是肝和肾，衰竭得非常严重，有一个肾的功能，已经几乎要丧失了。就算她没死，估计也得考虑做透析，或者换肾。

夏棠轻轻拨开谢咏心灰白的头发，那质感，真就是老人一般。在谢咏心的脖子后面，有一个深红色的胎记。如果这胎记长在原来的谢咏心身上，那应该是非常美丽的——白得半透明的皮肤，淡粉色的胎记——可是，现在长在满是褶皱还有老年斑的暗黄的后颈上，真是很诡异。

夏棠不由自主地多看了那胎记一眼。

不知道是不是她想象力太丰富，她觉得，那胎记就像一片枫叶。

“你怎么看，棠儿？”胡教授问她。夏棠摇了摇头，说，“很难说，她现在人死了，我们没办法确定，她究竟是因为自然的衰竭而肾丧失功能，还是因为别的原因。”

她的眼睛，在白口罩上方闪闪发亮。“也有可能是因为药物，不是吗？使用了错误的药物，造成肝和肾的衰竭。事实上，很多药物本身都有这些副作用，如果长期服用的话。我们应该查一下，看一看，谢咏心究竟平时有没有使用某些不好的药物？”

她跟胡教授一边在对话，手下也没有停。摘下的器官，都整整齐齐地放在容器里。

他们并没有特别的收获，最后，胡教授用一床遮盖单，盖住了谢咏心的尸体。

夏棠不想再看谢咏心的脸。只剩了半张的脸。

这也是她觉得十分诧异的，之前她一直在练习室，她可没有看到任何强酸或者弱酸。事实上，谢咏心的身体，分明是酸腐蚀的结果——从内部往外侵蚀，这并不是她离开的几分钟就能够办到的。

她望了胡教授一眼，胡教授却在低着头洗手。

“好了，暂时告一段落吧。”胡教授头也不抬地说，“报告你来做，棠儿，我签名就可以了。这个报告，我确实没有什么好多说的。你把她的器官取个切片，送到生物化学系那边，让他们检验，究竟是什么东西造成这样的情况的。”

夏棠苦笑。

谢咏心的身体，就是一个老年妇女的样子。谁都不会相信这是一个正常的年轻女孩。她的器官有衰竭，如果她还活着，可以做各种检查，但是她现在死了，不太容易确定衰竭的原因。

但是，衰竭是一回事，组织、血液、器官的腐蚀又是另一回事。事实上，从第一个学生开始死亡的时候，云顶学院就从来没有弄清过原因。

她不相信谢咏心会是例外。

夏棠说："我尽快把报告交给你。"

她离开胡教授办公室的时候，看到这个老人站在窗边，茫然地望着外面。他的脸上，很明显地写着——恐惧。

为什么？

因为谢咏心的尸检情况？

夏棠想，可是，谢咏心的尸检，几乎是一无所获啊。

奇怪得很，安安平时都是常常在她面前晃的。从方依依死的时候开始，她好像就没有怎么看到安安了。安安躲到哪里去了？明明还应该有很多的事，需要在实验室做啊。

不会真是因为沈靖飞吧？夏棠突然觉得有点不安，有点说不出来的歉疚。虽然她跟沈靖飞，实际上真的并没有什么。

她给安安发了个信息。

没有回复。

夏棠一回她的寝室，早已等在那里的查妙琪、喻林霖、杜亚冰就一窝蜂地扑过来了。夏棠不知道她们三个人，怎么能造成一群人拥了过来的效果。她本来就已经很累了，本能地举起了双手，叫了起来："好了好了！让我慢慢说！我快累死了！"

她在自己的床上倒了下来。突然之间，一股突如其来的疲惫的浪潮，几乎是席卷了她。

之前，夏棠的神经一直紧绷着，这时候猛地放松了下来，她疲倦得连动都不想动一下了。偏偏那几个还扑在她身边，叽叽喳喳地发问。

“怎么样？怎么样？”

“验尸有结果吗，棠儿？”

“谢咏心是怎么死的？云顶学院里都乱成一锅粥了！都有学生要退学了！好可怕！”

夏棠的两眼，直瞪瞪地望着前方。寝室里只亮着一盏小灯，特别的暗，大家也是压低了声音在说话的。看在夏棠的眼里，这熟悉又温馨的小房间，现在也染上了些许诡异的色彩。

她觉得，自己的声音，都不像是从自己喉咙里面发出来的了。

“谢咏心，就我们目前的验尸结果，她就是自然衰老的样子。——像魔法，是不是？我们都觉得像个魔法。不可思议。”

查妙琪眨了眨眼睛。“这不就是云顶学院的不可思议传说吗？”

她美丽的脸，也像是涂上了一层幽暗的色彩。“传说，在云顶学院，有一面神奇的镜子。女孩子照了这面镜子。就会越来越美丽。对，照一次，就会美丽几分，可以让一个很丑的女孩子变成一个大美女！”

她的眼睛，像两颗宝石一样地放着光，把她的整张脸都照亮了，出奇的美丽。“但是，这个世界上，可是没有免费的午餐的！”

如果说查妙琪是在讲故事的话，那她这个故事，绝对是把几个女孩都给吸引住了，几个女孩都紧紧地盯着她，等着她讲下去。

查妙琪却摊了一下手，笑着说：“看着我做什么？接下来，我也不知道了！”

喻林霖和杜亚冰险些被她气得背过气去。杜亚冰叫了起来：“就这样？！你哪来这么多‘不可思议传说’的版本啊？我都不知道这是第几个了！而且，每一个都没头没尾的！”

“我也不知道我是从哪里听来的！我就喜欢听八卦！”查妙琪理直气壮地说，“传说本来就常常是没有结局的！只是一些虚无缥缈的说法！”

“即使如此，也该有个类似结局的说法吧？”夏棠问道。查妙琪想了想，说："就我的理解，就是说，照镜子可以让一个丑小鸭变成大美女，但是，这个女孩也会付出相应的代价。相应的代价是什么？这个，我不知道了。哦，对了！听说，如果要照镜子，还必须要在羊皮纸上，签下血的契约！"

杜亚冰翻了个白眼。"天哪，这简直是各国传说加童话的大杂烩啊！不知道是谁编的，太没有创意了！"

夏棠的眼睛，黑幽幽的，深深地凝视着她。"也许，她所付出的代价，就是自己的青春。透支了自己年轻的生命……美丽只是一瞬间，衰老却会提前到来……"

在她们宿舍的窗外，有一株至少长了几十年的红枫。这时候，叶子已经不那么鲜艳了，变成了深黯的红，风吹过的时候，就开始一片一片地往下掉。

"也许，谢咏心就是为了某些目的——透支了她的青春。她并不是一无所知，她知道在自己身上发生了什么事。就像这些枫叶，红到最艳的时间，只有那么几天。然后，就变黄了，飘零了……"

几个女孩都沉默了。

只听到窗外的风吹动枫叶的声音。沙沙的，像秋天幽怨的雨声。

让夏棠意想不到的是，沈靖飞在听她讲了查妙琪这番"胡说八道"之后，却十分的重视。按他的说法，那就是：没有什么传说是空穴来风的。即便是远古的神话，也可能是一些真人真事经过演变，故事变成了传说，而传说又变成了神话。

更不要说是在这个云顶学院里面发生的。捕风捉影——就算是影子，影子也是因为光的原因，从人的身上折射出来的！

所以，这天下午，沈靖飞和夏棠把查妙琪拖到了咖啡厅，一定要问出查妙琪究竟是在哪里听到这个传说的。

查妙琪捧着一杯香喷喷的咖啡，苦着脸说："我哪里想得起来啊？

肯定是跟谁聊天的时候，听别人说的啦！我怎么记得起来，每天我跟人说话的次数那么多……”

夏棠打断了她。“你非得给我想起来不可！”

夏棠平时虽然文文静静的，但她要坚持一件事，就一直会坚持到底。查妙琪自然也明白夏棠的为人，叹了一口气，在那里抓着自己一头漂亮的头发，冥思苦想了。

“好像是在枫红祭排练的时候听到的。”查妙琪想了半天，迟迟疑疑地说，“一定不是在我进云顶学院之前。为什么说是在枫红祭呢，因为，好像，我不确定啊，我觉得，我应该是在化妆间听到的。”

她继续在回忆。“好像，当时，我也对着一面镜子。”

正是因为这面镜子，才引出了之后的话题。

当时已经快要彩排了，查妙琪正在后台对着镜子化妆。那面镜子擦得不是太干净，所以查妙琪脸都要凑在镜子上面了，正在努力地给自己画眼线。她听到有人在说：“哎呀，你照镜子也照得太认真了吧，真是照一下就会变美吗？”

“什么叫照一下就会变美？”查妙琪漫不经心地回答。她坐在化妆间的角落，从她的位置，是看不到说话的人的。化妆间人不少，她也懒得回头，她的眼线可不能画断掉，“这面破镜子，人都照不清楚了，还变美呢！”

“当然不是这面了，是传说中有魔力的镜子，越照就会越美的！”

这话让查妙琪想扭过头去，不过，这时候，正好有人来帮她弄头发，她就不敢回头了，生怕做坏了自己的发型。

她听到那个女孩子的声音，继续说着：“不过，就算变美了，也会付出相应的代价。这个世界上，可没有免费的午餐哦。”

查妙琪化完妆后，差不多就轮到她上场了。她压根没有留意那时候化妆间里还有些什么人，因为她满心里都是自己上台之后的事。

现在，他们三个人，又回到了大剧场。

白天的剧场，仍然是黑洞洞的。深红色丝绒的帘子全部放了下来，只有“安全出口”的绿灯在发着光。

一排排红色丝绒的椅子，空无一人。

顶上那盏水晶大吊灯，映着镜子拼成的天花板，他们三个人的影子，被折射成了无数无数个。

夏棠低下了头，不愿意去注视镜子的天花板。现在，镜子成了她不喜欢甚至厌恶的对象。尤其是，这剧场里面的深红色丝绒幕布，跟谢咏心用来遮着镜子的那块帷幕的质地一模一样。她晃了晃头，想把那些不愉快的画面暂时从脑海里抹去。

“这里真豪华。”查妙琪说，“简直像意大利的歌剧院。”

她的眼里，忽然露出了迷惑的表情。“真的很像《歌剧魅影》的情节。记得吗？藏身于黑暗里的魅影，充满才华，却不容于世……”

没有人回答她。

沈靖飞和夏棠都保持沉默。她这么一提，谁能不想到方依依血淋淋的尸体？在盛大的枫红祭上，就那样，死在众目睽睽之下。

谁是丧心病狂的凶手，至今仍然丝毫没有头绪。

“我们去后台吧。”沈靖飞说，“妙琪，你尽量回想一下当时的情形。毕竟，能进到后台和化妆间的人，并不多。”

化妆间里依旧弥漫着一股脂粉的香气。查妙琪走到了角落，在一张靠背椅子坐了下来，拿起了一个粉扑。

“我当时就坐在这个位置。”

沈靖飞站在门口。“你能回忆一下，声音是从哪个方向发出来的吗？”

查妙琪对着镜子里面的自己苦笑。“真的，我无能为力。当时化妆间挤满了人，乱糟糟的，我觉得大概所有的人都在说话。而且，我的注意力，完全都不在那边。不过……”

她扭过头来：“那个说话的人，应该离我挺远的。我觉得嘛，她应该在门口旁边的座位上。因为她的声音，我听起来感觉挺远的。她在人群里，她旁边应该也是挤着人。对了！”

查妙琪忽然叫了起来。她声音本来就又细又高，这一兴奋，在这安静得像坟墓的剧场里面，让人寒毛直竖。

“她一定也是有节目的人！”

沈靖飞问：“为什么这么说？”

“这还用问吗？我觉得她当时也是坐在化妆台前面的，所以，她一定是在化妆啊！”查妙琪高声地说，“你们想想，这化妆间地方有限，她一定是马上要上台了，所以才在这里补妆什么的呀！而且……”

查妙琪想了一想，说：“她应该是某个节目的主演吧！因为，这是最好的一个化妆间，不是人人都可以进来的！也因为这样，这里并不大，挤不下多少人！”

沈靖飞问她：“你还有没有那天的节目名单？”

“当然有。”查妙琪把她的手机拿了出来，找出了一个文件，“看，这就是最后敲定的节目名单。那晚枫红祭的主持一共有三组，我是第二组。我准备上场的时候，就是给第八个节目报幕。”

沈靖飞的手指，沿着屏幕一路向下滑去。他的手指终于顿住了。“看这个。第八个节目……”

“奔月”。

那个节目的名字叫“奔月”。

表演者是舞蹈社副社长韩歌吟和她的哥哥韩康年。

韩康年并不是这个学校的学生，他算是“友情出演”。他本身已经是很有名的舞蹈演员了。

夏棠的眉尖微微蹙起：“那话，真是韩歌吟说的？……”

她觉得，这件事情，越来越古怪了。像是一连串的珠子，一拉，后面就拉出了越来越多的五彩晶莹的珠子。或者，就是多米诺骨牌，接着一个一个地倒了下来。最后，全部倒塌下来的时候，会变成什么样？

至少，云顶学院的舞蹈社，是脱不了干系了。

夏棠她们买了韩康年和韩歌吟演出的票，趁着周末，跑去看了。

去看表演之前，把自己是“天才少女”天天挂在嘴边的杜亚冰，也搜集了不少韩歌吟兄妹的资料。

韩歌吟本身也是“知名人物”，要不是有谢咏心在，她还能更上一层楼。

谢咏心抢了舞蹈社社长的位置，得到了飞天奖——对于艺术而言，实实在在的，不是靠勤奋就能弥补的。谢咏心有天赋，这是不可否认的，但是，谢咏心也是个聪明的女孩子，知道怎么拉拢人际关系。

“据说她这次得那个飞天奖，原本应该是韩歌吟的。”杜亚冰说，“谢咏心很有办法，你们都知道，舞蹈的奖，总有些人情的因素在里面。因为，评分这个东西，原本就是很主观的。”

查妙琪插进来说：“你们说得太客气了！我从来就不喜欢那个谢咏心，听说，我只是听说哦！听说她跟M舞蹈协会的副主席关系很暧昧哦！还有，她跟我们艺术学院的院长关系也不简单哦！嘻嘻嘻……你们明白我的意思吗？她毕业后，原本是定了由云顶学院保送去意大利进修的，只要她想去，别人都要靠后！”

夏棠没有搭话。

谢咏心的脸，又浮现在她的面前。这种瓜子脸，丹凤眼，狐狸一样的长相，确实很讨中年男人的喜欢。夏棠虽然跟谢咏心认识多年，却并不真的了解谢咏心，但是，谢咏心确实是一个招男性喜欢，招女孩子讨厌的人，这一点，夏棠本能地感觉得到。

“会不会是他们两兄妹把谢咏心害死了？”喻林霖很没有把握地提出了一种可能性。

杜亚冰反问：“怎么害？而且，就为这个？有必要吗？杀人是一件很严肃很可怕的事呢！”

这时候，幕拉开了，韩歌吟兄妹的节目开始了。

这是一个公益性质的演出，韩康年长年在国外，这次正好回国，大约也是因为韩歌吟才愿意表演的。

夏棠虽然跟韩歌吟兄妹有一面之缘，但现在还是觉得不太认得出他们来。因为韩歌吟和韩康年脸上都是浓妆，这种舞台浓妆，基本上是认不出谁是谁的。

大凡跳舞的人，都是小脸，高挑，长得未必多美，但是适合上妆，谢咏心也是同一类型的。

他们这出“奔月”，配上出色的舞台效果，实在是完美。几个女孩也暂时忘了她们来的目的，静下心来欣赏。背景是一片深蓝的夜空，星星在闪耀，一轮圆月在夜空中央闪着柔和的光。

韩歌吟一身白色的纱衣，头发上缀满亮片。她轻盈得像只白色的鸟，在穿着白色紧身舞衣的男人手臂里起舞。夏棠坐在台下看着，真觉得她不像是人类，真会飞向后面那模拟得十分真实的月亮。

“真美。”夏棠喃喃地说，“她好像马上要羽化登仙一样。”

她没法说，究竟是谢咏心跳得好，还是韩歌吟跳得好。各有各的优点，风格完全不一样，如果说好与不好，完全只是一个主观的问题。所以，韩歌吟嫉妒谢咏心，觉得是她利用自己的人际关系得了飞天奖，这也是完全可能的。

查妙琪发出了一声自愧不如的长叹。“跳得真好，专业的就是专业的。”

她话音还没落，舞台上就起了变化。在这种双人舞里面，常常有托举的动作。被韩康年托举起来的韩歌吟，忽然在她哥哥手臂里摇摇欲坠。本身托举动作就是比较危险的，哪怕是合作多年的搭档，也一样地会出危险。越厉害的舞者，越喜欢挑战一些高难度的动作，本身就是危险的。

韩康年看样子是想去把韩歌吟托住，但是，韩歌吟完全像是控制不住自己的身体了，她像只折断翅膀的雪白的鸟儿，几乎是垂直地栽倒在了地上。

夏棠一下子站了起来。她脸都白了，以最快的速度冲上了舞台。

以韩歌吟这个姿势和速度跌到地上，只有一个结果——颈椎折断，当场死亡！

夏棠把手放在韩歌吟的脖子上。她脸色苍白，抬起了头。

“她死了。”

她接触到一双充满惊疑的眼睛。韩康年，在那张因为舞台妆而看不清表情的脸上，只有这双眼睛，能流露出些许的情绪。

是惊恐？是担心？这都是应该有的情绪，可是，夏棠总觉得，在她的眼睛对上这个男人的眼睛的时候，韩康年的眼神，缺乏一些应该在这时候出现的东西。

夏棠又把眼光移下了躺在地上的韩歌吟。她的颈椎直接折断了。那张浓妆的脸，仍然掩不住她一瞬间的惊恐。

她再低下头看了韩歌吟一眼，韩歌吟的瞳仁，有放大和涣散的感觉。

夏棠叹了一口气，站了起来。

“叫警察吧。我也不知道，这能不能算个意外。”

枫林里的眼睛

枫叶已经从红变黄了。最美最灿烂的短暂时刻，已经消逝了，而且消失得那么快。夏棠站在云顶学院的山头，看着满山由红变黄的枫叶，那渐变的色彩，美得不是任何人工的东西能复制的。

查妙琪坐在一棵红枫下，正在聚精会神地画画。只有画画的时候，她才跟平时叽叽喳喳的模样大不相同。她的眼睛发亮，所有的神思，都凝聚在手里的画笔上。她完全是神游物外，对于周遭的一切，她现在都一点没有感觉。

夏棠朝沈靖飞做了个“嘘”的手势，示意他跟自己一起走开。

他们两个人一直走到了小路上。头顶上都是红黄相间的枫叶。阳光很淡，但是被枫叶浓艳的色彩一衬，也变得浓艳如火了。

“别打扰她，她画画的时候，什么都不会理的。”夏棠笑着说，“我们散步去，小沈，免得她一会儿画得不顺手冲着我们发火。”

“我去看过她爷爷的画展。”沈靖飞说，“妙琪一定遗传了她爷爷的艺术基因。不过……”他的眉宇之间，也露出一股疑惑之色，“她爷爷擅长国画，可妙琪是画油画的。这个，好像也差得太远了吧。”

夏棠只是微笑。她朝前走了几步，在一张木头的长椅上坐了下来。奇怪得很，只有这一片地方，光秃秃的。

她的发带散开了，长发散了下来，几片小小的枫叶，就落到了她柔滑的黑发上。

夏棠近于叹息地说了一句：“这里就是当初的镜子长廊。第一个女学生，就死在这里。枫红传说的开始……”

沈靖飞凝视着她动人的侧脸。“可是，棠儿，你有没有想过，这个开始,又是怎么回事呢？这个传说,是从哪里开始,又准备到哪里结束？”

七不可思议传说，说起来，是从日本开始的。因为日漫、动画的大举入侵，导致了这个七不可思议传说也在这边的校园里面生根并蔓延。究其原因，本来嘛，也就是一些捕风捉影的传闻。各个学校，本身也就可能死过一些人，几乎每一届的学生，都会有意外或者自杀，偶尔会冒出一个谋杀。寝室也是个小团体，大家生活在一个这么小的空间，起居都在一起，很容易发生各种事件。尤其是女生，女生本来心眼就比较小，投毒什么的也不是没有。

于是，被渲染过来，传播开去，最后就成了所谓的“七不可思议传说”，有些，当然是生搬硬凑的。

夏棠摊开手，看着一片深黄色的枫叶，慢慢地落在她的掌心。“不，小沈，我不相信。在没有证据支持这些灵异的东西之前，我决不相信。即使谢咏心和宋诗言的死如此诡异，如此不可思议，我还是不相信。”

“我可以告诉你，枫红祭是云顶学院一直都有的，几乎是跟云顶学院并存的，超过二十年了。”沈靖飞说，“第一次有人在枫红祭死，是十一年以前。所以，其实，我觉得，他们的死，跟枫红祭并没有直接的关系。或者说，并非是枫红祭导致了死亡。”

夏棠缓缓地说：“你的意思是，枫红传说，也是经过后期加工的？”

半山腰的查妙琪，终于从她的神游太虚里面出来了，站起身在那里大叫：“你们两个在那儿干什么呢？我画完了！”

夏棠和沈靖飞相视一笑，沿着小路走了回去。这条小路，如今真是看不出一点血腥的痕迹了。只是那些重重叠叠铺在地上的枫叶，仍然像还没干透的血一样。

阳光透过枫叶的缝隙洒进来，原本并不冷，夏棠突然打了个寒战。她不由自主地回过头去，想在那些密集的枝叶里找到些什么。

沈靖飞奇怪地问："你在看什么？"

"……我不知道。"夏棠轻轻地说，她仍然觉得脊背发凉，莫名地一阵阵发冷，"好像……在这枫林里，有人在暗处……看着我一样。"

沈靖飞随着她的视线望去，他只看到枫叶在风里被吹得哗啦啦地响，阳光不知何时，已经悄悄隐去。

"我什么都没有看见。"

夏棠低低地说："可是，我确实觉得，有人在看我。"

沈靖飞说："你认为，是那天那个人吗？你看到的那个……传说中的魅影？"

夏棠若有所思地说："也许吧。"

就像是有一双眼睛，藏在红色的枫叶深处，远远地凝视着她。这种感觉，实在不是空穴来风，夏棠从来都不是个爱幻想的人，她冷静而实际到甚至跟她的年龄不相符合。

当他们看到查妙琪画板上的画的时候，都吃了一惊。

查妙琪的画，是莫奈式的抽象风格，并非全写实的油画。她确实是选了一个很好的位置来画下面的枫林，但是，在红黄相间的枫林里，却有一只眼睛。这是一只大大的眼睛，眼珠的颜色非常奇怪，粗看是红与黑的交错，细看却简直形容不出来是什么颜色，像是要把看它的人的魂都给吸进去一样——像个漩涡。

夏棠本能地回过头去看下面的枫林。哪有什么眼睛，望在眼里的，就是那从黄到红，奇妙的过渡的绚烂颜色。

绚烂，对，绚烂到凋零。

沈靖飞已经在问查妙琪了。"你为什么要画一只这么大的眼睛？"

查妙琪扬起了睫毛。她姣好的面庞，在阳光下发着光。"因为我看到的就是这样。”大概是沈靖飞的表情，让她觉得好笑，又解释了一句，“我的意思是，我往下看——往下面的红枫林看的时候，感觉就是这样。有只眼睛——在暗处，看着我。对，哪怕是我低着头在画画的时候，也有人在看着我……”

沈靖飞瞪着她。这一回，不知道究竟是幻觉还是真的，连他都觉得背后一阵阵的发麻，好像真的有火焰一样的目光，冷冷地扎在他的背上。

查妙琪却并没有就这个问题再说下去。她端详着自己那幅画，有点得意地说：“我要拿这幅画去参加国际联展，这可是我今年画得最满意的作品。”

沈靖飞忽然指着画上说：“这是什么？”

他指的地方，是画在小路尽头的一点反光。

查妙琪瞄了一眼，就说：“镜子啊！”她比画着说，“从我这个角度，就看不见镜子本身，只能看见它的反光。”

沈靖飞怔怔地说：“可是，根本没有镜子，哪里来的反光？”

查妙琪向前走两步看了看，说：“是啊！果然没有了！但我刚开始画的时候，我是真看见了呢！”

夏棠只觉得一身的寒毛都快竖了起来，声音都变了。“刚开始画的时候？什么时候？”

查妙琪看了看腕表，她戴了只现在很流行的珐琅陶瓷表，镶着海蓝色的宝石。“中午十二点半吧！我想趁太阳最好的时候画！镜子长廊难道不应该有镜子吗？这很奇怪吗？你们这都是怎么了？见鬼了的表情啊？”

夏棠觉得，自己的声音都不像自己的了。“镜子长廊从当年的那件事之后，再也没有镜子了。还有……我们刚才下去，从这条路头走到尾，哪里有什么镜子……”

她的声音渐渐消失，隐在了风吹枫叶的沙沙声中。她只听到沈靖飞非常低地说了一句：“不是说，那个藏在红枫林中的魅影，戴的面具就嵌着有魔力的镜子吗？……”

在韩歌吟的尸体解剖之前，夏棠却想自己先看一眼。她也不知道自己想找到些什么，不过，凭她的特殊身份，她顺利地进到了太平间。

韩歌吟的尸体，就在冷冻柜里面。夏棠沿着楼梯一路走下去，她总觉得，背后有双眼睛在暗中窥视着她。她不是第一次到云顶学院附属医院的太平间来，她也早已经习惯了这种地方的阴冷，但是今天，不知道为什么，她确实觉得，连温度好像都变得比平时更低，连夏棠这种经常接触尸体的人，都寒毛直竖。

她一路上回了好几次头，连她都觉得自己越来越神经质了。

冷冻箱一拉开，她就看到了韩歌吟的脸。

韩歌吟这个《奔月》的舞蹈，危险性很大，有大量的高难度动作。如果她控制不好自己的动作，很容易发生危险。

只要她跌下来，可能真会致残。

这也是让夏棠深深疑惑的一件事。谁能保证韩歌吟在表演中出了事故，就一定会致死？这是个赌运的事。

韩歌吟死了，是她运道不好。也完全可能，她摔不下来，被韩康年给接住。还有可能，就是她只会受一点轻伤。

夏棠蹙着眉头，又把冷冻箱拉出来了一部分。在上升的白雾里，她注视着韩歌吟的脸。她的脸上，有着惊恐和迷茫的痕迹，瞳孔是略微放大的，这也是夏棠判断她服用了药物的原因。

忽然之间，夏棠“咦”了一声。她伸出手，撩开了韩歌吟遮住脖子的头发。在韩歌吟的脖子一侧，有一小块粉红色的胎记，形状就像是一片枫叶。这并不稀奇，但稀奇的就是，夏棠在为谢咏心验尸的时候，也看到了同样的胎记。

只是颜色不同。

谢咏心脖子后面的是深红色的，而韩歌吟这块胎记，是淡粉色的。

但是，形状一样，用一句常说的话：“真像是同一个模子里面印出来的。”

夏棠把冷冻箱关了回去，转身急急地往外走。她之前就已经有疑问了，她跟谢咏心自小就认识，谢咏心喜欢把头发盘起来或者束成一束，因为跳舞的人往往脖子修长，她也喜欢把自己脖子优美的这个优势给展示出来，夏棠实在不记得谢咏心有块如此明显的胎记。而现在，跟谢咏心毫无血缘关系的韩歌吟脖子上居然也有同样的胎记，世上哪有如此的巧合？

夏棠记得很清楚，在舞蹈社里面，有大量的谢咏心和韩歌吟的放大照片挂在墙上，也有她们各种舞蹈的视频。她相信，在这些视频和照片里面，她能够确认自己的疑问。

舞蹈社里面空无一人。

夏棠在上楼的时候，又神经质地回了一次头。她从来不是神经敏感的人，可是，今天，查妙琪画的那只超级大的眼睛，就像是火焰一样，一直在烧灼着她的背，她始终觉得，有双眼睛，在背后窥视着她。

但她仍然什么都没有看到。

夏棠走进了社长室。谢咏心的照片，挂得到处都是，全身的，半身的，正面的，侧面的。夏棠看了几张，都没看到枫叶形的胎记。她又在谢咏心的书柜里找了找，有一张纪念光盘，是谢咏心一次获奖的舞蹈。夏棠记得很清楚，在这个舞蹈里面，谢咏心有一个大旋转的动作，一连转了很多圈。

谢咏心的电脑，却开不了机。她是个超级的电脑白痴，这一点夏棠也是知道的，以前有什么事，都是找别人帮她解决，连电脑没插上电源线开不了机这种乌龙事，谢咏心也是干过的。

夏棠叹了口气，她实在是等不及回去看了。社长室的对面，就是韩歌吟的私人房间，反正韩歌吟也不在了，用用她的电脑也无妨。

韩歌吟的电脑开机没问题。夏棠把光盘插进了光驱，很快，屏幕上出现了谢咏心轻盈的身影。夏棠坐在韩歌吟那张舒服的皮面大椅子上，聚精会神地盯着电脑屏幕看。

一个转身，又是一个转身。一个面部特写，然后是头颈部稍远一点的旋转的特写。

夏棠的眼睛都瞪圆了。

修长光洁，天鹅一样的脖子，非常白。没有任何的胎记。

夏棠长长地吁了一口气。果然，她的记忆是没有偏差的。

她坐在椅子里，脑子里飞快地转动着，思考着自己下一步应该怎么办。她的手扶在皮面椅子的丝绒扶手上，她觉得有点硌手，低头一看，那扶手有一部分的丝绒稍微有一点点地拱起来。夏棠随手一按，立刻警觉起来了。

好像里面有什么揉成一团的东西，柔软，但有厚度。

夏棠弯下了腰，她的头发披着，散了下来。这扶手全裹着丝绒，很华丽，但是用久了总要起毛，总要磨损，甚至磨破。夏棠看到，有一条撕破的缝，有七八公分，她刚才摸到的东西，一定就是从这里塞进去的。

夏棠伸手指进去掏，但是那东西塞得很深，她不得埋下头去："全力以赴"。

就在她的手指触到了某个东西的时候，夏棠突然觉得后脑一痛，她眼前一黑，就什么都不知道了。

夏棠慢慢苏醒的时候，只听到沈靖飞的声音，非常焦急，非常遥远，在那里不断地唤着她的名字。

"棠儿！棠儿！夏棠！你醒醒！醒醒！……"

夏棠的头疼得简直要命，钝钝的那种痛法，像是塞了一大堆东西在脑子里。她也简直不记得刚才发生了什么，非常勉强地睁开眼睛，看到沈靖飞抱着她，正在发疯一样地叫她，摇晃她。看到夏棠眼睛睁开了，沈靖飞脸上那如释重负的表情，让夏棠一瞬间真的有点感动了。

她从来没看到沈靖飞吓成这样。

“……我怎么了？”

沈靖飞说：“我来找你，就看到你昏倒在地上，一动不动！你想吓死我吗？有人在你后脑敲了一记！”

不用他说，夏棠也记起来了。她“啊”了一声，就想挣起来。沈靖飞赶快按住她，说：“你可别乱动！我马上送你去照个头部CT！还不知道有没有脑震荡呢！”

夏棠不理他，一双手就在那丝绒的椅子扶手上乱摸。刚才那东西，已经摸不到了。夏棠急了，抓起桌上一把美工刀，“刺溜”一声就把丝绒割破了，露出了木头扶手。

这一下，她确定了，东西已经不在了。

沈靖飞是多聪明的人，一看夏棠的举动，已经猜个八九不离十了。他扶住夏棠，说：“你不要急。你刚才是发现了什么吗？”

“我也不知道是什么。”夏棠忍着头痛，说，“有点像是一块布料，被折叠了好几张又揉过的布料。”

“别说了。”沈靖飞把她扶了起来，“这些都不重要，我先陪你去看看。你的脑后，肿起了好大一个包！”

夏棠自然知道挨这一下不轻松，虽然没有外伤，没有流血，但也不代表没有事。她没有再吭声。

这件事引起的轩然大波就是：夏芾大为光火，绝不让他的宝贝妹妹继续在这个云顶学院待下去，一定要把她领回家。

夏芾脾气非常执拗，连他父母，也就是夏棠的伯伯伯母也无计可施。夏棠更是一百个不愿意回去，但是，头上还包着绷带的她，实在是“无力反抗”，极其不甘心地被夏芾给带回了夏家。

云顶学院并非全封闭式的管理，还是可以出门的。周末，查妙琪、喻林霖和杜亚冰就来看她了，还拎来了一个鲜草莓奶油蛋糕。

“哇，你们这就是送给病人的礼物吗？”夏棠笑着说，其实她根本没什么大事，就是脑后的包一时间消不下去。

下手的人，还是“极有分寸”的。

查妙琪把蛋糕切开了。“这可是我花了一上午自己烤出来的！我自己在花盆里面种的草莓哦！”

接下来的十分钟，所有人都在忙着吃蛋糕。

“还好你没什么事，棠儿。”喻林霖看着夏棠，说，“这件事，我想过了，最开始还是我惹出来的。要不是我那么固执，想搞清楚诗言的死因，也不会引出后面的那些事。我一直知道，刨根问底不是好事，会把那些尘封的往事发掘出来。结果，就是会死更多的人！还连累了你……”

夏棠咬着一个草莓，沉吟地说：“但是，从有人袭击我这件事来看，我们一定是找对方向了。谢咏心和韩歌吟脖子上的枫叶形胎记，一定是问题的关键。”

“哇！棠儿，你命可真大。还好那时候你没有抬头看一眼。”查妙琪说，“如果看了，估计凶手就一定要杀人灭口了！”

她话不中听，但之后，夏芾也是这么跟夏棠说的。夏棠回想起来，也觉得后怕，真被一棒子敲死了，那太冤枉了。

“对了，棠儿，知道你是被什么敲了一记吗？”杜亚冰问，她吃得一嘴都是奶油，花猫似的。

夏棠说：“找出来了，就是放在过道的一个保龄球！”她心有余悸地摸着自己的后脑勺，“还好，这个下手的人，并不打算要我的命。”

喻林霖若有所思地说：“这样的话，他肯定是没有预谋的。他没有打算杀你，只是为了避免你发现椅子里面的东西？他甚至没有准备凶器，就随手抓了个保龄球！”

查妙琪兴奋地抓住了夏棠的衣袖，夏棠“呀”的一声尖叫：“我才换的新裙子！奶油啦！你别用你全是奶油的手抓我！”

“棠儿，你一向很警觉，难道你就没有留意到有没有人在跟踪你吗？”查妙琪继续兴奋地问道。

夏棠怔了一怔。那种被人在暗处阴冷地盯着的感觉，仿佛又回来了。她的笑容，僵在了嘴角。

看到她怔怔地望着前方，查妙琪又拽了她一下。

“你干吗呢！说话呀！”

夏棠侧过头，她审视着查妙琪。查妙琪被她的眼神看得很不舒服，叫了起来：“你干吗啦！又不是我敲你头的！”

“……你告诉我，你究竟为什么要画那只眼睛？”夏棠慢吞吞地说，“肯定有原因的。你看到过什么？听到过什么？感觉到什么？”

查妙琪无力状倒下，趴在了一堆垫子上。“天哪，夏棠大小姐，你怎么老是揪着这个问啊！我都说了，就是感觉啊！感觉有只眼睛在看我啊！”

“你画得太形象了，感觉像是你真看到过什么一样。”夏棠说，“你再想想？”

查妙琪被她逼到不行，只得抓着头发，在那里苦想。喻林霖看她痛苦的表情，就对夏棠说：“她肯定是乱画的，她这种人，记得什么呀？”

“你错了，林霖。”夏棠说，“她这个人，大大咧咧，但是观察力是很强的。因为她心里啥都懒得想，所以她就是天生的观察家。她能看到我们看不到的——只不过她不会知道自己看到了。”

杜亚冰的小脸上，一副看不起人的样子。她推了推自己的黑框眼镜。“她？查妙琪？算了吧！她这个人，绣花枕头，就是个糊涂虫！”

查妙琪大叫一声：“你们能不能让我静一静？！”

她忽然一拍桌子，剩下的蛋糕都被她拍翻了。她指着夏棠的脸，大声说：“你还真说对了！我想起来了！我真的看到过那只眼睛！”

几个人都屏住呼吸，等着她的下一句话，很有点“真相马上就要揭晓”的感觉。

只可惜，接下来查妙琪的话，让几个女孩都险些背过气去。

“记得《魔戒》吗？里面的索伦，就是一只老大的火眼啊！”

杜亚冰握着拳头站了起来。

“查妙琪，要不是今天吃了你做的蛋糕，我一定灭了你！”

夏棠往后一倒，她的头本来就还在痛，实在是懒得跟查妙琪再计较了。

正在这时，有人敲门。

她们是在夏棠房间连着的大阳台上喝茶的，旁边是个玻璃花房。夏棠叫道：“谁？进来吧！”

进来的，却是她的堂哥夏芾。夏芾穿得很随意，帅气逼人。他朝几个女孩打了个招呼。“你们来看棠儿？”

查妙琪盯着夏芾直看，连眼睛都直了。喻林霖狠狠地掐了她一把，她才回过神来。夏芾也不理会，只是无奈地望着她们。

“我已经在外面听了很久了。你们的声音太大了。我听到，你们提到了——枫叶。”

夏棠呆了一下。夏芾叹了一口气。“我知道，你们都是好奇心强的人，就算我把棠儿暂时带回来，我也不能把她一直关在家里。但是，我还是要警告你们，云顶学院的枫叶，本身就带着镜子的诅咒。离远一点，对你们只有好处！”

他说完这句话，就走了出去。

门“砰”的一声，被重重地关了过来。看得出来，夏芾的心里非常不满。

只留下几个女孩面面相觑。

夏棠的脑震荡很轻微，她休息了一个星期，就回学院了。因为她请了假，韩歌吟的验尸，她也没能参加。不过，夏棠从胡教授那里拿到了报告。

报告上十分清楚地写明，韩歌吟在上舞台前，服用过一种新型的兴奋剂。

这确实是一种非常“新型”的东西，能够让人达到一种“流畅状态”。就人体本身来说，确实存在这种在心理学上称之为“流畅状态”的东西，是由去甲肾上腺素、复合胺等影响神经系统的化学物质触发生成。而韩歌吟服用的这种兴奋剂，就是用药物来人工模拟这个“流畅状态”。

浅显地说，这个“流畅状态”，能够让人有比较好的发挥状态。比如，在舞台上。比如，在体育项目中。

“有证据显示她一直在使用这个吗？”夏棠问。胡教授推了一下眼镜，哼了一声说：“棠儿，别问这么不专业的话。她有没有长期服用，从她的尸体上，我们是找不到证据的。至少，没在她身上看到针眼，要用，也是口服。”

他顿了顿：“据她哥哥说，最近韩歌吟一直精神不好，原本他是劝韩歌吟取消那天的演出的，怕她出状况。但是，韩歌吟坚持要上台。”

夏棠哦了一声。“她哥哥是这么说的？”

胡教授耸了耸肩：“应该是她偷偷用了这新玩意儿，想让自己表现好一点。也许是她服用的剂量多了？”

夏棠回想着她印象中的韩歌吟，眼神清澈，肤色明亮，并不像是长期服用毒品的样子。“胡教授，我还是觉得，她不是吸毒的人。”

“这谈不上是毒品，是兴奋剂。”胡教授说，“她可能只是想在舞台上用一下，很偶尔地用用。但是，这东西太新了，我们还不知道有些什么副作用，她只能算是运气不好了，在她身上产生了强烈的副作用。”

夏棠低声地说：“真是这样吗？”

胡教授看了她一眼，拍了拍她的肩膀。“棠儿，你管得太多了。这些都不是我们应该操心的事，我们只需要把验尸报告交出来，就够了。韩歌吟的死因非常清楚，是个意外，而且是她自己的错误造成的意外，跟任何人都无干的。”

夏棠乌黑的眼珠，凝视着他。“胡教授，您什么时候也变成这样了？您不是一直教我，要通过尸体，去发现更多的可能性吗？”

胡教授被她噎得说不出话来。他急促地转过了身，背着双手，走过来，又走过去。他至少连着走了五个来回，直到鼻子差点撞上墙壁，才猛然地停住了。

“棠儿，我这是关心你！你是我最喜欢的学生之一，我只是不想你也出事！”

他看到夏棠张开嘴显然是想问他问题，更急促地打断了她。

“你们这些孩子，就不能好好学习，别管闲事吗？你们都是最优秀的孩子，你们以后会在学术界有很高的成就，为人类造福！为什么就要去管那些不该你们管的事？宋诗言就是走错路了，难道你们还要学她吗？！”

“宋诗言”这个名字一出口，胡教授也呆住了。他似乎想把这个名字，硬生生地吞回去，可是，这显然是做不到的。

他挥了挥手，对夏棠说：“好了！你该回去了！”

夏棠也不好再问什么，走到门口，她关门的时候，看到胡教授双手用力地撑在桌面上，低着头，肩膀在不断地发抖。

他不像是在害怕。

夏棠透过门缝，凝视着胡教授。胡教授的反应，是激动，痛苦，但并非恐惧。这只是她的直觉，但夏棠觉得，胡教授跟郎教授的表现是差不多的。只不过，郎教授的反应更强烈，毕竟他是宋诗言的导师。

门慢慢地合上了。

夏棠看着穿白大褂的胡教授，慢慢地隐在那一线黑暗里。

她沿着走廊，缓缓地走出了实验楼。她走得很慢，要想的事情太多了。

杜亚冰从后面拍她的肩膀的时候，夏棠真是吓了一大跳。

“是你，冰冰？”

杜亚冰圆圆的眼睛，奇怪地盯着她。“你怎么了？像是见了鬼似的！你脸色也不太好，是不是不舒服？我们不是都叫你休息两天再回来上课的吗？”

“……没什么。”夏棠的目光，掠过重重的枫林，这时候，枫叶已经几乎全部变黄了，不再灿烂，只是哀婉，像一地破碎的蝴蝶翅膀，“我只是……突然感到害怕。究竟还会发生什么？……”

氢氟酸

枫叶凋零之时。

这个时候，已经是从秋转冬的时候了。云顶学院有个传统，就是枫叶掉在地上，也不会马上打扫，厚厚地铺上一层，踩起来沙沙作响。

夏棠是个固执的人，这一点，她堂哥夏芾一直非常明白，也从来都拿她没办法。她害怕，这是本能的害怕，但她偏偏就想要用一些更实际的东西来打破自己这层未知的恐惧。在这枫林中，曾经昙花一现的镜子长廊里，真的有那个传说中的魅影在看着自己吗？

这时候，已经是傍晚了。光线一点一点地在消逝。原本已经入冬，夏棠披着件白色的羊绒大衣，围着羊绒的格子围巾，仍然抵御不了寒意。

她忽然看到，在枫林深处，有个人影。

是个男人的身影。

夏棠心悸了一下。又是那个魅影在徘徊吗？不，不对。这个人，明显身形不像是她当时一瞥所见的披黑斗篷的影子。为什么不像呢？夏棠想着。对，她明白了，那个人比较矮，而这个人，身材高而挺拔。

当她再走近两步的时候，她看清了那个人的面孔。

韩康年。

从韩歌吟出事后，她就没有见过韩康年。

韩康年回过头来，看到夏棠，他也愣了一下，似乎是认出了她。

“你是那天第一个冲过来的女孩。我们之前也在咖啡厅见过，是吗？”

幽暗的光，洒在韩康年的脸上。夏棠望着他，从他的脸上，她看到的是回忆、悲伤、遗憾。

“她喜欢这个地方。”韩康年缓缓地说，“在黄昏的时候，在这里散步。我很忙，大部分时间都在国外，但是当我回来的时候，看到她的笑脸，是我觉得最温馨的时候。”

他在做着一个动作，就是抚摸着自己右手无名指上的戒指。那戒指很特别，上面有颗淡色的宝石，夏棠隐隐觉得，她最近在什么地方见过这类似的东西。

是韩歌吟？

不对，夏棠按过韩歌吟的脉搏，以确认她的死亡，她非常肯定韩歌吟的手上没有任何饰物。

那是在哪里见过？看韩康年的表情，这分明是对他意义重大的东西。

韩康年转过了身，从夏棠身边走了过去。

“我应该早一点回来的。”

夏棠疑虑重重地看着韩康年的背影，在暮色里消失。

回到宿舍，查妙琪正在那里涂指甲。听夏棠讲了刚才遇到韩康年的事，查妙琪甩了她一个大大的白眼。

“我亲爱的夏小姐，你真是个书呆子。你想想，你怎么可能在韩歌吟手上见到类似的戒指？他们两个，是兄妹啊！”

这是一语惊醒梦中人，夏棠呆在那里，过了一会儿才笑了起来。“是，我真是呆。那这么说，韩康年说的根本不是韩歌吟，而是另有其人？”

查妙琪把桃红色的手指甲放在面前，翻来覆去地看。“韩康年在俄罗斯进修，每年年底会回国。我记得，他回来一般在圣诞节会有演出，跟韩歌吟搭档的。”

夏棠耳里听着，手里在翻查妙琪的一叠素描。有风景，有人物，也有一些花花草草的特写，都是几笔勾出来的。

她突然停住了。“这是什么？！”

这幅素描，画的是半只戒指。银戒托，镶着有半颗宝石。查妙琪扭头看了一眼，不经意地说：“戒指啊。”

“你在哪里见到的？！”夏棠叫了起来。

查妙琪说：“林霖那里啊。”她指了指，“哪，就在她首饰盒里面。我那天看到她在看，样子挺特别的，我就画了下来。”

夏棠也顾不上什么别人的东西不能看了，“哗啦”一声，把喻林霖的首饰盒倒了个底朝天。

喻林霖的首饰不多，估计就有查妙琪的十分之一。都是一些宝石耳钉之类的东西，在这中间，有枚戒指，相当的醒目。

“月光石。”

夏棠喃喃地说。

是月光石，而且是非常美的月光石，发着幽蓝的光。月光石不是特别贵重的宝石，只不过，是六月的诞生石。

但是这月光石，只剩了半颗，最让夏棠心惊的是，纯银的底座上，居然还带着黑色的痕迹。

那是血！

夏棠的手都在发抖。查妙琪却还没心没肺地说：“这戒指怎么了？我那天看她看得挺出神的，是不是谁送给她的啊？”

“……韩歌吟的生日是几月？还有她哥哥韩康年？”

查妙琪说：“我怎么知道？”

夏棠大声说：“查！”

也许是夏棠的表情，吓着了查妙琪，查妙琪不吭声了，拿出手机在那里查。好在这两个人，都算名人，一查就知道。

“她哥生日是六月，韩歌吟是一月。”

而喻林霖的生日也是六月。

夏棠捏着那枚戒指。她不是爱凭空想象的人，但是这后面藏着的可能性，让她害怕。正在这时候，喻林霖拿着网球拍走了进来。她一看到自己的首饰盒被翻成这样，脸色就变了。再看到夏棠手上的戒指，失声叫了起来："你怎么……"

她又停住了。过了一会儿，她说："这不是我的。"

喻林霖把戒指从夏棠手里拿过来，往自己手指上套。套在无名指上，明显是大了。她这个最聪明的证明方法，让夏棠终于舒了一口气。

"那是谁的？"夏棠问。

喻林霖迟疑了片刻。"是宋诗言的。她的生日是六月。"

她大概并不明白这个重磅炸弹对于夏棠的震动。

宋诗言才是这个事件里关键的关键。

但是夏棠做梦也没想到，一向把精力都投到学习和实验上的宋诗言，不苟言笑的宋诗言，居然跟韩康年是这样的关系。这戒指，非常明显，是情侣款。

夏棠把那枚戒指托在掌心，转动着，看那幽蓝幽蓝的光，四面八方地闪烁。这确实是成色极好的月光石，美到惊心动魄。

韩康年一定是一个知情者。

几个女孩中间，唯一跟韩康年有点熟的是喻林霖。喻林霖是音乐狂人，音乐跟舞蹈什么的也不分家。

喻林霖约出了韩康年，因为不是周末，也不方便出去，就在云顶学院里面见了面。

原本是胡教授的办公室，现在已经差不多成了夏棠专用了。

所有的窗帘都合着，窗户也关着，门也反锁了。韩康年看到她们这副紧张兮兮的样子，有点好笑，就问："我晚上的飞机，时间不多了，你们有话就问吧。"

喻林霖拿出了一个首饰盒。看到里面那枚戒指，韩康年也变了脸色。

“你们从什么地方找到的？！”

喻林霖说：“这是她的遗物，她妈妈不在意，我就留着了。因为我一直觉得，这月光石戒指坏得很奇怪，我一直心里存着个疑虑，但是，我没有对任何人说过。”

韩康年坐在那里，沉默着。夏棠这一回，是认真地打量着他。韩康年很高，五官棱角分明，非常挺拔，是个很打眼的帅哥。她压根没有把宋诗言跟他联系在一起，宋诗言往好的地方说，是清秀，说不好听点，就是普通，很平凡的一个女孩子。

“你是在哪里发现的？她死的时候，戴在手上吗？”

韩康年这个问题，语气有些急促，甚至眉目之间有些焦虑的神色，跟他平时从容洒脱的样子，大不相同，让几个女孩都盯着他看。喻林霖摇了摇头，说：“不，我发现的时候，在诗言的家里，在一个首饰盒里面好好地放着。”

韩康年发出了一声长长的叹息。他的表情放松了，唇角泛起了一抹淡淡的苦笑。

“唉，她最终还是拒绝我了。”

查妙琪瞪着他，说：“你的意思是……”

“我们曾经是情侣。”韩康年干脆地说，“月光石戒指是我送的。不是我不愿意送钻戒，是她不肯接受。宋诗言看不起那些世俗的东西，她——与众不同。这辈子，这样的女孩子，我就遇见过这样一个。”

他沉默了很久，才继续说了下去。他的声音变得温柔了，唇角那抹苦笑，也带着点回忆的味道。

“我跟诗言认识，是个偶然。有一次，我来你们学院接歌吟出去。那时候，正好也是枫叶最红的时候。我知道云顶学院的红枫很出名，所以，我也想去观赏一下。我看到了她——诗言，她正在枫林里散步。我现在都还记得她的样子——淡淡的，安静的，就像是一缕月光。”

喻林霖不自觉地说：“像个偶像剧的开始。”

“是啊，可是，却没有一个好的结局。”韩康年笑了笑，“我从来没有想过，诗言会突然死去。我知道你们想问我什么，可是，对于她的死，我什么都不知道。我至今都不明白，她是怎么死的。”

喻林霖问：“在她遇害之前，她有没有对你说过什么？”

“其实，在那段时间，我们已经疏远了。”韩康年说，“不是我疏远她，是她在刻意地疏远我。我身边从来都不缺女孩子，但我为她着迷。是，她不算多美，但是，她就是与众不同。她身上有种……什么东西呢？”

韩康年停了下来，在竭力寻找合适的词来形容。

“她像会燃烧的冰块。看起来是淡淡的白，却可能会迸发出黑色和红色的火焰。”

夏棠问了一个实际的问题。“你认为，她是为什么疏远你的？”

韩康年的眼睛，直瞪瞪地望着前方。“我问过她。她回答说，她并非一个可以投身于感情的人。她有为之奋斗的东西，她没有办法分出那部分的情感出来。她还说，她已经做了选择。”

夏棠又问：“什么选择？”

“不知道。”韩康年耸了耸肩，“我只知道，她确实有某些东西，是她认为值得投入一切的。——决不是我。她要把戒指还给我，我只能说，留给你做个纪念吧，如果你还愿意留着的话。她也没有再坚持。”

夏棠又提了一个问题。“那枝玫瑰，蓝色的玫瑰，是你送她的？”

“不是。”韩康年回答，“不是我。”

一阵沉默。

韩康年再次发出了一声悠长的叹息。他站了起来，整了整衣服。“好了，小女孩们，诗言已经不在了，歌吟也不在了。我今天回俄罗斯，短时间内也不会回来了。不管谜底是什么，我已经不在乎了。人死了，就是死了。”

他朝门口走了过去。

当他的手刚放到门把上的时候，夏棠问了一句：“韩歌吟吸毒吗？

或者，使用兴奋剂吗？”

“我不知道。”韩康年回答得十分冷淡，这让夏棠觉得意外，但是好像又并不那么意外，“对歌吟的事，我并不那么清楚。”

“她是你的亲妹妹啊？”查妙琪脱口而出，“你们不是常常一起表演吗？”

“我们是很好的搭档，但仅此而已。”韩康年淡淡地说，“我从不干涉她的事，但是，我也非常厌烦她干涉我和诗言的事。”

喻林霖问：“韩歌吟知道你跟诗言的事？”

“瞒不过她，何况，我为什么要瞒她？我又为什么要在意她的想法？”

韩康年说完这句话，很绅士地把门轻轻关上了，留下几个女孩你看我，我看你。喻林霖最后说了句：“他好像确实讨厌韩歌吟。真奇怪，那不是他唯一的亲人吗？听他的意思，好像……韩歌吟很反对他跟宋诗言交往。”

“也许韩歌吟很喜欢她这个哥哥。”查妙琪笑着说，“所以，她不喜欢有别人跟她哥哥交往，很正常啊！”

她突然像想起了什么似的，问道：“韩歌吟有男朋友吗？”

“没有，她一直没有男朋友。”喻林霖说，“我问了一下，调查结果是，并没有韩歌吟平时有跟毒品有染的记录。她的生活很正常，就是上课，训练，演出，比赛。她的生活，甚至比谢咏心还要简单，她比谢咏心要孤僻得多。也许，更像一个舞蹈家？”

查妙琪又问：“你们信吗？他说的他跟宋诗言的关系？”

喻林霖说：“我信。”

夏棠也说：“我信。”

她坐在椅子里，拿了支笔，在那里无意识地转动着。转了一会儿，不小心把笔转到了地上，夏棠就弯下腰去捡。

她的动作突然地顿住了。

她看到，有一片鲜红的枫叶，被压在了椅子脚下。

夏棠整个人都僵住了。她把椅子脚抬了起来，拾起了那片枫叶。

这已经不是第一次发生这件事。上一次，她也在这里发现了红色的枫叶，而在枫红祭上，方依依就惨死在剧院里。

云顶学院的每个人，都知道这个枫红传说。但是，这一次，有方依依的前车之鉴，这已经不再是“传说”，而是真正的“死亡预告”。

夏棠闻到一股血腥味，从自己手心里那片鲜红的枫叶里飘了出来。

四个女孩，你看我，我看你。

淡淡的一丝血腥味弥漫下，每个人心里想的都是同一个问题。

下一个是谁?

这时候，一学期已经过半，夏棠也悲哀地发现，自进云顶学院以来，她把太多的精力花在乱七八糟的事情上，反而耽搁了自己的学业。要不是胡教授最近也是一副心不在焉的样子，按他平时的火暴脾气，早就把她骂得狗血淋头了。

夏棠最近啥都不干，就把自己闷在手术室里面。这里还真不缺供她解剖的尸体，夏棠每天洗手都洗到快脱皮了。

平静了十来天，连夏棠自己都有些麻木了，云顶学院如今这么的安静，安静得让她都怀疑，是不是什么都不会发生了。喻林霖也不断地在打听消息，但警方那边，对方依依、谢咏心的死，都没有什么进展。

至于韩歌吟，警方认定她的死是一个意外，并没有多加调查。

这天，夏棠正准备离开手术室，就看见几个学生扶着安安过来了。那安安脸色煞白，更可怕的是她的表情，一副失魂落魄的模样。因为已经是下班时间，没什么人值班了，夏棠就迎上去问：“怎么了？”

“快看看她，快看看她！”扶着她的男学生都语无伦次了，“你看她的手！……”

夏棠一低头，也吓了一跳。安安左手的五个手指甲，已经脱落了三个，还有两个指甲泛着白，也是摇摇欲坠的样子。而且她的手指皮肤上，还有一点一点的黑斑。夏棠虽然戴了手套，却也不敢碰她。

“等着，我马上叫人来。”

夏棠转身的一瞬间，她觉得，她好像看到了安安的手腕内侧，有个什么让她不安的痕迹。

胡教授从里面的实验室转了出来，黑着一张脸。“出什么事了？大呼小叫的！不知道这里是什么地方吗？”

“您快来看看。”夏棠惶急地说，“安安她……”

胡教授只看了一眼安安的手，脸色就变得跟死人一样。“过来，赶快过来！”他拖着安安进了手术室，夏棠只听他喃喃地说，“老天保佑，希望还不要太迟。”

夏棠跟进去想帮忙，胡教授一挥手，把她推开了。“不用你，你出去。我自己能行，你别过来了。”

胡教授态度粗暴，夏棠早已经习惯了。但是，胡教授一直拿她当得力助手，这时候却拒绝她帮忙，这不合理。

“还是我来帮你吧，胡教授。”

夏棠话音还没落，胡教授就暴躁地吼了起来：“我说不用帮忙了！你没听见吗？站在一边，离远点！”

这一回，夏棠总算是听出了胡教授的弦外之音。胡教授是觉得不安全，才不愿意要她帮忙的。

夏棠问道：“胡教授，她是怎么了？”

“……氢氟酸。”

这三个字一从胡教授嘴里吐出来，夏棠就晃了一下。但是，让夏棠觉得十分奇怪的是，安安听到的时候，却没有多大的反应。

只是，眼泪像开了闸一样，从她的眼里涌了出来。

作为一个学生物化学的学生，安安不可能不知道氢氟酸的毒性以及后果。

胡教授的眼神，又黯淡了一下，他对着夏棠，极其轻微地摇了一下头。

太晚了。

看安安的情况，最好的结果，就是截肢。

夏棠轻轻地问："你是怎么接触到氢氟酸的？"

安安哭着说："我没有，我什么时候接触到氢氟酸了？我从来都没有过啊！"

夏棠说："可是，你的症状，明显就是氢氟酸中毒。"

这一瞬间，夏棠发誓，她是看到安安的脸上，闪过了一种奇怪的神情。安安似乎是犹豫着，想说什么。

安安并非对自己怎么接触到氢氟酸的，一无所知，夏棠绝不怀疑这一点。她想再问，胡教授已经打断了她。

"棠儿，叫几个人，把她送去化学院那边。我们这里的设备不够，需要化学院的专业设备。我刚才做了紧急处理，现在马上送她过去。"

他出去打电话，夏棠简直不知道，应该怎么来安慰安安。安安却伸出了手，似乎想去拉夏棠，又停下了。

"棠儿……我……"

夏棠连忙回答："安安，怎么了？有什么事吗？"

安安看着她的脸，缓慢地，摇了摇头。她的眼泪，一串串地从脸上滑落。她接下来说的话，让夏棠不明所以然。

"我真的好羡慕你……如果我能有你这么好看，那就好了。那样的话……"

她的话还没说完，胡教授就大步进来了。他扶着安安离开的时候，回头对夏棠说了一句："这件事，你不用管。你做好你自己的事就可以，不要多管闲事，记住了吗？"

夏棠怔怔地站在那里。她看到送安安过来的一个男生还坐在椅子上发呆，就走过去，问："请问，你跟安安很熟吗？"

"……我跟她学的同一个专业，比她高一届，高中是同校的，算挺熟了。"男生说，"我叫李询。我认得，你是夏棠。安安她……那情况……"

夏棠问：“你知道她是怎么变成这样的吗？”

她原本没有抱多少指望的，但这个李询却立刻回答了。“知道啊，这个谁不知道呀？就是因为她签了那个血的契约啊。”

夏棠瞪大了眼睛，注视着李询。

在云顶学院，枫红传说的版本，多得一塌糊涂。查妙琪讲来讲去讲不清楚的“羊皮纸的契约”，这次终于由李询给补全了。

据李询说，他确实见过安安签的“羊皮纸的契约”。安安甚至还给他看过，上面写的无外就是一些魔法里面的条款。

照那面镜子。

你会看到自己变得越来越完美。

变成你自己想要的样子。

但是，你也可能会付出代价。代价是什么？或者是青春，或者是生命，或者是别的东西。这些，都已经抵押给了魔鬼。

这个版本，似乎更完整，更像那么回事。

李询表示，安安确实用自己的血签了名，盖了自己的指印。他是亲眼看到的，只不过，不知道那羊皮纸最后去了哪里。

夏棠把这个版本讲给查妙琪等人听的时候，所有人都表示出了不相信的态度。

“先不管是不是传说，为什么我们都没有听到？”

这是杜亚冰提出来的第一个问题。

喻林霖沉吟着。“有一个可能性。只有对一些特定的人——比如，某个系，某些专业，某个社团，有计划地被传播开来。而这些人，出于某种目的，也不会把这个传说公开地继续传播。偷偷摸摸地互相说，仅仅在某些小团体内部——就像我们几个也算是一个小团体，不是吗？所以，我们几个都没有听到。”

夏棠承认，喻林霖的分析，是合理的。但是，这个传说本身就不合理。云顶学院最出名的专业绝对是属于科学的范畴，能进来的学生都是千挑万选的，怎么会轻易相信这些无稽之谈？只能说是：莫名其妙。

她问李询，李询也说不出个所以然，只说是模模糊糊听过的。夏棠也相信，男生对这些东西，本来就会觉得是荒谬的事。

“你们有没有发现，这个契约，里面有一句话很奇怪。”夏棠说，“我一再地问过李询，他保证，他的记忆是没错的。李询也是高才生，我相信他的记忆力。他说——不是变得美丽，而是‘完美’。”

查妙琪奇怪地问：“什么是完美？什么是‘变成自己想要的样子’？听起来，像是绕口令一样。”

她们是在图书馆咖啡厅的角落小声商量，声音都尽量压低了。这时候，只看见李询径直地对着她们走了过来。

李询有些迟疑地看着她们。“我还有一些事，没有说出来。”

查妙琪把一把椅子推给了他，桌上还有个空杯子，她给李询倒了一杯咖啡，喻林霖好心地问：“要奶和糖吗？”

因为这个李询，看起来样子实在是糟糕透了，一张脸白里透青，眼睛周围一圈黑，加上他本来就瘦弱，一副随时都要栽倒在地的样子。

“不要糖，要一点牛奶。”李询也没有客气，随便搅了一下，就把咖啡整一杯都喝了下去。“安安是跟我一个实验组的。”

夏棠已经去详细了解过安安的情况。氢氟酸属于管制剧毒，它的可怕性，更甚于强酸。它会钙化骨骼，而且是不可逆的。安安现在的情况，非常不乐观，就算是截肢，恐怕也无济于事。

更让夏棠在意的是，之前的那些死状凄惨的学生，虽然都呈现出一定的氢氟酸中毒的特性，但她们的死亡原因都很复杂。只有安安，好像她真的就仅仅是氢氟酸中毒一样。但是，如果要夏棠相信，安安真是自己碰了大量的氢氟酸中毒，她死都不会信。

安安本身就是学化学的，这一点就是悖论。她应该比谁都了解氢氟酸的巨大毒性。安安已经陷入了昏迷状态，从她口里根本就问不出一点东西来。很可能，直到她死，她都不会醒过来。

几个女孩子都紧张地盯着李询。只有这个跟安安同实验组的搭档，才可能知道一些内情了。

“很多年以前，在西九楼，发生过一次意外。”李询说，“这个意外，就是好多个学生氢氟酸中毒。不是人人都那么明白氢氟酸的毒性的，甚至当毒已经把血液和骨骼全部腐蚀钙化，也不知道。只有专业的化学工作人员才会一眼就看出来。所以，有好些学生，不明不白地痛苦死去，活下来的，也完全毁了容。”

夏棠震惊得和喻林霖面面相觑。她们从来不知道这件事！李询看出了夏棠的心思，苦笑了一下，说：“这事情，因为云顶学院的势力，所以被掩盖得滴水不漏。看，夏学妹，你伯伯就是院长，你居然都不知道。”

夏棠喃喃地说：“云顶学院管理得那么严格，居然会出这样的事故。”

“这不是事故。”李询说，他又给自己倒了一杯咖啡，一口喝干了，“具体是怎么回事，我不清楚，但是，有些传说。说是那个组织实验的副教授，他不知道因为什么事情，疯了，所以用伤害学生的方法来报复一切。”

夏棠只觉得毛骨悚然。“那这个教授最后怎么样了？”

“我不知道。”李询沉重地说，“听说，他死前最后的诅咒，藏在了一面镜子里面。究竟是哪一面镜子，没有人知道。这个学院里，有无数的镜子，不可能全部更换，也不知道从何找起。”

查妙琪不合时宜地捂着嘴笑了起来。“这简直是神话故事！即便如此，也跟现在的枫红传说不一样啊！”

李询闷闷地说：“我听说的不是这样的。”

当枫叶变红的时候，你的骨骼，你的血液，都会慢慢地溶化，你整个人，都会变成一摊脓血。

如果你有胆量去面对那面藏着诅咒的镜子……那镜子，就是魅影的面具……

李询的声音，空洞的，恍惚的，在阳光下，散成镜子一样冰冷的碎片。

“还有一件事。”李询望着夏棠，“夏学妹，我想告诉你，当时有人把你敲晕了，我想，那件事是安安做的。”

夏棠差点跳了起来。“是安安？为什么？！”

“因为那张羊皮纸。”李询说，“我不知道安安的羊皮纸最后交给了谁，但是我知道，她是在韩歌吟那里得到的。”

夏棠喃喃地说：“所以，她才会跟踪我到舞蹈社。她怕我发现那张羊皮纸，所以……她把我打晕了？”

“我现在有一些怀疑。”李询说，“自从昨天安安的事发生，我就一晚上没有睡觉。我一直在想这个事，我想到……”

他话还没说完，突然地停住了。夏棠盯着他，李询却两眼直直地盯着前面，盯了很久。几个女孩都以为他马上会有关键性的东西要说出来，都十分紧张地屏着气等着，可是，最后，李询却猛地站了起来。

“不好意思，我要走了。”

杜亚冰的一口蛋糕，差点从嘴里喷了出来。她压根就没想到，李询最后会冒出这么一句话来。夏棠也怔住，看着李询不说话。

查妙琪最直率，嚷了起来：“什么啊？你憋了半天，就是打算要说你要走了？”

“是啊，我实验室还有事。”李询还真是干脆利落，说走就走。几个女孩目瞪口呆地望着背影，最后，喻林霖说了句：“这个人有毛病吗？”

“没毛病。”杜亚冰擦了擦她的嘴，“不仅没毛病，还是个天才，高智商。是打算‘终生投入研究’的那一类型。”

夏棠若有所思地说：“他好像突然想到了什么，却又改变了主意，不肯告诉我们。”

这是一次虎头蛇尾的下午茶。

每个人都以为会有重要线索出现，但是，却终结于李询那张紧闭的嘴。

火中的羊皮纸

夏棠听到自己的手机响了一下。她吃了一惊。是安安的信息。

安安熟悉的雀斑脸，在屏幕上跳动，还是笑得很腼腆。是很简单的一个信息。

“对不起，棠儿。我不是想伤害你的。我只是害怕，怕我付出了那么大代价的事，会中途而废。你知道，我真的很羡慕你，我也想沈靖飞喜欢我。可是，他从来都只看你一个人。你那么漂亮……而我，我也想变得跟你一样。”

夏棠对着这条信息，呆了很久很久。

她知道安安喜欢沈靖飞，是默默地喜欢的那种。安安并没有对她有嫉妒的恶意，这一点，夏棠是感受得到的。

安安究竟做了什么？这一点，夏棠已经隐隐能猜到了。她看到了安安手腕上的那个痕迹，颜色还很淡，但一瞥之下，夏棠已经发现，形状也像是一片枫叶。

看样子，安安想要的是“美丽”。安安大概认为，只有“美丽”，才能换到沈靖飞的青睐。想到这一点，夏棠就觉得心里难受得不得了。

最后，夏棠决定一个人去找李询。

她认为，李询是有某些顾忌。也许，她一个人去，跟他好好地谈一谈，李询可能会说出点什么来。作为跟安安同一个实验组，又是高中同学的李询，没有比他更了解安安的了。

她敲了敲门，门是虚掩的，夏棠就推开门走了进去。李询正在靠墙的洗手台前，夏棠一眼就看到，他正在烧东西。看到夏棠，李询吓了一大跳，几乎是暴怒地说：“你怎么来了？你怎么不敲门？”

他看到夏棠的眼光，连忙把手里还烧着的东西，扔进了水盆里。他正想说话，突然之间，他一口鲜血喷了出来，正好喷在洗手台上方的镜子上。李询的面部一阵扭曲，人就往一侧“砰”地栽了下去。

他栽下去的时候，面前的镜子被他撞破了，他的额头，被镜子划出了长长的一道伤口，鲜血四溅。

夏棠像触了电一样地跳了起来，对李询想紧急施救。李询却一把抓住了她的手腕，夏棠没想到一个临死的人居然还有这么大的力气，她的手立刻被抓得乌青一片。

“魅影……他真的……”

他狂咳了几声，几乎是嘶哑着嗓子，吼了出来。“他真的存在！”

鲜血随着他的狂吼声，喷了出来，溅在夏棠洁白的裙子上。

他的眼睛，向前突了出来。

他死了。

线索再一次中断了。

夏棠机械地走到了洗手台边上。

她看到了李询在烧的东西。已经烧得马上要没有了，但是，就凭那一点点残留的部分，她也能马上判断出来，这是一张羊皮纸。

这也是她头一回这么近地看到这传说中的东西。

李询说谎了。明明这羊皮纸还在他自己手里，但他却对她们几个说，不知道安安把羊皮纸给了谁。

为什么？

夏棠想了一想，拿出了手机，把羊皮纸仔细地拍了下来。现场的证物是不能动的，但是，她实在十分好奇，这上面究竟写了什么。

又一次看到一个活生生的人，死在面前，夏棠受到的打击实在是不小。几个女孩连晚上的课都没有去上，挤在两张床上，平时最爱说话的查妙琪，现在也没有话了。李询死得太惨，也太快，连反应的余地都没有。

李询在夏棠去之前，就中了毒。

那种毒药的发作时间大约是半个小时到一个小时，视消化情况而定。李询之前没有吃什么东西，所以发作得特别快。这药物，也是云顶学院的毒药柜里面找得到的东西，包括李询本人，都是能够接触到的。

警方也怀疑，李询有可能是自杀。

“自杀？！不可能，这个世界上，怎么会有这样的巧合！”杜亚冰大叫，“这根本就是胡说八道！李询就是被杀人灭口的！就是有人知道他可能要对我们说些什么，所以，才把他给杀了的！”

“如果他告诉了我们呢？”查妙琪说，“如果我们知道了，是不是连我们都会一起被杀死？”

她裹着件红色的呢子大衣，这时候，又把大衣裹得更紧了，连嘴都盖住了，就露出了翘翘的鼻尖。

说起来，她们确实都见了很多人死，但是，这还是第一次，这么直接，这么恐怖地威胁到她们自己的性命。

夏棠的注意力，却又回到了李询临终前的最后一句话上。

魅影真的存在。

存在在这个学院里吗？李询凭什么这么认为呢？他见到了？

这时候，夏棠的手机响了。她接了，听了一会儿，面色就更沉重了。她挂了电话，低低地说：“是胡教授。他说，安安已经死了。死得非常可怕，骨骼都酥掉了。她被氢氟酸侵蚀的程度，超过想象，是大量的，远远超过致死量……现在，云顶学院正在清查。这是管制药物，非常注意保管的，我们的制度很严格，究竟是为什么会流出这么大量的氢氟酸？这是极其严重的事故了。”

云顶学院对剧毒药品的管制，确实严格。首先必须是有理由要这药物的，才能申请，而且要填申请表，由上一级领导（或者导师）签字。如果达到一定分量（比如，致死分量），还要由系主任签字同意。

而取药品的时候，要先由管药品的主任签字，管药品的人看到签字，才能够把药品取出来。

“化学院那边怎么说？”喻林霖问，“这种毒药，是他们负责管理的。”

“不知道。”夏棠说，“警方应该还在调查。不过，就我看来，一定是内部人做的，不然，氢氟酸都没了几天了，早闹出来了。”

她站起身：“胡教授叫我去一趟，他说有事要跟我谈谈。”

喻林霖说：“这都几点了？我陪你。”

“这学校里面，有什么？”夏棠不太在意地说，“到处都是警察在晃呢，还会有事吗？”

杜亚冰说：“我跟你一起去！你忘了你脑后刚被人砸了一下了？”

这一说，夏棠也有点发怵。杜亚冰从小就练武，身手不错，她常常抱怨就是小时候练多了，个子才长不高了。

这天晚上，风特别大，从她们的宿舍，就听到外面的树，被吹得哗啦哗啦地作响。

“刚才给你的那照片，你有处理吗？”夏棠一边走，一边问杜亚冰。

杜亚冰说：“有啊，我仔细看过了，烧得太厉害了。我看起来，不像是什么血字契约。就残留的几个半边的字，我觉得像——分子式！”

“分子式？”夏棠呆住，“你确定吗？”

“不确定，但是，我认为是。”杜亚冰理直气壮地说，“而且，你想嘛，李询是学分子化学的，他拿着分子式，很正常啊！”

正常个鬼。夏棠心想。谁跟魔鬼签契约签个分子式？不过，她已经懒得跟杜亚冰再多说了，杜亚冰虽然聪明，却好像缺点推理能力，是个太程式化的人，就像个电脑，算东西快，逻辑性强，却少点独创性。

因为太晚了，夏棠也没叫电瓶车，好在也不算远，打算跟杜亚冰两个人一同走过去。路上要经过一个叫“馨园”的地方，虽说云顶学院并不支持学生们在学校谈恋爱，但是也不可能反对。

馨园很美，里面有个盆景园。夜深人静，夏棠和杜亚冰却听到里面有人在小声说话。两个人都觉得诧异，就走近了点，想看个究竟。

沈靖飞背对着她们，正在跟别人说话。看到沈靖飞，夏棠也才想起，好像已经好些天没有见过他了。沈靖飞就像消失了一样，前段时间，他可是天天都在夏棠身边晃的，只要夏棠想找他，简直是马上就会从她身边冒出来。

在沈靖飞的背后，是一整堵墙。墙边上长了一株九重葛——俗称为三角梅的花。奇怪的是，明明是冬天了，这花却开得艳极了，即使是在黑夜里，也像是一片紫红色的云。这花长得实在是太好了，把这一片墙，都差不多给遮没了，像个天然的屏障。

所以，她们一时间看不清跟沈靖飞说话的人。看样子，沈靖飞和这个人，谈得并不愉快。沈靖飞转身气冲冲地想走，那个人却一把将他拽了回去。

“他在跟谁说话？”杜亚冰小声地说，她对着夏棠做了个鬼脸，“我还以为他想追的是你呢，结果，这么晚还在跟人约会。”

“胡说八道。”夏棠沉下了脸，杜亚冰拿这事开玩笑，她是真不高兴了。

沈靖飞突然一回头，他的眼光就像道电光，飞快地掠过了夏棠她们站的地方。他的眼神，跟平时完全不同。

就在他回头的时候，夏棠总算看到了站在他对面的人。

这一回，夏棠的下巴都要掉下来了。

跟沈靖飞说话的人，是她的堂哥，夏芾！

夏芾应该也意识到有人在了，也回过了头。夏棠和杜亚冰再也躲不下去，只有硬着头皮走了出来。

“棠儿？你们这么晚，跑到这里来干什么？”夏芾脸色不好，说话的口气也不太好。

夏棠解释说：“我要去医院那边，胡教授叫我去。”

“胡教授？”夏芾跟沈靖飞好像有默契一样，互相看了看，都似乎是觉得惊奇的样子。沈靖飞说：“这个时候？”

“嗯，他告诉我，安安死了。”夏棠黯然地说，“他要我过去帮忙。”

“……棠儿。”夏芾过了好一会儿才说，“你别去。这件事，交给我处理。”

“可是……”夏棠想说话，却被沈靖飞打断了，“夏芾，你应该告诉她。她也是当事人。棠儿，安安的尸体已经送走了，胡教授现在叫你过去，干什么？你太随便相信人了，再像上次一样，出了危险怎么办？”

夏棠咀嚼着他的话，不知所措。他们两个人这么熟悉的样子，已经让她很是奇怪了，这谜一般的态度，更让她想不通了。倒是杜亚冰，不服气地说：“胡教授有什么危险啊？棠儿不是天天跟他在一起的吗？是她的导师耶！”

夏芾的声音，有点阴沉。“是吗？那宋诗言的导师呢？”

宋诗言的导师郎教授。

就死在他们的头顶上。

想到这一点，夏棠和杜亚冰都不由自主地抬起头，去看头顶上那亭亭如盖的九重葛。还好，花叶虽然摇晃得鬼影似的，却没见着有尸体。

“我们一起去吧。”沈靖飞说，“我们四个人一起去。”

杜亚冰一撇嘴，说：“你们以为我是吃素的啊，我也是从小练武的啊！几个男的也打不过我的！”

夏棠突然觉得冷。也不知道是真的冷，还是心理上的感觉。夏芾看出来了，脱了大衣披在她的身上，有点埋怨地说：“这么晚出来，也不多穿件衣服。”

沈靖飞笑了笑，说：“这个地方，这个馨园，本来就特别阴冷。并不是因为天气，就是因为这个地方本身。”

夏芾的脸色越来越难看，沈靖飞却不理会，继续说道：“传说，这种阴冷入骨的地方，往往是因为曾经死过人。像西九楼也是。你们觉得呢？”

夏棠的声音，都有点变调。她知道，她马上就会知道一些很恐怖的事。“死过人？谁？”

沈靖飞望着她。“你还记得我们曾经见到的，西九楼那个残废又毁容的管理员吗？”

夏棠的脑子里，电光火石地闪过了李询说过的话。

“活下来的，也完全毁了容……”

那个仿佛是从地狱里面钻出来的管理员，曾经把他们吓得魂飞魄散的管理员，就是那次凄惨的意外事件的生还者。

“可是，当时造成这个结果的那位年轻的副教授，他，他当时就已经自杀了。”杜亚冰惶惑地说，“至少，李询是这么告诉我们的。”

沈靖飞盯着她们，说：“如果他也只是替罪羊呢？”

夏棠脑子里轰的一声。她还没说出话来，夏芾就说话了。“他叫方维。方依依就是他的亲妹妹。所以，她才毫无顾忌地出现在西九楼，一次又一次。她没有什么害怕的，因为，她非常爱她的哥哥，她一直在等着她的哥哥。她想找到证据，替她的哥哥讨回公道。”

可是，方依依死了。

会杀死她的人，当然就是那个怕她找出证据的人。

当时，死了不少人。除了学生，还有实验楼的管理员，他运气好那么一点点，只是残废毁容了，但却留下了一条命。

虽然在夏棠看来，这根本就是生不如死。她非常清楚氢氟酸的毒性，那是一种弱酸性的剧毒，比癌细胞还可怕。癌细胞的蚕食，是暗暗而来的，如果要比喻的话，就是暗流，水底下的暗涌。可是，这氢氟酸，根本就是燃烧的火，让被它侵蚀的人，亲眼看着自己，被一点点腐蚀。

还有比这更可怕的事吗？

夏棠摇了摇头。

她是再不愿意去想那个管理员了。她能够从理论的角度，去推论曾经发生在他身上的可怕的事，但是，简直没办法去实际运用在一个活人的身上。

“这件事，从头到尾，不能忘记的一点，就是它发生在云顶学院。”沈靖飞走在前面，他的声音，冰冷地从夜色里传过来。这时候，已经是冬天了，很冷，薄薄的霜，积在青草尖上。夏棠匆匆忙忙地出来，只穿了薄袜子，寒气从地下冒出来，直往她的腿上钻，但她也没办法再注意这些了。

“每个学校，都不愿意有丑闻传出来，这是可以理解的。学校想要压下去，媒体也会默许。更何况是云顶学院这样的老牌学院，他们跟政府有千丝万缕的关系，很多大型科学项目都是在云顶学院开发并完成的。所以，在这种情况下，几条人命就变得并不重要了。”

夏棠低低地说：“哦，所以，死的人，就都白死了。”

“棠儿，即便是我是这个家族的人，即便我的父亲是院长，也不见得我同意他们的想法。”夏芾耐心地说，“以前，一直当你是小孩子，只想让你快快乐乐地生活，从来没有给你提过这些。我们都希望你在阳光下长大，不想让你的人生有一点点阴影。小沈是受我所托，来查清事情的原委的。”

夏棠盯着他。“可是……”

“我知道时过境迁。”夏芾打断了她，“但那件事，实在是牵连了太多人。我只是想知道真相，如果可能的话，给活着的人一些安慰。但没想到，却牵扯得越来越多。我想让小沈中止调查，可是，他却不愿意。”

沈靖飞仍然在前面走，没有回头。“死的都是无辜的人，我肯定不会放弃。”

夏棠仍然是一头雾水，杜亚冰还想问问题，已经到了东九楼。

胡教授还是睡在他的休息室里面。他是工作狂，累了就往沙发上一倒，睡醒了抽根烟又继续，日夜颠倒的事常有，夏棠要不是年轻，也早被他折磨得要死要活了。夏棠也有钥匙，她敲了两下门，没回应，就直接把钥匙拿了出来，打开了门。

胡教授给她钥匙的原因是：我经常做事的时候什么都听不到，你自己开门进来吧！

办公室桌子上的台灯亮着，桌子上还有碗没吃完的方便面，但是没看到人。夏棠叫了一声："胡教授？"

她推开里间房的门。里面有张长沙发，胡教授一般都在那里休息。

门一推开，夏棠的脑子，就一片空白。她呆呆地站在那里，仰着头，看着像只被拔了毛的鸡一样，吊在天花板上的男人。

胡教授是个秃头。再也没有比他更像只拔毛鸡的了。他还穿着白大褂，头软软地垂在一边。

夏棠眼前一黑，就往后倒，夏芇急忙抱住了她。

一张纸片，掉在地上。沈靖飞戴上了手套，把那张纸捡了起来。

"当年，方维的事，我一直受到良心的谴责。我受不了了。我除了自杀，已经没有别的办法了。那样的实验，不能再继续下去了。"

"这是胡教授的笔迹。"

夏棠醒过来之后，看了那封遗书，肯定地说。不仅是她，熟悉胡教授的字的人太多了，每个人都可以确定这点。

沈靖飞最后的总结是这样的。

当年，本身那个实验项目是由胡教授和郎教授主导的，方维协助。方维虽然年轻，但是才华横溢，胡教授和郎教授明里暗里，都有些嫉妒。胡教授那天喝了酒，出了事，就推到了方维的身上。

方维无可辩驳，含恨自杀。

他自杀的方式非常恐怖。跳入镪水池中。

什么都没有剩下。

这是夏棠第一次清楚地知道，方维是怎么死的。方维的鞋子留在池子旁边，还在水池里面发现了他的一枚戒指。当然，戒指只剩下了钻石，戒托都不见了。镪酸对钻石，是不会产生化学作用的，这也是他身上唯一留下的东西。

夏棠想到这里，都觉得浑身发抖。她无法想象，一个人，得有多绝望，多愤怒，才会投身到这镪水池里面自杀。

因为氢氟酸的化学成分是弱酸，他才用强酸自杀？

沈靖飞来看夏棠的时候，对她说："我甚至怀疑，方维并非自杀，而是他杀。因为没有任何证据能证明他是自杀的——当然，我也没有任何证据证明，他是被人推下镪水池的。所以我想调查，但是当我刚开始跟方依依接触的时候，她就死了。"

夏棠发抖得更厉害。她现在才意识到沈靖飞说的，有多么明确：有人一直在暗中窥视着这一切。

当他发现自己过去的恶行即将浮出水面的时候，他选择了再次杀人灭口？

"……不，小沈。"夏棠抱着膝盖，坐在玻璃花房里。她的花房里，养了不少兰花。这个洒满阳光的玻璃花房，是个很适合喝下午茶的地方。

她亲自煮了咖啡，做了一些小点心。很香，每个西点都做得像艺术品。

沈靖飞只是笑。"我以为棠儿也是个工作狂，原来做这些也这么拿手。"

夏棠脸上一红。她确实是为沈靖飞的拜访特地做的。她只能赶紧回到正事上面。

"有一件事，我很确定。就在郎教授死那天，胡教授在他的实验室。我有几个师兄师姐，那天晚上，一直跟他在一起。他们在做一个很重要的实验。不管胡教授是不是杀了方维，胡教授绝对没有杀郎教授。他没有这个时间。”

沈靖飞把一叠卷宗，放在了夏棠的面前。

“等你有心情的时候，你可以好好看一下，方维当年那件事的全部情况。”他又竖起手指，做了一个“嘘”的表示，“不过，这是违规的，你看就看，不要告诉任何人。”

他看着夏棠说。“能用用你的钢琴吗？”

夏棠笑了。“当然，这对我只是摆设！林霖喜欢音乐，我就只会弹最简单的！”

沈靖飞刚走到那架纯白色的三角钢琴前面，门一响，三个女孩就跑了进来。三个女孩的阵势，足足像一队人，吓了沈靖飞一跳。

“哇哈哈哈，你来得真早！”杜亚冰得意地笑，“我就说嘛，我就说嘛！”

查妙琪眼尖，一眼就看到了桌子上的小点心。“棠儿，你好偏心，给他做点心，我们来，还得自己带吃的！”

夏棠红了脸，说不出话来。喻林霖看到了桌上的卷宗，问：“是什么东西？”

沈靖飞简单地说：“他们当年的研究项目。生物工程，跟分子生物学关系比较深。”

分子生物学。

夏棠选修了这门课。这个领域实在是太深奥，也太神奇，尤其是，它涵盖了遗传的部分。

可以改变一些顽固的遗传因子，有一些遗传病，是先天的，有时候是隐性的，某些人一辈子也不会知道。但是，他们的后代，就可能会变成显性。再简单一点说，父母都是双眼皮，生出来的孩子却完全可能是单眼皮，因为他们有隐性的基因。

更要命的是，单眼皮双眼皮无所谓，有些非常恶劣的隐性基因，往往会在下下一代（女性尤甚）显现出来！

这种遗传性的毛病，是无药可医的。

但是分子生物学对于 DNA 的改造，可以解决这个问题。这也是无数科学家为此努力的目标，胡教授和郎教授也都是。

他们研究的是一种“逆向”的改造。就是想办法把 DNA 回复到最初的纯净状态——用这种方式去除掉里面的病态因子。

“理论很好，也有可行性。”夏棠说，“但是实验起来，就挺难了。最难的是，DNA 是会突变的，哪那么容易实验呢？”

说到这里，夏棠的心里，突然涌出了一个古怪的念头。她冲口而出：“什么叫逆向？回到最初，难道是婴儿时候？那如果这个逆向，再反了呢？难道会直接变到老年阶段？！”

查妙琪叫了起来：“会让人变老的镜子？！”

沈靖飞“腾”地站了起来。他的面色，变得凝重了。

方　维

终于找到关联点了。

也许，从头到尾，所谓的七不可思议传说就是个障眼法，是被“改装”的，是有人刻意在云顶学院传播的。学生们，忙于自己的学习和实验，一个年级，偶尔死个把人，不是特别大的事，学院也会把这事情给压下来。

总有那么一些追求完美的学生，为了自己变得更美——不，不止是美丽——为了变成自己希望的样子，不惜付出一切代价！

“谢咏心想要什么？”喻林霖问，“她已经足够优秀了。”

沈靖飞拿出了一份报告。在场的都是懂医的，拿到挨个传看了一遍，一个个地都呆在那里了。

从来没有人知道，谢咏心有一种很怪的病，这种病没有生命危险，但是，很容易造成她骨折。发病之后，她肯定是不能再跳舞了。对谢咏心这样的人而言，这比死还痛苦。所以，在云顶学院里，传说就在这些有“需要”的人中间流传。

谢咏心接受了实验，可是，她的身体承受不了过度的改变，结果就是突然地变老。

魔法不过是现代科学所导致的。

查妙琪反驳说：“那也不能说明她的死是怎么回事！那镜子碎裂成那样，难道是自己碎的？还有郎教授，宋诗言？科学再厉害，也不能凭空碎镜子！”

沈靖飞喃喃地说：“一定还有那么一个人存在。他躲在阴影里面，他一直在窥视着我们的一举一动。而他自己，就像个隐形人一样，我们从来都没有注意到他……”

夏棠相当同意他这种说法。那种被人在背后窥视的感觉，她不止有过一次。但是，每次回头的时候，却又什么都看不到。

“你们在说什么，讨论得这么热烈？”夏芾走了进来，他是刚回来的，正在脱他的大衣。在下雪了。

“夏芾。”沈靖飞说，“我们现在怀疑，谢咏心是为了治她的病，接受了云顶学院的实验，结果搞过头了，把自己弄到提前衰老的地步。”

“哦？”夏芾似乎并不太吃惊的样子，“如果是她自己全盘接受的，即便这是学术界不能允许的事,但当事人已经死了,也没什么好说的吧。”

是哪，多么常见的电影桥段。狂热的科学家为了自己的理论，寻找实验的对象，用人来当小白鼠。但是，往往会出意外，而这些意外就是无法收拾的……

喻林霖提出了一个实际的问题。“虽然郎教授和胡教授都已经死了，但这种事情，可不是一个人做得出来的，肯定是一个团队。他们一定都是有助手的。”

“别看我。”夏棠忙说，“我绝对没有帮胡教授做这种事。我基本的良知还是有的。而且，我那点儿粗浅的专业知识，胡教授还看不上眼，他一直都是拿我来打杂的，真的！”

杜亚冰眼珠一转。“记得宋诗言电脑里面的那个奇怪的加密软件吗？里面那些诡异的波形图？”

喻林霖颤声说：“难道诗言就是郎教授的助手？！她会做这样的事？！”

宋诗言，一直以一个受害者的形象，出现在众人面前。但是，突然之间，她的形象被彻底反转了。

喻林霖坐了下来。她微张着嘴，表情茫然而失落。

是啊，毕竟她跟宋诗言，从小就认识，也是好朋友。宋诗言是郎教授的得意门生，而这个宋诗言，究竟她的道德底线是怎样的程度，没有人知道。

“她是个固执的人。她一心想要继承自己父亲没有做完的事。”喻林霖喃喃地说，“确实，她的父亲，就是因为自己的学说被斥为异端邪说，得了绝症，也懒于治疗，郁郁而终，抛下了她们母女。”

至今，喻林霖还记得宋诗言的说过的话。

“我答应过我爸爸，他没有做完的事，我会继续做。他没有办到的事，我会替他办到。我希望，有那么一天，在他的墓前对他说，他的女儿，已经完成了他一生的梦想和追求。”

喻林霖也还记得宋诗言的表情和语气。

宋诗言仍然淡然，仍然平静。她几乎就没有激动的时候。但是，喻林霖明白她的坚持，她的坚决。

“我会派人想办法破解数据库。”沈靖飞说，“只要能拿到他们的实验数据，一切就都很好说。”

胡教授在自杀之前，把所有的资料尽数破坏。杜亚冰也在帮助做恢复数据的事，但是，这种物理性的破坏，简直是不可逆的，专家们都对此无能为力，只能尽可能恢复少量扇区的数据。

有一点点，也比没有好。

当最后专家恢复出来的极少量数据送到手上的时候，夏棠是真的沉默不语了。她的专业确实不是分子生物学，但是，看懂这些数据还是没有问题的。

从这些残余的资料可以看出来，胡教授，郎教授，确实是在共同做一个实验项目。这个项目很有趣，是从人体上分离 DNA 并加以改写。在人类身上，往往会有一些极小概率的特例，比如，异卵双胞胎，有十万分之一的可能性，在母体子宫的时候，一个被另一个所吸收。这个胚胎，就会拥有两套 DNA。

如今，以分子生物学的理论来改变 DNA 中的恶性遗传因子，最大的障碍就在于排异性。就跟移植肾最大的风险就是排异一样，DNA 也一样地会排异。但是，郎教授和胡教授的研究，就希望培育并改写本身的第二套、可以称之为“备用”的 DNA，来替代原来有恶性因子的 DNA。这 DNA 原本就属于自己，就不会产生排异的情况。

但是，这么做也有风险。其中的风险之一，就是可能会发生“逆向”的情况。分子里面的核酸成分会出问题，结果之一就是——让人迅速衰老。

在动物身上，郎教授和胡教授已经做了不少实验，但是，看起来，他们已经不满足于动物实验。

人体实验。

这个实验如果取得实质性的进展，将是划时代的。

对，划时代的进步。

所以，科学家们常常都是狂人。包括宋诗言在内，她是天才，天才往往都跟普通人不一样。

喻林霖面无表情地拿出了一本灰红格子的笔记本。

“这是宋诗言的日记。我跟她妈妈谈了很久，她妈妈终于把她的日记给了我。她妈妈，看来，并不是一无所知的，只不过，她选择了隐瞒和沉默。”

虽说电子化普及，但是，有些人还是有记日记的习惯。宋诗言几乎每天都记，但是大都很短，写得也很潦草。

即便如此，也能在里面一窥她的心路历程，以及，弥补他们所销毁的资料的空白。

3 月 12 号

那些猴子，都那么躁动不安。它们在忍耐着痛苦，而我们的 DNA 序列改变最核心的核酸部分，还在进行中，有那么一个阶段。

3 月 18 号

非常成功。

跟人类最接近的，就是猩猩。我们已经借了动物园的猩猩做实验，但是，接下来，没有动物了。

只有人。而且，要各种各样的人。

4 月 28 号

魔镜魔镜告诉我，谁是这世界上最美丽的人？

有人主动来了。

我非常详细地告诉了她，这件事可能会有的风险。是的，风险非常大，可能不是“死”就能解决的。

我们做的，是逆天而行的事。

她说她不怕。她说她已经对自己的身体受够了。

可我还是不能做到无所谓。希波克拉底誓言是怎么说的？我们应该做的是救人，但是现在，我可能会杀死一个人。

不，不，不能这么想。我们要做的，是改变人类生命进程的事，是最奇妙的东西。

以后我们将不会再面对无法攻克的疾病。

想到这一点，我就觉得我浑身上下都在燃烧。

10 月 7 号

失败了。

她死了。

我看着她手腕上的那个血红色的枫叶形印记，我从来没有这么强烈的挫败感。

是的，枫红传说，这只是我的一个玩笑。我通过凝血功能，用这种简单的办法来显示实验的进程，让它显现出枫叶的形状。

颜色才是重点，随着红色越来越深，能看出实验的变化情况。

形状只是我的心血来潮。

不过，我们可以做到任何事，是不是？

11 月 8 号

我不想再看下去了。

那可怕的死亡。

我以为为了我的信仰，我可以不在乎一切，但我错了。

我不能昧着我的良心做事。

12 月 19 号

我从未如此地沮丧过。

这时候，韩歌吟又来找我的岔，她说我配不上她哥哥。

我看着她，我很想告诉她，我做的一切，你根本就不懂。

1 月 27 号

康年说，让我把他送的月光石戒指留下。他说，很遗憾，他为我挑的钻戒，我不肯收下。他说我与众不同，他从来没有遇过像我这样的人。

是吗？

其实，我没有告诉他，我心里还有另外一个人。

这个人，也许，全世界都视他为异类，他得永远藏在黑暗里，但是，我跟他是同类，我知道。

我们有共同的想法，共同的目标。

这个世界上，有时候，我们有另一个自己。

即使我死了，他也会感觉到我的存在。

7月7号

郎教授是如此的固执。

不过，他现在，终于明白，他是错的，而我们是对的。

他的研究，比起我们，那么微不足道。

他甚至丧失了去参加瑞士年会的勇气。

10月1号

我将带上他送我的那朵玫瑰，走向镜子长廊。

枫叶红的时候……其实，那不过是个传说。

玫瑰可以从白变成蓝。

黄色的枫叶我们也可以让它变成红色。

没有什么是我们做不到的。一切奇迹和不可能发生的事。

就跟蓝玫瑰的花语一样，那是我们的目标，我们的信念。

夏棠面色苍白地合上了日记本，递给了沈靖飞。

宋诗言的日记，跨度长达三年。基本上，是从她一开始进入这个实验项目，她就开始记日记了。

从这些日记上面，大约地可以得知，宋诗言的实验一直在失控状态。死了一个又一个的人，让她对自己的信念，也产生了严重的怀疑。但是，她应该仍在继续进行。她也有一个共事的人，是个男人，这个男人也是她拒绝韩康年的真正原因。

这个男人不会是郎教授吧？这一点，夏棠还是有点不太相信，毕竟，宋诗言的年纪，当郎教授的女儿都不止了。

但是，让人不理解的是，宋诗言死后，还死了一个方依依，一个韩歌吟，一个谢咏心。这些都是绝对跟宋诗言无关的。

“确实有那么一个人，一直隐在暗处。”沈靖飞终于看完了日记，他说，“我有强烈的这样的感觉。这个人，一直就在我们很近的地方，非常近，我甚至怀疑我曾经看到过他，跟他面对面，但我却从没有怀疑过他。”

“他？还是她？”夏棠问。

沈靖飞说：“他。在看到宋诗言这本日记之前，我就直觉地认为，是个男人。现在，我的猜测被证实了。”

他笑了笑，说：“有时候，我也相信直觉的。跟你不一样，棠儿，你只相信实实在在的证据。”

喻林霖走了进来，把一个文件袋递给了夏棠。“你要的实验报告。”

夏棠打开看了看，又给了喻林霖。“这是我当时捡到的第二片染血的枫叶。第一片，被庞伯伯——庞副院长烧掉了。这一片，我送去做检验了。我想知道，究竟是人血，还是什么血。”

沈靖飞还没拿到报告，喻林霖正在低头细看。“那究竟是什么血？”

“都不是。”夏棠眼神茫然地望着前方，“是用化学方式合成出来的人工血液。哦，不仅跟人血看起来一样，甚至连成分都相同。——别小看，这是件非常可怕的事，也意味着，如果这项技术稳定，从此以后，输血都可以找到代用品。我们可以用人工合成的血液，置换坏血。”

她的声音越来越轻。

“在黑暗里藏着的，是一个让人恐怖的天才。他躲在黑暗里面……只有宋诗言，一直跟他在一起。一直没有离开过……”

月圆之夜。

苍白的月亮，透过那株大树的树梢，洒下的光也是苍白的。夏棠这天不知道发什么神经，居然把她那串当宝贝一样的红宝石项链都戴上了。

月光射在那宝石上的效果，简直能把所有人的视线都给吸过去。

西九楼十分安静。有几层楼开着灯，但也是最暗的那种照明灯，有比没有更吓人。

那个管理员，早已经入睡了，窗帘拉着，灯也关着。

沈靖飞朝他们做了个手势。他轻轻推了一下管理员住的房间的门，门是虚掩着的。他一闪身进去了，用手电筒向里面照。

床铺叠得整整齐齐，却连一个人影都没有。桌上有些吐司、火腿肠，还有喝光的咖啡。沈靖飞低声地说："看来，这个管理员，晚上从来都不在这里哪。喝这么多咖啡，他晚上还能睡着觉吗？"

那是很贵的一种咖啡，并不常见。

切片的吐司夹火腿肠和黄油的吃法，也是完全的西式吃法。这个人把这种食品当正餐吃，只能说明，他一直习惯于这种吃法。

没有人说话。沈靖飞沉默了片刻，说："走吧，我们去找这个管理员。"

"等一等。"喻林霖忽然说。她朝桌子走近了两步，拿起了一支笛子。她把那支笛子，举了起来。

"认得这是什么吗？"

她看到几个人眼里似乎有点明白的表情，又说："那天，我们在西九楼，看到了安安。那笛声，记得吗？安安好像就是被那笛声给引走的。"

羌笛何须怨杨柳，春风不度玉门关。如此少见的乐器。

它的主人，就是这个管理员？

西九楼是有地下室的。

但是，被一把大锁锁住了。锁很旧，但却是常常在上油的，沈靖飞很容易地就把锁给弄开了。

沿着狭窄的楼梯往下走了一会儿，出现的是一堵水泥墙。看起来，地下室是被封死的。沈靖飞走到墙边，沿着墙的边沿，一点一点在那里摸。

也不知道他碰到了哪里？"嗒"的一声，出现了一个嵌在墙里的密码锁。

所有人都呆住了，然后都盯着沈靖飞看。

“进不去的。”沈靖飞有点沮丧地说，“这是专业级的密码锁。没带工具来，谁都进不去。”

几乎在他话音刚落的时候，那水泥墙，居然慢慢地往一侧移开了。

里面远远地传出了一个声音。

“欢迎，请进。”

夏棠进去的时候，只能说，惊呆了。她做梦也想不到，云顶学院最先进的设备，居然会在这个废弃的西九楼地下。

这是一个非常完备的巨型实验室。

一个男人，坐在角落的一张摇椅里。

就是那个管理员。

他的旁边，开了一盏小台灯。他的脸，就被台灯给照亮了。

没人愿意多看这张脸一眼，像是被硫酸泼过一样。佝偻，苍老，还有残废的一条腿。可是，现在，他戴着眼镜，穿着白大褂，还戴着很薄的医用手套。

他就像完全变了一个人似的。虽然他仍然丑，怪，恐怖，却再不是个不起眼的管理员了。

夏棠想，大概是因为他那双眼睛。

狂热地燃烧。

沈靖飞盯着他，一字字地问：“你是谁？”

那个男人的声音，嘶哑而低沉，却带着无法形容的自傲之意。他似乎完全不介意他那丑怪的脸，而是正对着台灯的光，也正对着他们。

“方维。”

夏棠轻轻地“哦”了一声。

哦，方维。

谜底终于揭开了。

从来没有停止过的实验。甘愿自毁面目，自毁身体，藏身在黑暗的地下室，也要继续他的实验的男人。

甘愿承担一切污名的方维。

夏棠记起了方依依一直藏在项链里面的照片。方维是个不折不扣的美男子，那照片上的青年，令她印象深刻。她无论如何也无法把照片上年轻俊美的男人，跟面前这个形容如鬼魅的怪物，联想在一起。

“胡教授和朗教授，他们退缩了。”方维在笑，他那扭曲的面部肌肉，笑起来，实在是非常可怕，半张脸都像是卷曲了起来，像一个深不见底的黑洞。“他们因为实验出了问题而害怕。他们得对死掉的学生有个交代。这时候，我站出来，对他们说，没有问题，一切都可以推在我身上，他们仍然可以保持他们的清誉，一切都由我来承担。镪水里，是找不到我的尸体的，谁都不会怀疑我没死。我就藏在这里，继续，继续。十年了。”

夏棠几乎是颤抖地说：“你大可以藏在黑暗里做你的实验。只要你再不出现就可以了。你用不着这样自毁身体，伪装成一个管理员。那是多么痛苦的过程，我能想象。”

“我是为了表示我的决心，让他们支持我继续做下去。”方维在笑，他笑得很开心，但他这愉悦的面部表情，没人再敢多看上一眼，“这样，他们就不会担心我，怀疑我，嫉妒我，而影响我的研究。不过，直到最后，他们还是继续在退缩。郎教授动摇了，想把事情告诉你们，我只有杀了他，把他的尸体摆在你们面前。我希望你们不要来找我麻烦，我只想安安静静地把我的研究做完，真不想多理会这些事。胡教授更胆怯，他居然自杀了……不过，更重要的数据，都在我这里，他毁了，也没关系。”

喻林霖大声问道：“那宋诗言呢？也是你杀的吗？”

“她是我最好的同伴，也是我最重要的人。”方维的声音里，露出了失落的味道，“她跟我一样，不惜代价，也不在乎那些虚伪的东西。她死了，我很遗憾，也很难过。但她的生命，让我迈出了至关重要的一步。在我如今完成的最重要的论文里，她跟我的名字，会并列在一起。

没有她，就没有我们的成功。”

夏棠怔怔地说：“你并不打算独占成果。”

“当然不！”方维扶着椅背，站了起来，他要挺直身子，非常的不容易，但是，他眼里燃烧的光彩，甚至让人忘了他的丑怪。“我是为了人类的进步在做这件事！我是为了所有的人！想想看，这是多么灿烂的成果！我们第一次，可以扭转基因的不可逆性！”

喻林霖的声音，都有些变调了。“我不想知道你干了什么，我只想知道，宋诗言是怎么死的！！！”

“我对你这样的小姑娘，能解释清楚吗？”方维叹了一口气，说，“好吧，我就告诉你吧。在前年，诗言本来应该用一个实验者来进行实验，但是，她在一连看到很多个人的死亡之后，她心软了。她说她不能忘记希波克拉底誓言，我理解她。但是，她做了更可怕的事——她用自己的身体，做了最重要的一个实验者。她认为，她对自己的身体，更可控，能够随时观察每一丝变化。没有她的牺牲，就没有我今天的成功。”

一瞬间，夏棠觉得脑子里嗡嗡地响。自己跟韩康年的对话，如犹在耳。

“那枝玫瑰，蓝色的玫瑰，是你送她的？”

“不是。不是我。”

夏棠的声音，低低地回响。“那朵蓝玫瑰，是你送给她的。”

“是。”方维说，“那是我的一个小作品。转基因的蓝玫瑰，本身是白的。——对了，这可不是日本那种转基因的蓝玫瑰，我这一朵，能够在夜晚，发出月亮一样的莹光。不是只有月光石，才会发出那种光泽的。”

月光石。夏棠似有所悟。

喻林霖摊开了手心，她手上是那半枚月光石。“就是这个？”

方维瞟了一眼。“不错。是我从她手上抢过来，丢在地上的。还不小心弄伤了她的手指。我当时很冲动，我没想到，她会喜欢那样的男人。当然，后来她也跟那个男人分手了。我对她的感情，不会因为她活着或者死去而有所改变。”

所以，宋诗言没有去找摔碎的那半枚月光石，就那样留在了西九楼。她只是把戒指珍藏在了家里，也算是珍藏一段感情。

与其说她在两个男人中选择了一个，不如说，她放弃了平淡而幸福的人生，选择了另一条路。

那个凌晨，宋诗言来到了镜子长廊。她知道那是她最后的时限，她带来了一面镜子，并在临死前把镜子打碎，为的就是仿照以前死人的情况。第一次的镜子打破，只是个偶然，是女学生在极端痛苦的时候打破了镜子，却以讹传讹地成了“枫红传说”的一部分，之后的方维，慢慢地把这个传说一步步地充实了，他在每一个死去的学生身边都放了一面破碎的镜子。

最后留在宋诗言身边的，就是方维送她的那朵蓝玫瑰。

在云顶学院，有无数的镜子。它们都是传说中的有魔力的镜子。如果你想要达成某个愿望，就会有人暗中指示你，来到荒废的西九楼，签署一份血的合约。哦，这些都只是个幌子，事实上，是在西九楼地下的实验室里，在身上进行一连串的实验。

至于韩歌吟，如韩康年所说，只是个意外，是她服用禁药导致的意外。

“韩歌吟跟谢咏心不一样。谢咏心是为了自己的病，而韩歌吟，仅仅是想突破身体的极限，让自己更强大。韩歌吟连合约都还没有签，她还在犹豫。她的死，是服用了兴奋剂产生的副作用。”

方维说得十分轻描淡写。“事实上，谢咏心和安安，是她们主动找上门的，否则我是不会再主动寻找实验品的，我已经没有那么强烈的需求了。谢咏心心理素质太差了，‘变老’只是自然的反应，实验本身并没有问题。每个人的情况都不太一样，一般来说，呈现的就是血管爆裂和器官组织被腐蚀这两种，‘衰老’并不是应该有的反应。至于安安，她是在自己的实验里，跟别的东西起了化学反应，才会变成这样，我对她交代的应该规避的风险——远离实验室，她并没有做到，这不能怨我。

哦对了，”他像是想起了什么一样，“安安那个男同学，看到了安安还没有来得及还给我的契约。要让他们相信，我得拿出一些实质性的东西。我给了安安一个分子式，她才相信我有这个能力，对我深信不疑。那个男学生……叫什么来着，李询？他是个野心勃勃的人，他说，他可以跟我一起研究，共同拥有成果。真可笑，除了诗言，我谁都不会分享。他威胁我，如果我不同意就把这桩事曝光，我就直接杀了她，用他们化学院常见的毒品。我的实验室，什么都不会缺。”

喻林霖叫了起来：“那你妹妹呢？你居然连她也杀了？”她举起了一直捏在手里的那支笛子，“这是你的，是吗？”

“哦，依依。”方维的声音，从亢奋而变得平淡，“我真希望，她永远不要长大，永远是那个可爱的小女孩。她长大了，有了自己的思想。她发现了我没有死，她也发现了我在一直进行研究。她坚决反对用学生们做实验，要把这件事公之于众……我不得不让安安在她喝的水里放了一点东西。安安起了疑心，我只得告诉她，那是给依依治病的药，她才信了。我比任何人都清楚，依依的脑血管，是先天的畸形。一旦受到某些作用，就会爆裂……”

夏棠只觉得全身的寒毛都竖了起来。“就为了继续研究，你杀了自己的妹妹？！”

“谁都一样。”方维发出了一声怪异的笑，“没有人能阻止我。托诗言的福，她在自己身上的实验，让我突破了最后也是最艰难的障碍。诗言死后这几年，我的实验已经到了最后阶段，谁要中止，谁要揭发，我就会杀了谁。依依也不例外。”

他深深地望着那支笛子。“那不是我的，是她的。依依喜欢这种怪异的乐器。小时候还是我教她的，也是我专门做出来送给她的。我留着它，只是想做个纪念。不然，我害怕，我会慢慢地忘了她，不记得她的模样。”

“你疯了。”沈靖飞慢慢地说，“不管怎么样，也不能拿无辜的人做实验。”

“他们并不无辜。”方维摊开手，扭曲的微笑，再次出现在他的嘴唇边上，“他们每一个人，都是自愿的，我事先向他们说明过所有的风险。可是，他们，这些孩子，仍然是义无反顾。每个人，都有自己不顾一切要追求的东西，不是吗？我有，他们也有。”

他往后退了两步，倒在了椅子里。

“好了，我的论文，已经完成了。我的实验，也已经成功了。理论和实践，我都做到了！相信我的这次成果，会让整个世界都为之震惊。我不会藏私，我会把我们的研究成果，公布于世。你们想想，这是多么造福于人类的事！死几个人，不，哪怕是死成千上万的人，那又算得了什么呢？诗言，她会理解我的！也只有她会理解我！我多想念她啊，你们知道吗？……如果她还在，她会欣喜若狂地跟我一起分享我的成果的！你们，没有人能理解我！包括我一直疼爱的亲妹妹！”

他的笑声渐渐停止了，伴随着一种奇怪的喘息声。他笑得太大声，太放肆了，都有点呼吸不过来了。

“哦，诗言。诗言……”

灰白色的地下室，除了方维渐渐低去的呼唤，出奇的安静。

死寂。

尾　声

沈靖飞站在云顶学院的门口。

云顶学院的标志，是一朵大大的蓝色的云。沈靖飞双手插在风衣的口袋里，凝视着那朵蓝色的云。

他的表情，有些模糊不清，就跟天色一样。重重的浓云。

夏棠穿了一件白色的大衣，那串红宝石项链，红得尤其醒目，衬托得她皮肤如雪，容颜娇艳如花。

“我今天晚上的飞机去A国。云顶学院跟那里的I学院，有交换项目。”沈靖飞说，“不过，我很快就会回来的。”

他拿出了一卷纸，递给夏棠。“这是在方维实验室找到的。这样的东西，为数不少，这一份是谢咏心的。他的实验室，真是个大宝库，是国际一流的。对了，他的实验室甚至有暗道直接通到红枫林，也因此，他才能像个魅影一样，出现在枫林里。”

夏棠沉默地把那卷纸接了过来。这卷纸的纸质很奇怪，像羊皮，她早已经不陌生了。她曾经见到这羊皮纸的碎片。

传说，在古代的西方，跟魔鬼定下的契约，往往是写在羊皮纸上的，还要按下带血的手指印。

这样，契约就成立了。

谢咏心又何尝不是跟魔鬼签下了契约？

这羊皮纸，就跟镜子传说一样，悄悄地在云顶学院的暗夜里流传。接受里面的条款，就等于接受了人体实验。

开始了，就没有后悔的余地。

跟魔鬼签的契约，又哪里能悔约呢？

谢咏心用血写下的签名，和那一个血色的指印，让夏棠毛骨悚然。

方维应该并没有说谎。谢咏心是自杀的，因为她已经无法面对自己衰老的容颜了，即使这只是方维告诉过她的“正常过程”。她把镜子的碎片，刺进了自己的咽喉里。一旦她死去，病毒就又开始起作用了，迅速地腐蚀了她的脸。

方维从来没有欺骗过任何人。他明明白白地告诉过这些学生，他们可能会面对怎样的风险，这些风险不是一个“死”字能囊括的。

但他们仍然义无反顾。那股可怕的执着，跟方维又有什么区别？

“基因治疗是把正常基因导入病人体内，使该基因的表达产物发挥功能，从而达到治疗疾病的目的，这是治疗遗传病的最有效的手段。”

是，是，是，这话一点儿错都没有，但这只是理论。

无论哪一种基因治疗，目前都处于初期的临床试验阶段，都没有稳定的疗效和完全的安全性，这是当前基因治疗的研究现状。

尤其是，不能运用在人类身上。

方维他们却做了，而且他们使用了最高效的一种——以病毒作为载体。成功率最高，但风险也最大。

用最浅显的话说，就是把病毒注射进被实验者的身体，这些病毒就成为了靶细胞，从而改变原来的DNA序列。但是，如果不成功呢？

病毒就会发挥其本来的作用，会以类似氢氟酸中毒的情况摧毁被实验者的身体。

这是一个聪明的主意，氢氟酸本身的恐怖程度，会让人不再去多想别的。方维并不在乎被人发现，他只是希望安安静静地完成他的实验。

夏棠问道："方维呢？他最后会怎么样？"

"很难说。"沈靖飞耸了耸肩，"这件事情的发展，超过了我们的想象范围。对于这样的科学怪人，当然不会处以死刑，虽然他杀了那么多人。他根本没有道德观的约束，他有的只是对科学的狂热。我想，他会永远被关在他喜欢的实验室里面，做他没有止境的实验吧。想象力能达到多少，他就能做到多少，他的世界里面，没有道德，没有法律。"

夏棠凝视着他。"你对他，似乎并不完全否定。"

"他研究的成果，我是尊敬的，他确实很出色。但是，我看重人的生命。"沈靖飞说，"我父亲一直都这么教我。没有什么能凌驾于人的生命之上。不过，你有没有想过，棠儿，方维这样的人，完全是纯理性的，他的世界里只有逻辑和科学存在，他真能想出这么浪漫的魅影传说并在学院里流传开来吗？"

他把一枝开得艳红的海棠，轻轻放在夏棠的手上。"棠儿，这个学院，并不适合你。听你哥哥的话，离开这里吧。适合你进修的地方，很多。"

夏棠只能保持沉默。

她又怎么会想不到，几个名教授联合起来搞这个项目，需要大量的资金和设备，学院又怎么会一无所知？任由那个传说在云顶学院里流传多年，又怎么可能是无人组织的？

所以庞达才一再叫她不要多事。所以夏芾才如此紧张，要她离开学院。

没有什么是干净的。看起来明净得像朵白云的云顶学院，其实也是黑暗而肮脏的。外表看起来平静温和的宋诗言，她的白大褂下面隐藏的那颗灵魂，同样燃烧着红黑色的烈焰。

韩康年说，宋诗言与众不同。

她不在意方维如今丑怪畸形的模样，只因为她有着跟方维相同的灵魂。对她而言，容貌和外表都不重要，只有灵魂的相互吸引。

夏棠忽然觉得眼里一热。

不，还是有表里如一的人。她觉得，好像方依依现在还坐在阳光下面，把脚放在小溪里。方依依爱穿白色，她也真是干净纯白，——有些人，漠视道德，漠视法律，漠视人最基本的生存权利，但是有些人的世界，就只有黑与白。

从这个意义上来讲，方维和方依依兄妹，本质上是一样的，只是他们走到了相反的极端。

“我走了，棠儿。我们保持联系哦。”沈靖飞对她微笑，上了车。夏棠点了点头，朝他摆了摆手，“下了飞机，记得跟我留言。”

“对了。”沈靖飞又从车窗里探出了头来，“妙琪那幅‘火眼’的画，很受好评，已经送去参展了，说不定还能得个奖呢。你知道她为什么会画一幅这样的画吗？”

“为什么？”夏棠问。

“我想——仅仅只是猜想。”沈靖飞说，“妙琪是个感觉十分敏锐的人，虽然她自己察觉不到。方维曾经一次又一次趁着暮色，以黑色的斗篷和嵌着镜子的红色面具做掩饰，徘徊在红枫林里。他既是把那些化学合成的血液洒在枫林里面，也是在默默地怀念着宋诗言，这个他一生唯一的知音。后来，经检测，宋诗言死的镜子长廊，化学血液是最多的——所以那里，现在是寸草不生。妙琪没有看到，但是她感受到了。那个男人——像火焰，红色和黑色的火焰。燃烧到没有人可以忽略。宋诗言也一样，不可抗拒地被吸引。他就是云顶学院的魅影，只不过，他代表的不是艺术，而是——更疯狂的科学。”

沈靖飞的车开走了。

夏棠仍然站在那里，若有所失。

她手里那朵海棠，开得如此鲜艳。沈靖飞是从哪里弄来这么朵海棠呢？现在是寒冬腊月，可海棠开放的时间，是五六月份。

也许也是转基因的海棠吧，才会在不应该开花的月份，开得这么艳丽。

就像方维送给宋诗言的礼物——一朵会发出月光的永不凋谢的蓝

玫瑰。

“他为什么不送你玫瑰呢？”查妙琪像个幽灵一样，从一棵树后面冒了出来。杜亚冰也探出了头，还对着她做了个鬼脸。

夏棠没有回答，只是望着查妙琪看。直到查妙琪叫了起来：“你一直盯着我看干什么？认不得我了吗？”

夏棠终于收回了视线。“怎么没看到林霖？”

“她去宋诗言的墓地了。”查妙琪苦着脸说，“也不要我们一起。”

夏棠叹了一口气，把玩着手里的海棠。“那就让她一个人去吧，我们……回去继续上课吧。”

杜亚冰翻了个白眼。“这是多么无趣的结局。我还要交好几门课的论文呢，这学期都忙着调查谋杀案了，希望不要挂科！”

夏棠望着云顶学院的大门。

云顶学院的那朵云，蓝蓝的，蓝得像天空。

她的手机，突然响了。她看了一眼，是熟悉的“指南针”在跳动。

北斗，她的老朋友。

“都结束了？你有什么收获吗？”

夏棠想了很久，回了一句。

“云顶学院的魅影，将永远存在。每年，枫叶红了的时候，我相信，都有人能够看到他的影子。他像一团火，不管是不是地狱之火，也永远不会消失。”

她远远地望着半山腰的枫林。

枫叶早已黄尽飘零，但这时候，正是清晨，阳光又给枫林抹上一层血色。夏棠闭上了眼睛。

哦，那个男人的眼睛，燃烧如地狱烈火。每一个与他接近的人，都感同身受。

难怪宋诗言会不顾一切，投身其中。相同的信仰，相同的追求，但宋诗言毕竟保留了一份天性的善，而方依依，她的善良甚至超过了对亲情的渴望。

夏棠看着手中那枝海棠。

海棠很美，但，肯定不是自然出来的东西。不知道为什么，一瞬间，夏棠觉得，连云顶学院那朵漂亮的蓝色的云，看在她眼里，也是扭曲和不自然的样子。

夏棠自嘲地笑了笑，摸了一下衣领上别着的、一朵蓝色的云形状的校徽。

那是个漂亮的小物件，也是云顶学院的通行卡。

是自己想多了。

手里的海棠，鲜艳绽放，一如她青春的脸颊。

——全文完——

后 记

我想，每个人在进入大学的时候，对自己的大学生活，大概都有一定程度的遐想和憧憬。“云顶学院”，就是个“十全十美”式的学院，寄托了学生们全部梦想的地方。女主角夏棠，也是个挑不出什么缺点的好女孩，美丽善良聪明可爱。

但是，大学生活实在并非夏棠所想的那么美好，在云顶学院辉煌的外表下，暗流汹涌。原本就带着对自己的身世的疑惑的夏棠，一桩桩离奇的杀人事件，就在她的身边发生，让她更迷惑了。

事实上，想一想，哪个学院，又没有所谓的“不可思议传说”呢？反正，就我自己待过的，多多少少，每个学校，都有一些。传说嘛，原本就是基于一些事实的基础上，然后被渲染，被放大，被扭曲，最终流传下来的版本，往往只有事实真相的一点点影子了。

这个故事,就从云顶学院不知从何时流传开来的“枫红传说”开始了。

传说，在枫叶最红的时候，藏在云顶学院最深处的魅影，就会戴着他的镜子面具，出现在红枫林的深处。

他憎恨一切看到他的人，会用他愤怒的诅咒，让一切看到他的人死于非命。

另一个传说，就是“镜子传说”。

有那么一面奇特的镜子。

你向它许下心愿，它就会完成你的心愿。

但是，它会让你变老。照一次，就老一次。一生的光阴，就那么无声无息地流逝在看向镜子的每一眼里。

哦，一切都只是传说。

燃烧的无非是科学怪人对于极端的科学的无止境的狂热追求，就算把自身烧成灰也无所谓。

对于“完美”的追求，是造成故事中所有悲剧的原因。就算是科学，也不能违背自然规律，如果一定要这么做，就得承受相应的代价。

谢咏心最终无法面对自己在镜子里衰败的容颜而自杀。

在所有角色里，意志最坚定的是方维，其次就是宋诗言。写完这个故事，最让我感慨的，反而是他们之间那份感情。《歌剧魅影》里面，克莉丝汀选择了劳尔，她的青梅竹马。他富有，年轻，英俊，身份高贵，还对她情有独钟。这是世俗的情感，克莉丝汀的选择，没有任何可以指责的地方。可是，与她能有灵魂共鸣的，与她的灵魂相伴至死的，仍然是那个只能隐藏在黑暗里面的魅影。劳尔明白这一点，他也知道，自己一开始就输了。

那种灵魂的相依，似乎比世俗的情爱，更有让人震撼的力量。必须得有相同的信仰，相同的追求，才能有这样的灵魂共鸣。

所以，相对于此，夏棠只是个小女孩吧。她的人生，和她的故事，在《厄日枫红祭》里面，还只个开端。她得学着面对自己生命的转折，这是一个痛苦的过程，不过，这也是每个人在“长大”的时候都必须经历的过程吧。

尸迷九重葛（九重葛的秘密）

人物简介

夏　棠： 十全十美美丽可爱女主角，唯一让她不满足的，就是对自己身世的疑问。

夏　芾： 夏棠的堂兄，遗传学家，对夏棠疼爱有加。

沈靖飞： 大三学生，新闻社社长，却有另一重神秘身份。

杜亚冰： 大一新生，计算机系学霸少女。

喻林霖： 大一新生，音乐狂人，学的却是十个人里九个半人都没听过的奇怪专业。

查妙琪： 大一新生，出身书香世家，爷爷是著名的国画大师。

甘　雁： 地质系学生，云顶学院在青岭“寻宝活动”的参与者兼领队，熟悉户外活动。

苏致锦： 考古系学生，苍白秀气，“寻宝活动”的参与者之一。

常　雨： 考古系学生，性格有点古怪，“寻宝活动”的参与者之一。

章雪语： 地质系学生，开朗多话，“寻宝活动”的参与者之一。

温　昊： 考古系学生，高大健壮，“寻宝活动”的参与者之一。

倪晥然： 考古系学生，瘦小腼腆，“寻宝活动”的参与者之一。

孔　敬： 考古系博士，“寻宝活动”的组织者之一。

王　叔： 青岭山下的村民，为人热情，跟学生们关系很好。

楔　子

有一种花，叫九重葛。这花名真的很美，光是听这名字，就有一种奇怪的纠缠的感觉，好像会把人陷进柔软的藤蔓里面。这个花名，是自古就传下来的，它当然还有别的名字，不过，夏棠就喜欢“九重葛”。

她难得有这种诗意的时候。身为一个小小年纪就有法医资质而且还在修神经生物学的女孩子，夏棠不仅出了名的高冷，还有跟年龄不相符的冷静和冷淡。她的同学，也是好朋友，查妙琪，就总是嫌她不够浪漫。

但是，夏棠却爱上了这浪漫的九重葛，不是她浪漫，而是她从第一次在云顶学院看到那株开得艳极了的九重葛，就差不多是爱上了这花。九重葛是生命力极强的花，花期也很长，养得好的话，一年里大半时间都会开花，尤其是在气候温暖的地方。

不过，让夏棠奇怪的是，这株开在云顶学院的馨园——一个盆景园——的九重葛，在上一个冬天，也就是她进云顶学院的第一个学期的冬天，即使天气那么冷，一样开得艳极无俦。长在一堵墙缝里都填满了青苔的青砖墙前面，像一大片紫红色的云，也像长长的飘拂的紫红色的帐子。

九重葛有一种特别的栽种方式，叫“悬崖式”。无数的紫红色的花朵，就跟瀑布一样，倾泻而下。

这只是馨园的一个角落。作为云顶学院最好的盆景园，馨园里面有着大量的盆景精品。盆景，顾名思义，就是把大树浓缩到小小的一盆，精工造就出来的奇巧。整个馨园都是这样的风格，只有这一片九重葛，长得无拘无束，那种几乎是夸张的艳丽，在馨园那种人工雕饰的美之中，尤其引人注目。

不知道从什么时候开始，夏棠养成了在馨园散步的习惯，也许更多的人会去云顶学院半山腰的那片红枫林，那儿更是散步的好地方，可是，夏棠不喜欢。她仍然记得第一次去红枫林，背后那种灼热的燃烧感。

仿佛，云顶学院曾经存在的那个魅影，仍然在暗中窥视着她。

隐匿在被夕阳染得血红的枫林里。即使现在是春天了，枫叶也变成了青葱的绿色，但在某些时候，光影变幻下，枫林仍然如同晚霞一样艳红。

枫红传说，仍然在学生之间悄悄地流传，毕竟，那些被学院刻意掩埋的残忍的故事，并没有公之于众。

只是夏棠自己不能忘记而已。

所以她放弃了枫林这个散步的好地方，选择了馨园，欣赏那些盆景，也是一件很有趣的事。

只不过，她每次在暮色渐沉，回头望向墙角的那一片九重葛的时候，总会想起沈靖飞当时在这里对她说的话。

开得这样盛极而妖的花下面，往往会埋着尸体。

夏棠想，沈靖飞只是说说而已。沈靖飞是云顶学院的大三学生，也是新闻社的社长，不过，这肯定不是他的真实身份。她也不相信沈靖飞真出国去 I 学院当“交换学生”了，她认为沈靖飞一定是因为上次的枫红魅影事件而离开的。

他说很快就会回来。

可是，已经好几个月了。沈靖飞离开的时候，是冬天最冷的时候，百花凋零，而现在，春天已经来了，所有的树叶和小草都在发出新芽，云顶学院也沐浴在这一片最清新的绿色里，再没有比这更充满青春气息的了。

只有那开得盛极了的九重葛，仍然跟隆冬腊月时一样，艳得无与伦比。像紫红色的丝绸，挂在架子上，一扯，往后拉，长长地滚下来，艳丽地铺满一地。

寻宝活动

“棠儿，在不在？”喻林霖一边叫，一边敲门。

夏棠答应了一声：“来了！等我洗个手！”

她洗了手，脱了白大褂，走出来开门。

喻林霖捧了个蛋糕，笑盈盈地站在门口。

她的短发看起来很有精神，细细的一双凤眼也满是笑意；牛仔裤，T恤上画了一个十分抽象的玩意儿，夏棠一看就说：“这是妙琪手绘的T恤？哎哟喂，她一人送了一件，叫我怎么穿得出去啊？”

“你是淑女，自然穿起来会觉得怪怪的。”喻林霖把蛋糕放在桌子上，“我觉得还行，独一无二嘛。来，妙琪叫我送来的，她自己烤的。”

蛋糕做得可爱极了，白底粉红，旁边拼了一圈的草莓。查妙琪弄了个小烤箱在自己寝室里，还在窗台上种了几盆草莓，没事就在那里浇水。

夏棠拿了一个草莓，放进了嘴里，夸了一声说：“真甜。”

喻林霖笑着说：“瞧你，就一天闷在这实验室里，做不完的实验，解剖不完的尸体。我今天来，就是有件好玩的事情，来找你一起的。”

她拿出了一个很漂亮的粗麻抽绳小布袋，袋子上印满了很抽象的紫色花朵。她把抽绳拉开，往外面一倒，先是倒出了一张折叠的硬纸片，然后又掉出了一小块有棱有角的深紫色半透明石头。

夏棠奇怪地问："这是什么？"

"哎，我说棠儿，我都忍不住要说你了，"喻林霖长长地叹了一口气，"你真是两耳不闻天下事呀！最近我们云顶学院最大的活动，就是'寻宝'啊，你这个都不知道！宣传画贴得到处都是，学院的网站上也有广告啊！这个是'寻宝套装'的样品，除了地图还在制作，别的都好了，我就拿了一份！"

夏棠无精打采地说："最近在帮忙解剖几具尸体，什么地方来的怎么死法的都有，真是一大堆尸体，我得全部验尸写报告呢，哪里有空上网看广告？"

喻林霖又叹气："我们正在吃点心呢！你这人，就不能稍微避讳一点吗？"

夏棠拿起那块深紫色的半透明晶体，问："这是什么？紫水晶？"

"这是紫水晶的原石。"喻林霖说，"这个寻宝活动，是这样的！在离云顶学院不远的'青岭'上，有一块特别大的紫水晶原石，学院地质系已经探知了在什么地方，这次组织我们去，谁找到，就是优胜者！以后打磨出来，会送一块刻名字的当纪念品！"

"……哦。"夏棠继续吃她的点心，"挺好的活动。参加的人，一定很多吧。"

喻林霖看她这样子，真是无可奈何。她把那张折叠的硬纸片打开，放在夏棠面前。这是一份"注意事项说明"，夏棠看了一眼，说："给我看这个做什么？"

喻林霖叹着气，说："你看看嘛。"

夏棠又仔细看了看，说"都是很普通的说明嘛，注意安全啊什么的。"

"看这一条！"喻林霖指点着说，"必须是两个人一组！两个人！"

夏棠吃惊地说："你不会是来约我一起去的吧？别开玩笑了，我周末要加班呢！"

喻林霖真是拿她没辙，只得叹气："就当是去爬爬山，呼吸下新鲜空气嘛！天天闷在这里，你不觉得很烦吗？”

“你约谁不行啊？”夏棠不太愿意，事情是真的多啊，“你约妙琪啊，或者约冰冰。她们都有空吧？”

“妙琪就算了吧，”喻林霖苦着脸说，“你想看到她穿个高跟鞋长裙子去爬山吗？冰冰也不行，她下周末家里有事，出来不了。除了你，我真的约不到人啦！”

夏棠拿着那紫水晶原石，翻来覆去地看了半天：“还真挺漂亮的，如果能得到一个这样的纪念品，也挺不错呢。不过，我对寻宝什么的，一窍不通，真的可以吗？是怎么个找法呢？我一点头绪也没有啊！”

“哎哟，这些都不用你操心，都交给我。”喻林霖笑着说，她的眉头也舒展开了，“放心啦，都包在我身上！你只需要去考个试就行了！”

夏棠吓了一跳：“什么？还要考试？不要，一天要考的就够多了，去寻个宝还要考试？”

“很简单的，有复习材料的啦。”喻林霖甜言蜜语地劝着她，“你不是天才少女吗，考这玩意儿，不在话下啊！花不了多少时间的，真的！”

夏棠只能无语地看着她，觉得喻林霖今天真是有点儿不对劲！

虽然夏棠觉得自己考得挺烂的，不过，她居然通过了。

夏棠虽然嘴上说得毫无兴趣，但是她再宅，也没宅到宁可对着尸体也不愿意去山上呼吸新鲜空气的程度。她表面没露出来，但是，这个周末，她也提前把实验室的事结束了，回到宿舍收拾明天准备出去的衣服。

夏棠有套紫色的天鹅绒运动套装，还是新买的，没穿过，这次正好拿出来穿。看到那紫色衣服，夏棠又回过头，看了一眼她扔在桌上的“寻宝套装”。

“寻宝套装”的袋子上，也印满了紫色的花。那花很抽象，三个菱形拼起来的，拼成一个三角形。夏棠恍惚地觉得，好像在什么地方，见过这花的“原型”，不过，抽象得她实在是想不出来了。

夏棠转头翻她的发带，好像她有一条跟这套衣服颜色相配的。正在这时候，查妙琪回来了，背上还背着她的画板。

她看见夏棠乱成一团的衣柜，夸张地叫了起来："哎哟哟，你这是干什么？要出去约会吗？等等，不是沈靖飞回来了吧？我怎么一点儿消息都没有？"

夏棠狠狠地白了她一眼："我明天要去爬山！"

她把衣服胡乱地扔进了衣柜里，把衣柜门重重一关，就扔下查妙琪走了。

查妙琪一手抓着桌上的小蛋糕嚼着，含糊不清地说："我就开个玩笑嘛，你生什么气嘛……"

一直走到馨园，夏棠都还在想，自己为什么要生气？

沈靖飞从离开算起来，也够久了，最先还有联系，到现在，至少已经大半个月没消息了。夏棠估计，自己不痛快就是因为这个，她平时可不是这么沉不住气的人。

馨园来散步的人一向比较少，不知道是为什么，可能是馨园背阴，阳光都不太晒得进来。盆景大多好阴凉，不喜热，当初选址的人，大概也是考虑到这一点，可是，太多的绿色，加上青石缝里湿润的青苔，让这个地方，实在是显得很阴冷。即便是在炎炎夏日，这里也是阴凉的，可是，夏棠觉得，纳暑避凉，应该也不会选这里吧。

沈靖飞那句话，只是个比方，她明白。沈靖飞指的是学院的西九楼，那个地方是废弃的实验楼，在那里发生了很多见不得光的事。可是，他那句话，老是在夏棠的耳边萦绕不去。

夏棠突然停住了脚，诧异地看着前面。她看到，有个人，正站在那紫红色纱帐一样的九重葛前面。

是个男生。

这男生身材修长，长得很秀气，甚至可以说是非常好看。肤色也十分白皙，一般的女孩子可能都还没有他白。夏棠从来没有见过这个男生，当然了，云顶学院这么大，那么多个院系，那么多学生，她要个个认得，那才叫奇怪呢。

他看到夏棠，明显地吃了一惊，退了一步，这一退，就撞到了九重葛上，一根藤蔓折断了，一串紫红色的花，飘悠悠地落了下来。

夏棠看他这么吃惊的样子，心里觉得好笑，难道自己是老虎吗？她就走上前了两步，说："我是来这里散步的。你是哪个系的学生呀？"

她已经看到，男生的衣领上，也别着云顶学院的校徽——一朵蓝色的云。这既是身份证明，也是通行卡。云顶学院的管理，看似松，其实紧，不论学生、老师还是职工，都得凭这通行卡进出，如果是探亲访友的，得先登记，然后电话确认，还要发一个临时的通行卡。

"我是考古系的。"男生凝视着她，他的眼神，有一点儿古怪，"我认得你，你是夏棠，对吗？"

又来了，每次人人都是这句开场白，夏棠都听得不耐烦了。说来奇怪，她平时很少参加社团活动，也不热衷露脸，可就是人人都认得她！查妙琪对此的解释是："你漂亮啊！你这么漂亮，你是校花啊！"

夏棠很想啐她一脸。

"对，我是夏棠。"夏棠露出一个很甜美的笑容，"那你叫什么名字？"

男生回答："苏致锦。"

这名字取得才真叫漂亮，夏棠心想。她问："你也常常来馨园散步吗？我从来没在这里看见过你。"

苏致锦站在九重葛前面，不知道为什么，夏棠觉得，他跟这鲜丽到极致的九重葛，非常的相配。虽然九重葛是极致的艳，这个苏致锦，却是极致的清淡。

他瞥了一眼夏棠拎着的小手袋，说："你用的这缎料真好，现在很难见到这样的东西了。可是，上面的扣子，是谁设计的？"

夏棠有点呆滞地看了一下自己的手袋。海棠花的缎子，很古典，扣子非常特别，是条长着龙头的鱼："我同学啊，她画画的。"

“那是陵墓里才用的图案，以后别用了。”苏致锦淡淡地说，从夏棠身边走了过去，“意思不太好。”

夏棠继续呆滞地看着他的背影：“啊……是这样啊，好，我知道了。”她想了一想，又补上了一句，“谢谢你的提醒。”

“其实也没什么。”苏致锦站在一株红松的盆景旁边，用手去拨弄松针，“只要不信，也就没什么了。是我多嘴了，我这是职业病，经常看到有人乱用图案，都觉得如坐针毡的，忍不住要说出来。”

夏棠也忍不住想笑：“乱用图案花纹的，是不是很多呀？”

“是啊。”苏致锦微微一笑，说，“比起来，你这个已经不算什么了。”

夏棠鼓了一下腮帮子。她决定回去就找查妙琪算账，害她大大丢了脸！

“哦！你说上面的图案啊！”

夏棠回宿舍的时候，跟她同寝室的杜亚冰已经回家了。杜亚冰的父母都在国外，不过，杜亚冰周末一般都还是要回家的，夏棠也不知道她回一个人都没有的家干什么，大概是习惯吧。

夏棠去了对门查妙琪和喻林霖的房间，她们这四个女孩子是死党，个个出色，是这一届的学生中最引人注目的。

听到她的问题，查妙琪一脸无所谓地说：“我知道啊，问题是，那又有什么呢？我就是觉得好看，用用而已。谁跟你说的？知道得挺多嘛，这个是西夏王陵才有的图案，一般人不知道的。”

夏棠说：“他说他叫苏致锦。”

喻林霖的脸色，微微地变了一变。她很快地看了夏棠一眼，说：“你怎么跟这个人认识了？你别跟他太接近。”

她这话，说得夏棠一阵糊涂：“苏致锦怎么了？”

“唉，你好像天生就招惹这些事。”喻林霖无可奈何地说，“我就告诉你吧，大家都传说，这个苏致锦，杀过人。”

喻林霖的父亲在警界地位很高，她也常常能接触到这些事，只不过，喻林霖并没往这个方向发展，学的专业也是风马牛不相及。

听到这话，查妙琪兴趣也来了。她把正在做的一件刺绣丢在一边，坐了过来。刺绣是她最近的“新爱好”，夏棠的小手袋就是她做的。

“什么什么？他杀过人？怎么没有抓他呢？说说看，说说看。”

喻林霖想了一会儿才开口，似乎是在整理自己的思路。

苏致锦现在是大二。女生宿舍是二人一间，男生那边，三人间或者四人间都有，苏致锦入学后，住的是三人间。

跟他住在一起的，是他的两个同学，同是考古系的。

考古系，其实没有一般人想的那么“高雅”，大家都常常是面朝黄土背朝天的，汗流浃背地清理各种文物。考古学里很重要的一个步骤，就叫“田野考古”。

苏致锦脾气温和，虽然不是特别爱说话，有点内向，但跟别人的关系还是不差的。同寝室的另一个男生，叫任也的，个子高大，又乐于助人，经常帮同学背东西，干重活，人缘是出奇的好。但是，他们寝室里的还有一个叫阮裕的男生，就不那么讨人喜欢了，是个蛮阴沉的人，不合群。

最开始，热情的任也什么事都会叫上他一起，可是，随着阮裕一次次不搭理，任也和别的同学也不太愿意自讨没趣了，只有苏致锦，还肯跟阮裕一起做事，也还愿意主动跟他说话，聊天。

事情是发生在他们一次“田野考古”的时候。

说是“田野”，这只是一个统称，其实在任何地方考古都算，连“室内整理”都算。云顶学院有个“考古基地”，就在离学院不远的一座叫“青岭”的山上。

这山上有很多窑洞，各个年代的都有，相当齐全，各个时期的陶器、瓷器都有。这是很难得的，所以云顶学院干脆就想办法把它变成了自己的“基地”，学生们常常去这里实习。

当然了，好东西是没什么的了，考古系的学生们去那里，美其名曰“实习”，其实就是廉价劳动力，去处理各种陶器和瓷器的碎片，这是个极大的工程，做再久都做不完的，大家都是轮流去的，是非常习惯的事了。

可是，就在这次考古实习里，阮裕死了。

是一块巨石，直接砸死他的。

这个听起来实在是古怪，那大石头在山头上都不知道多少年了，一直好好的，偏偏就这么砸了下来。偏偏阮裕又正好在下面。

人都砸成了肉饼。

苏致锦跟阮裕关系最好，这件事，让他足足住了半个月的医院，一直高烧昏迷，嘴里还一直说胡话。

“后来，有当地的村民说，在出事的当天，看到有人在那个山头出现过，很可能，是有人把石头故意撬松的。”喻林霖讲到这里，脸色也有些发白，“据他们描述，那个人的穿着， 不像他们村子里的人，很可能是学院过去的学生，但是，那又怎么样？他们都只是瞥到了一眼，根本没看清那人的长相。”

她拿着夏棠那个海棠红的小手袋，在那里无意识地摆弄：“可是，两个月之后，他们的实习，又出事了。任也失踪了——他们扎营的地方，在青岭的半山腰，这是固定的地点。山下，就是一条水流湍急的河，只在崖边看到被树枝挂住的任也的围巾，树枝和灌木也折断了不少。”

她的声音低了下去。

“任也究竟是失足落崖，还是被人推下去的，这一点，大概永远都不会有人知道了。那天晚上，留守在营地的，只有任也和苏致锦两个人。没有目击者……也不会有任何证据出现……那条河，十分湍急，那一带全是漩涡，会把一切东西都扯下水底，包括尸体……”

查妙琪直瞪瞪地看着喻林霖：“你的意思是，是苏致锦为了替阮裕复仇，才把任也推了下去？”

“不知道。”喻林霖简洁地回答，“我说过了，这一点，大概永远都不会有人知道了。警方对这件事，是认真调查过的，但是那个水域，是出了名的‘沉到底’，根本就没办法打捞。也一年了吧，阮裕死了，是毫无疑问的。那个晚上之后，他再也没有在这个世界上出现过。”

夏棠问道：“警方没有调查苏致锦吗？”

“当然调查了。”喻林霖大声地说，“调查了不知道多少次！那时候，苏致锦也十九了，是成年人了，所以肯定是按刑事案件走流程的。他是唯一在场的人，他也有嫌疑，有动机！可是，没有证据啊！一点儿都没有！还有，这个苏致锦，是个心理素质非常非常好的人，警方好多个人，甚至是心理专家轮番上阵，都没有攻破他的防线。他的证词，前后一致，滴水不漏，既不多说，也不刻意回避，无懈可击！”

夏棠说：“林霖，你知道得这么详细，看样子，你父亲也对这个案子感兴趣？”

“是的。”喻林霖回答，“尤其是，这个嫌疑人是如此年轻。正因为他太完美，我父亲也相信，他可能是有罪的，至少是知情者。但是，没有证据，一点儿都没有。”

“如果他确实杀了人，那么，就意味着确实是任也害死了阮裕，苏致锦才会这么做。”夏棠沉吟地说，“为什么呢？杀人总应该有原因的，是不是？”

喻林霖耸了耸肩：“那我就不知道了，反正，棠儿，你别跟苏致锦接近。这个人，我父亲说，城府很深，是个很危险的人——虽然他现在才二十岁。我父亲警告我，因为他知道我也对此感兴趣，所以叫我远离苏致锦，别想去打探那案件的真情，以免遇到危险。”

夏棠回想着傍晚她在馨园跟苏致锦见面的情景。在她看来，苏致锦算是个温和的人，说话也挺正常，只是，给她一种疏离的感觉。她并没有在他身上感到所谓的“邪恶”，实在看不出来，他是个喻林霖所暗示的“杀人凶手”。

喻林霖看了看表，说："这么晚了，棠儿，我们该睡了。明天一大早，还要坐校车去青岭呢！"

夏棠站了起来："是啊，一讲故事，就讲了这么久。我回房间睡了，你们也早点睡吧。"

查妙琪又拿起了她的刺绣："你们明天就去爬山吧！我就舒舒服服地睡懒觉喽！"

死亡开端

第二天，是个阳光明媚的好天气，踏青是再适合不过了。夏棠和喻林霖是搭校车过去的，因为青岭离学院，大约还有一个小时的车程。云顶学院本身就是在山脚下，而这山，其实是连绵的很多座，青岭只是其中很小的一座。

青岭树木茂盛，但是山路还是修得挺好的，一般来说不至于有什么危险，而且，青岭矿藏丰富，说在里面找到了大块的紫水晶原石，毫不出奇。

夏棠昨天晚上，并没睡好，也不知道是因为今天的探险活动，还是因为睡之前喻林霖讲的故事。

在梦里，她看到苏致锦苍白秀气的脸，就在她的面前，很近很近。他的背后，衬着的就是紫红帐子一样的九重葛。苏致锦的眼睛很黑，直愣愣地盯着她。夏棠想问，他想跟自己说什么，可是，她还没问出来，就看到从苏致锦的眼睛里，嘴里，鼻子里，同时涌出了黑红色的血。

夏棠发出了一声惊呼（在梦中，一样也会恐惧），她本能地向后退，可是，苏致锦的脸，又在她面前，继续放大。他张开了嘴，好像是想对她说什么，可是，还没有说出来，从他嘴里涌出的红黑色的血就喷了出来，溅在了夏棠的脸上。

这一来，真的把夏棠从这个噩梦中惊醒了过来。

可是，因为她把头靠在窗玻璃上，被校车摇得昏昏欲睡，一闭眼睛，好像又看到苏致锦满脸是血地站在她面前，她只惊得一个激灵，连忙又把眼睛给睁开。

“你怎么了？”喻林霖坐在她旁边，有点担心地看着她，“你脸色真的不太好呀，是没睡好，还是不舒服？”

夏棠摇了摇头：“我没事。”

她把目光投向车窗外。

青岭是连绵山脉中的一座，云顶学院则是在这山脉最靠近城市的地方，但仍然是属于偏远郊区，到市区得靠车来回。每到周末，夏棠家里会派车来接她。夏棠喜欢清静，而云顶学院里面什么都有，所以她不觉得有什么不方便。

不过，现在她似乎才真正意识到，在云顶学院之后，是茫茫的大山。

“棠儿，你知道吗，在这山里面，听说还有云顶学院的分校。”喻林霖说，“规模比较小，不知道为什么，会设在那里。”

夏棠是真觉得吃惊了：“真的吗？我从来没听说过云顶学院有分校。”

“你对这些事，从来都不关心。”喻林霖有点抱怨地说，“这有什么奇怪的，很多学院都有分校，有好几家都再正常不过了。有些院系在这个分校，有些在那个分校，大型院校都是这样的。”

夏棠想了一想，好像也是，倒是自己大惊小怪了。

喻林霖又看了看她：“你知不知道，为什么云顶学院会建在山脚下？”

“哦，这个我知道。”夏棠心想，终于有自己知道的事了，还真有点儿高兴，“这个我伯伯说过。首先，是面积问题，云顶学院实在是太大了，在城市里面弄这么块地，怎么都不行。其次，云顶学院的前身，原本是个军医院，学院是在它的基础上改建而成的。”

喻林霖没有再说什么。从夏棠的方向，看得到她挺直的鼻梁，黑而密的睫毛，和薄薄的曲线优美的嘴唇。喻林霖实在是个帅气的女孩，不仅吸引男孩子，连一群女生都花痴地跟着她转。

过了很久，喻林霖才说："棠儿，你家里人，真是把你保护得太好了。你的院长伯伯，真是把你当宝贝一样。"

她这话,让夏棠完全摸不着头脑,她还没来得及发问,车就停下来了。

"到了到了到了！"后排一个高个男生嚷嚷着，充满活力地背着登山包蹦下了车。

喻林霖拉了夏棠一把："我们也下车吧。"

夏棠走到车门口，不经意地回了一下头，却有一张脸，正好对着她的脸。这个人跟她靠得太近了，如果是别人都没关系，偏偏，就是昨天晚上一直在噩梦里缠着她不放的苏致锦。

苏致锦的脸色非常难看，苍白里发着灰，嘴唇都没有血色。夏棠很不厚道地想——刚死的人的脸也就是这个样子，而且他的眼光都是散的，夏棠一时间真有点怀疑，这个人是不是个僵尸。

她猛地往后退了一大步，差点把喻林霖给挤下了车台阶。

喻林霖一手抓住扶手，稳住了。夏棠抓着她的胳膊，使劲地掐她。喻林霖一回头，叫了起来："苏致锦，你怎么了？"

"我……我一坐车就晕车……"

苏致锦话还没说完，就硬把她两个挤开，冲下车，跑到一棵大树后面去吐了。

夏棠和喻林霖面面相觑。

喻林霖埋怨地说："你这是怎么了？神经兮兮的，你一向不是这个样子啊！人家只是晕车而已！晕车！很正常啊！"

到这一步，夏棠当然也明白了，刚才苏致锦急急忙忙想下车，是因为他晕车了，急着要找个地方吐。

过了一会儿，苏致锦走回来了，虽然还是面色难看，但已经比刚才的样子好多了。他有点抱歉地勉强笑了一下，说："真抱歉，我刚才太着急了。我真的很容易晕车，只要一坐车就害怕，然后就更晕车了……”

夏棠好心地给了他一瓶酸梅汁：“喝点吧，这个喝了会好过些。”

苏致锦呆了一下。“可是，我拿了，你们……”

“我带了好几瓶。”夏棠笑着说，“我正嫌背着重呢。”

看样子，苏致锦也确实需要这东西，也就没有推辞了：“谢谢。哦，我上车去拿东西，我的登山包都没有拿下来。”

他走开了，喻林霖轻轻地对夏棠说：“你觉得他会杀人吗？”

“人挺有礼貌的。”夏棠说，“至于会不会杀人，谁知道呢？谁都不是别人肚子里的蛔虫，你说是不是？”

她打量着四周。这是青岭山脚下的一个小村子，绿树流水，不时地有几只鸡鸭跑来跑去，很是闲适的山村。

一个皮肤晒得黝黑的中年男人，走过来跟他们的领队、登山社的社长甘雁打招呼。甘雁是个高个女生，本来长得算漂亮，只是她长年登山，一张脸黑里透红，全是雀斑。

“是甘雁啊！今天又来了？”

甘雁笑着跟他打招呼：“王叔，你今天没上山？”

“没有，前几天闪着腰了，这段时间恐怕都上不去了。”这个王叔又看了看天，“你们自己小心点啊，我看着这天气，恐怕要下大雨了。一下雨，有些地方就有点不安全，你们自己多长点心眼儿，啊！”他朝甘雁挥了挥手，走了。

甘雁目送着他的背影远去，拍了拍手，大声说：“我们集合吧！我点点人数，再说一点注意事项！”

夏棠低声地说：“我看天气挺好的嘛，会下雨？”

“哎，他一辈子住在这里，这山，他最熟了，他说的，不会有假！”甘雁听到了夏棠的话，就笑着说，“不过，没关系，青岭路修得不错，很安全的。不用担心！”

人都集合了。

他们这个寻宝小组，加上领队，一共只有八个人，这个数量，很让夏棠吃惊，她原本以为，学院搞得这么浩浩荡荡的活动，总应该有浩浩荡荡的人来参与吧？经过喻林霖解释，她才明白，之前的筛选已经过滤掉绝大部分的人了。

寻宝活动委员会出了一份试卷，从分数最高的往下数，名额只有八个。夏棠是临时抱佛脚，但她居然通过了。她原本以为，试卷只是个形式，现在才知道不是。她只是觉得奇怪，自己是个门外汉，比自己这方面还懂的，学院里太多了，怎么自己居然通过了？

难道自己连寻宝方面也是天才？夏棠不由得有点飘飘然了。

试卷内容，大多是地质、考古这方面的，所以，通过的人，除了夏棠，也都是这两个院系的学生。

除了她和喻林霖之外，还有六个人。领队甘雁，既是登山社的社长，也是地质系的。

苏致锦也在通过的人选之中，这一点，夏棠并不意外。一看苏致锦就是标准的高才生的样子，问起他专业上的东西，是对答如流。

一个是考古系的常雨，眉眼清秀，身材好得连夏棠都羡慕，大概是长年在野外“考古”，常常锻炼才能有这样棒的身材。她跟甘雁一样，晒得黑黑的，额头上勒着黑红相间的发带，头发盘在脑后，很精神。

奇怪得很，总是女生容易晒黑，男生不容易，苏致锦就很白。

再一个就是地质系的章雪语，是个十分开朗的女孩子，一直大说大笑的，声音比男孩子还响，没办法，地质系的妹子们，通常也都是女汉子。

另外两个都是男生，这两个男生，完全是鲜明的对比。

一个瘦小苍白，比苏致锦还弱不禁风，夏棠看着都怕他要被风吹倒，可是，这个倪皖然，却是家学渊源，父亲和祖父都是非常出名的收藏家。夏棠看着他那副厚厚的眼镜，再看看他那小身板，相当担心他是不是能爬到山顶。

温昊跟他正好相反，是个铁塔一样的大个子，篮球队的，体育强人，国家队都看上他了。温昊也是个极其豪爽的人，他跟章雪语在一起说话的时候，简直就像是在比谁声音更大，“哈哈哈哈”“呵呵呵呵”的笑声不断。

“大家听好了！这一次，我们每两个人为一个小组，以小组为单位获得优胜权。请大家首先要注意安全，安全，安全！我们都有无线电，上了山，手机是没有信号的，只能凭这个无线电联络了，所以，大家一定要收好！每一小时，都要跟我联络一次，报平安，知道了吗？对了，这是‘寻宝套装’的最后一样东西，寻宝地图，刚印出来的，我才拿到！你们只需要跟着地图找就是了！”

夏棠对这方面其实不太懂，去考试考的也是一些理论知识。喻林霖跟她说明了一下，虽然地图上目标地点都是可能有矿石的地方，但是，要确定是哪一个，这是需要地质勘探方面的知识的，而且，地点也只是大概的一个范围，总不能把那么大一块地都挖开。所以，最后还是考验大家的专业知识的运用，当然，如果运气够好，一脚就能踩着一块原石，那也没什么好说的……

“好了，我要说的说完了，大家都是有经验的人，我就不多啰嗦了！现在，分组吧，你们自己分！最好是男女搭配，这样会安全一点！”

甘雁这话一说完，喻林霖就笑，说：“不用，我跟夏棠一组，没有问题。”

温昊一拍胸膛，说：“谁来跟我一组？绝对是最轻松的活，背东西，我包了！”

“……”章雪语白了他一眼，“你还是跟倪皖然一组吧。我跟常雨一起！”

常雨没有表示意见。

这么说来，苏致锦就是没人要的，甘雁看起来，也并不是特别情愿跟苏致锦一组的样子，但是，她是领队，别人不要的，也只有她接下来了。她有点勉强地对着苏致锦笑了一下，说了一句：“哎呀，你就只有跟我一起了。”

苏致锦淡淡地笑了一下：“真是不好意思了，甘雁，要不，我一个人好了，反正，这里我也来过很多次了，熟得很，用不着跟别人一起。”

他这么一说，甘雁是真不好意思了，忙说：“那怎么行，这是规则，要两个人一组，更何况，还有安全问题呢，两个人才能互相有照应……”

甘雁话还没说完，常雨就轻轻地哼了一声，她的脸上露出了鄙夷的表情，冷冷地说：“算了吧，甘雁，你照应他，谁照应你？你要跟他一组，恐怕你死都不知道是怎么死的呢。真不知道这活动是怎么搞的，也让他来了，早知道，我就不来了。”

喻林霖和夏棠对视了一眼。夏棠现在也有数了，喻林霖上次跟她说的话，可绝对没有掺水分，考古系的学生们，对此也是又畏又疑的，只不过，没有证据，谁都拿苏致锦无可奈何。

再看苏致锦，仍然是一副云淡风轻的样子，对常雨尖锐的话，他根本没有什么反应，仍然是淡淡一笑，说：“你现在想回去，还来得及，校车还没走呢。”

他这一句话，噎得常雨说不出话来。常雨怒气冲冲地拉了章雪语一把，说：“我们走！”

章雪语回过头，咧开嘴对着众人笑了一笑，有点抱歉的意思，就急急忙忙地跟着常雨走了。

温昊张了一下嘴，似乎想说点什么，又咽了回去，拿起了倪晥然的包，背在背上，说：“我们也走吧！”

苏致锦笑笑，他的目光，从夏棠和喻林霖的身上掠过了：“谢谢你们的酸梅汁。多带点吃的喝的，路上可没有野味打。”

除了她们两个，别人都出发了。夏棠和喻林霖你看我，我看你，最后，夏棠狐疑地说：“我怎么觉得，有点儿不太对呢？我们来参加这个寻宝活动，真是明智的吗？”

喻林霖抬起头，望着那浓荫蔽日的青岭："是啊，我也有这个感觉。从最开始……我就这么想了。"

她们两个匆匆忙忙地把登山包检查了一下，又在村子里的小卖部多买了一点食品和水。不知道为什么，苏致锦的话，总在夏棠耳边回响，她宁可多背点，也要多带点，虽然喻林霖对此是反对的，觉得实在是太没有必要了！

夏棠正努力地把面包往背包里塞，忽然，她听到喻林霖在她背后十分惊讶地"啊"了一声，叫了起来："夏大哥？"

夏棠一回头，就看到了她堂哥夏芾。夏芾也是一身登山的打扮，一脸不满地看着她。夏棠又惊又喜，跳了起来，抱住了夏芾的腰。

"哥！你怎么来了？"

夏芾朝喻林霖点了点头，仍然板着脸，看着夏棠："还能为什么？不就为了你这个丫头？"

夏棠瞪大了眼睛："什么，你不会是想说，你来是为了跟我一起去寻宝吧？"

夏芾叹了一口气。"你想爬山，那就陪你爬吧。"

喻林霖站在旁边，听着他们兄妹说话。这时候，她笑着开口了："夏大哥，有你陪，我们都会放心得多呢。我看，棠儿对那个苏致锦，很在意。"

"苏致锦。"夏芾喃喃地重复了一遍这个名字。夏棠觉得，一瞬间，夏芾的眉宇之间，有一片阴影飘过。

他也认识这个人？

夏棠可不相信，夏芾是真会闲到这地步，来陪自己爬山的。夏芾是个大忙人，每年陪她过生日，都得事先安排。他来，肯定是有原因的。

"走吧，棠儿，林霖。"夏芾说，"早点走，免得还没爬多久，就天黑了。"

夏棠却在看不远处的一间房子，那是典型的山村民居，修了一道篱笆，盖着水磨的瓦片，很普通的屋子。吸引她视线的，是在篱笆上面爬着的九重葛。

这家人，好像是特意用篱笆在引导九重葛的长向，密密地长了一大片，把房门都给遮住了，坐在下面，连阳光都不太透得进来。

紫红色的，冶艳的，一朵朵排得严丝合缝，连花叶都看不见，就只见着花，聚在一起，像紫红色的波浪。

“为什么大家都喜欢种这花呢？”夏棠不由自主地问，“这花看起来，浓艳得不像真的，像调色板上的颜色。”

夏芾顺着她的眼光看了过去：“这花特别好养，花期又长，只要稍微下点功夫，就会长得铺天盖地，很适合想在花园里设置屏障遮阳的。我觉得挺好看的，花本身很普通，但聚在一起，长成规模了，就很不错。你这么问，有什么原因吗？”

“因为沈靖飞说过的话……”夏棠说了半句，又咽了回去。她至今还没搞清楚，夏芾跟沈靖飞是什么关系，感觉是熟得过分了。

果然，夏芾留意地看了她两眼：“他？你最近跟他有联系吗？”

“快一个月没联系了。”夏棠诚实地说，“我也不知道他在忙什么。”不知道为什么，她本能地觉得，夏芾是不喜欢她跟沈靖飞“来往过密”的。

果然，听到她的话，夏芾似乎松了口气。“好，我们走吧。”

不过，夏芾有话说在前面，可不会管她们“寻宝”的事，而且，他对这种找矿石的事情，一窍不通。

“我就是跟着你们爬爬山，别的，你们自己搞定。”

夏棠把喻林霖一指：“她说她是行家。”

喻林霖这时候，也开始缩了：“其实，我学这个专业，虽然说是跟勘探有关的，但是我也才大一啊！专业课还没怎么开始呢，更不要说实习了……”

夏棠尖叫：“什么啊！你骗我！你连我都骗！”

“也没有啦……”喻林霖朝她笑，“反正有地图，有什么好担心的?你看，我们马上就要走到藏宝点Ａ了。”

这是山路左边一小片平地，以前大概是个小矿，还有些碎石堆在那里，而且，让人沮丧的是，这片平地明显有人刚来过的痕迹，地上的草都被踩平了。夏棠叹了口气，说：“看样子，这里应该什么都没有啦！我们不应该落在最后，如果真有宝，也早被别人挖光了！”

喻林霖摇了摇头，说：“紫水晶原矿，尤其是比较大型的，绝不会长在这么低矮的地方，至少，也得接近山顶吧，不可能在这里的，你就放心啦，会来挖这里的，绝对都是不懂行的。”

夏棠却说：“那也不一定啊，我们都是做过了功课才来的，你知道的，别人也一定会知道呀！”

这话倒说得喻林霖不知道该怎么回了，夏芾抱着双臂，靠在一棵树上，笑着说：“两位小姐，你们商量好了吗？是准备放弃这个藏宝点继续走，还是准备挖一挖？”

地上已经有被挖过的痕迹了，一个又一个的坑很明显。喻林霖说：“当然是继续走，这里早被他们先上来的挖过了！”

又走了大概半小时，马上就是“藏宝点Ｂ”了。

夏棠朝前面一指，说：“看，章雪语和常雨！”

章雪语和常雨坐在一棵大树下面，地上铺了一块碎花麻布，上面放了好多种类的点心，居然还有速溶奶茶。

夏棠“哇”的一声：“你们也太享受了吧！还在这里野餐？”

常雨手里还拿着那张“藏宝地图”，正低着头在树阴下研究。她没有搭腔，章雪语却很热情地大声叫道：“快过来，休息一下嘛！”

结果，就真变成了山上的野餐。夏棠和喻林霖都把吃的拿了出来，在面前摆了一排。夏芾看着她们很无奈，一个人走到附近的树林里面去散步。

“你们刚才去过藏宝点Ａ了？”常雨终于抬起了头来，问。

夏棠点了点头："去看了一下。"

"挖了吗？"常雨继续问。

夏棠实在不喜欢她这语气，就淡淡地回了一句："我又不傻，挖那里干什么？"

常雨倒也不计较她的语气，笑了笑说："是啊，太矮了，不可能会有紫水晶原矿的。其实，我说夏棠，你干吗来参加这种活动？你伯伯可是院长，就算是地质系的系主任告诉你紫水晶原矿在哪里，也不奇怪嘛！"

这话，夏棠可就真的不爱听了："你这话说的……我什么时候靠我伯伯搞过特殊了？"

"那个是你哥哥吧？"常雨又问，她望着夏芾离开的方向，"我好像在学院里见过他，是不是来陪你的？"

"棠儿，你哥哥真的好帅啊！"

章雪语这声音大得不一般，夏棠翻了个白眼，她想树林里的夏芾肯定听到了。

夏芾可跟沈靖飞不一样，沈靖飞对女孩子的花痴已经是麻木状态了，随便她们怎么闹腾都可以无视之，夏芾个性要冷得多，有时候未必肯给面子。

喻林霖在旁边笑着说："怎么，你觉得比沈靖飞还帅？"

"这个，不是同一种类型，没法比较嘛。"章雪语在大嚼一块蛋糕，她另外拿了两块给夏棠和喻林霖，"我就是说说而已！我对男生没有兴趣的啦！"

常雨一直没怎么说话，她看起来，是个比较沉默的女孩子，甚至有一点点的阴郁，尤其是不说话也不笑的时候。她拒绝了章雪语递过来的蛋糕。

章雪语推了她一把，大声说："你怎么啦？一直不说话？不是你要来，我才报名的？你看起来，像一点兴致也没有，话也不说一句！"

“……我的话都被你说完了，我还说什么。”常雨慢吞吞地说。

夏棠和喻林霖都忍不住想笑，常雨说的，确实是大实话。章雪语不但是大嗓门，还真爱说，一开话匣子就收不住。

“我就是有点担心而已。”

夏棠问道：“担心什么？”

常雨抬起眼睛，看了她一眼。夏棠不知道是不是错觉，她总感到常雨眼里，有敌意，也有些阴沉沉的看不明白的东西。

“担心甘雁。她跟苏致锦同一组，天知道会发生什么事。”

喻林霖盯着她：“你出发时也说过这样的话。你知道些什么吗？关于去年的事？”

“谁都知道，任也就是被苏致锦给害死的！”常雨几乎是恶狠狠地吐出了这句话，“让他逍遥法外这么久，也不知道警方在干什么！”

喻林霖微微有点尴尬，她家里亲戚跟警方有牵连的不少，就说了句：“这事情，也没有证据啊。”

“证据？”常雨怪里怪气地说，“当然了，连任也的尸体都找不到，根本没办法验尸。谁都会说谎，尸体不会说谎，证人都不可靠，只有尸体才是最可靠的证据。”

喻林霖不由自主地笑了起来，她推了一把夏棠，说：“看看，常雨才是你的知音呢，棠儿。”

听她这么一说，常雨才算正眼去看夏棠：“你也这么看吗？”

虽然夏棠不喜欢常雨，不过，常雨跟她这“同样的看法”，她是非常赞成的。

“是啊，我是法医，我有执照的。对你的话，我完全同意。证物可能有假的，伪造的，证人也绝不一定是可信的，只有尸体，才不会说谎。”

常雨脸上，总算是泛起了一丝笑：“所以，他根本就不会让人找到任也的尸体。”

喻林霖试探地问了一句：“好像，听说，任也和阮裕的死有关系？

不过，阮裕的人缘很差，大家都不喜欢他，是不是有什么原因？”

她问的这话，是真捅了马蜂窝。

常雨像被火烫了一下，跳了起来，一张脸都涨红了，连两颊的雀斑也通红一片：“你胡说什么？你听谁说的？这都是胡说八道，胡说八道！阮裕的人缘很差又怎么样？！人缘很差不等于就应该死啊！人缘不好也不意味着这个人的人品就有问题啊！说不定，正好相反呢！”她一口气说到这里，喘了口气，瞪着面前的几个女孩，“我最讨厌你们这些一知半解就把事情加油添醋乱传的人！你们知道什么？！”

她扔下这话，一头钻进了树林里，丢下了夏棠几个。

夏棠惊魂未定，对章雪语说：“这是怎么回事？我们说错什么了吗？”

章雪语耸了耸肩：“你们别当回事。常雨对这事，都快成神经病了，真的！连我都受不了。她常常对着我念叨，我都被她念烦了！不过，她刚才的话，说得也有道理。就算阮裕人缘差，也不应该被人杀了吧？如果按这个推论推断下去，任也杀了阮裕，然后，跟阮裕关系挺好的苏致锦，杀了任也来替阮裕复仇？”

喻林霖沉吟地说：“逻辑上，说得通呀。”

“可是没有原因啊！”章雪语摊开手，“任也为什么要谋杀阮裕？任也那么优秀又人缘好的一个人，干吗要杀阮裕？”

这个问题，喻林霖和夏棠，当然谁也答不出来。正在这时候，她们听到常雨在树林深处，发出了一声尖厉的高叫。

夏棠和喻林霖都跳了起来，章雪语也变了脸色，说：“她不会遇到什么危险了吧？”

她们三个人，跑进了树林。常雨刚才那一怒之下跑了，跑得还真远，一直跑到了树林深处。这青岭，并没有什么特别的景色，只是水源充足，所以树木都长得很茂密，遮天蔽日，站在里面，感觉阳光都透不下来。

常雨背靠在一棵大树上，脸色很不好看，一双手紧紧捂着自己的嘴，两眼直直地瞪着面前的东西。夏芾就站在离她不远的地方，他手里夹着一支烟，烟已经快烧到了手指，他也没有感觉似的。

在地上，躺着一具女孩的尸体。

女孩的一只手不见了，头也不见了；手臂和脖子上的伤口，都是参差不齐的，像是用锯子锯过一样。从她的穿着，还有扔在地上的背包，夏棠等人都马上就认出来了——她是甘雁，几个小时之前，还跟她们有说有笑，活力十足的甘雁。

“是野狼……”常雨喃喃地说，“我早就听说，青岭有野狼，但是我从来没有见到过……听说，冬天它们饿慌了的时候，会从山上跑下来，到山下的村子里面去偷东西，有人家的鸡鸭都被它们拖走过。甘雁……她……”

常雨突然像想起了什么似的，左右到处看，叫了起来：“苏致锦呢？他怎么不在？他人呢？他不是跟甘雁一组的吗？”

夏棠望了望夏芾。

夏芾说：“棠儿，你和常雨留在这里。棠儿，你们留在这里，我四周找一找。”

夏棠嗯了一声。她蹲下身，凑近了仔细去看甘雁的伤口。

血还是新鲜的，也没凝固，有不少的血，溅在地上的青草上，还没干透。夏棠看了看表，在心里估了一下时间。

“林霖，你的表上有温度计吧？看一看，是多少度。”夏棠说。她自己的手表，没有喻林霖的专业。

喻林霖看了一看，说：“这里比较冷，还不到二十度。如果到半山腰，可能就只有十几度了。”

夏棠说：“死亡时间，一向是不太好估算的，因为有时候还要看人体本身的差异，以及周围环境的情况。比如，如果把一具尸体放在壁炉前面烤，自然会推迟僵硬时间。山里比起外面已经冷多了，温度愈低，血凝固得就愈快。我看，她应该死了两个到两个半小时左右吧。”

她想了一想，又说：“我们是三个小时之前开始爬山的，甘雁比我们早半个小时吧。也就是说，她一走到这个地方，应该是马上就被杀了。”

喻林霖提出了一个问题：“为什么是这里？这一路上，到处都是树林，为什么非得是这里？”

“也许，是因为这里是藏宝点B。”夏棠轻轻地说，“我们是肯定要到这里来的，也很容易发现她。凶手，就是想让我们发现她吧。”

常雨总算把捂在嘴上的手拿开了，她喃喃地说道：“她……她的头和手呢……难道……被野狼吃掉了……”

“也许吧。”夏棠含糊地说，“这山上真的有野狼？”

她们的“寻宝套装”里面的说明，也有这么一条：小心山里出没的野兽。

夏芾已经回来了，对着她们摇了摇头。“周围没有人影，也没有野狼的影子。棠儿，这里不安全，你们还是先下去吧。”

夏棠的冒险精神，其实也并没那么强：“也好，不过，我们得马上通知他们才行。”她又看了看夏芾，“哥，是你找到她的？”

“不是。”夏芾回答，“是听到这个小姐在叫，我才过来的。我没有走到这边来。”

夏芾指的是常雨。夏棠没有再吭声。

喻林霖摸出无线电，在那里对着喊，可是，她喊了半天，除了“滋滋滋”的杂音，什么回应也没有。喻林霖沮丧地举着那个无线电，说：“这什么玩意儿嘛！”

“反正……他们都会在半山腰扎营的。”常雨突然说，“我们就到那里去找他们吧。我们人多，有野狼，也不怕的。等到早上，我们再一起下山。”

夏棠皱着眉头。她总觉得，常雨这个提议，听起来有什么不妥的地方，但是，又说不出来什么不妥。天已经不早了，现在扔下先去的人下山，肯定是不行的。她看了看夏芾，夏芾脸上的表情，也让夏棠觉得怪怪的。

“好吧，那就这样吧。”夏芾最后说，他又看了一眼甘雁的尸体，说，“最好找个地方把她藏起来，不然，恐怕再下来的时候，会被野狼给吃光了。”

夏棠一愣，她直觉地表示反对：“这样不行，移动了尸体，还怎么看现场？”

喻林霖干笑了一声：“有什么好检查的，野狼咬死的，你看什么现场？又不是被人谋杀的。”

“谋杀”这两个字，硬是把夏棠给炸了一下。喻林霖说得太直接，之前，夏棠还真没往这方面想，最多，就是心里有些“专业方面”的疑虑。

当然，身为一个严谨的人，夏棠是不会在做解剖之前把她的疑惑说出来的，这时候，她更不会说了。

“那好吧，我看那边有个山洞，把她放进去吧，用石头把洞门堵住。”夏芾说，“你们在这里等着，我去。“

十分钟后，夏芾回来了，他脸色也不怎么好看。拖着一具尸体，还不能碰到绊到，就跟站在那里看看是两回事。

“好了，再不走，天黑前我们是到不了扎营的地方的，赶紧吧。”

喻林霖一直在试她的无线电，一直都没有响应，只有杂音。她沮丧地把无线电放了回去：“走吧走吧，算了，不弄了，反正是坏了。甘雁她搞什么，给我们坏的无线电？她怎么会这么粗心大意？”

刚说到这里，她就想起甘雁已经死了，而且死得那么惨。喻林霖有点讪讪的，也埋怨不下去了。

失去上半身的死者

发生了这样的事，大家哪里还有什么兴致“寻宝”，都默默地往上爬。

夏棠脑子里，一直是甘雁的尸体。她想来想去，忍不住问常雨：“开头说到任也和阮裕的死，你为什么大发脾气？不都是这么传说的吗？”

常雨脸色发灰，精神也很差的样子，也没有刚才一问到就大发雷霆的气势了。她无精打采地说：“我都说了，这些都是捕风捉影的流言。我跟他们是同一个小组，阮裕死的那一次实习，我也去了。”

她这一说，夏棠和喻林霖顿时来劲了。

喻林霖忙问；“你在场，那，是不是你知道一些别人都不知道的事情？”

“哪有，我真知道什么，恐怕我也被杀了灭口了吧。”常雨恨恨地说，“只不过，我确实是有注意到一些事，但这些事，也不能当证据，所以，我也没跟人说过。”

反正大家都在爬山，离扎营地还有一段距离，闲着也是闲着，这一回，从常雨口里讲出来的这番话，让夏棠很有些意外。

常雨认为，苏致锦绝对不是他表现出来的那无辜的样子。拿她的话说，苏致锦就会装，而且装得很像，拿个重东西都会拿不动；任也是个好人，很热情，常常会去帮忙；而阮裕，人内向，又没什么心眼，又不会说话，这种人，往往是一个团体里面最不惹人注意，也不会让人喜欢的。

“那天，原本，跟任何实习都没有什么两样的。”常雨脚下在爬着石板路，两眼却直瞪瞪地望着前方。

他们已经爬了好久了，这山上，原本黑夜就要来得早一些，加上树木茂密，暮色已经悄悄地降临了。

“我是觉得挺奇怪的，那一天，怎么大家干活好像都不积极一样。”常雨低声地说，“平时，没有人会偷懒的啊……”

那次实习的地点，是青岭上一个烧陶的窑。青岭上残存的窑不少，考古系的学生们，一直在清理窑里面的一些破碎的陶器，这个工作，已经进行了好一阵了。虽然不是什么好事儿，但是至少晒不着太阳，常雨对这个工作，也并不算讨厌。

她已经在窑里坐了一下午。其实考古系别人听起来挺有趣的，但有多苦只有自己才知道。她拿着小刷子，轻轻地把陶器上面的泥土给刷掉，把那些陶器先给分类，然后拿回到学院的工作室，再慢慢地拼起来——就跟玩拼图游戏差不多。

她这天下午工作的进度不错，搜罗出来的碎陶片已经堆了一小筐。常雨伸了个懒腰，想离开阴暗的窑洞透透气。山上空气清新，常雨想散个步，走一圈，再回来继续工作，这实在是件特别枯燥的事情。

她刚走到一处山头，就隐隐地听到有人说话的声音，而且听起来，感觉像是两个人在吵架一样。常雨觉得奇怪，就竖起耳朵在那里听。她隐隐地听到了两个词，“紫水晶”和“窑洞”。

这两个词，硬是把常雨已经被碎陶片搞得麻木了的神经给激得兴奋了起来。常雨踮起脚，努力地想去看清楚是谁在那边说话。

遗憾的是，树叶实在是太茂密，她看不清楚。

突然，她听到比较清晰的几个字——“揭发你们”。

常雨十分吃惊，她继续侧着耳朵去听，正在这时候，就听到树枝一阵响，肯定是有人急急地拨开树枝离开了。常雨躲在草丛中，她心里十分紧张，“揭发”，那肯定不是件小事吧？

常雨甚至把自己的头都埋进了草丛里，过了好一会儿，她觉得没什么动静了，才把头悄悄地抬起来了一点点。

这一回，她看到了。

苏致锦就站在一丛九重葛的前面。九重葛花开得极艳，密密麻麻的花朵，连片树叶都很难看到。他的脸，在这花旁边，格外的苍白，白得有点凄艳的味道。直到现在，常雨也很难忘记当时那一幕。

苏致锦本来就长得非常秀气，而那时候，他的眼神很奇怪，非常古怪。

“他像是什么都没有看到一样。”常雨说，“两眼放空……看着你，又不像是在看着你。我想，可能是跟他说话的人，揭穿了他的某些事，他才会是那副表情。”

她沉默了好一会儿，才继续说：“我一直认为，那块大石头之所以会掉下去，砸死阮裕，肯定是有人干的。很有可能，是苏致锦。”

章雪语奇怪地问：“你为什么这么确定？毕竟，你听到的那点儿能说明什么？能说明他杀过人吗？而且，隔那么远，你听错了也有可能啊！”

夏棠瞅了一眼章雪语。章雪语看起来一副粗豪的女汉子样子，但分析起事情来，还真是有条有理。

“这是因为，在那天，稍微晚一点的时候，我又听到了一件事。”

章雪语瞪着她，大声地说：“你好像什么都听到了！你以前可没有告诉过我这些！”

常雨喃喃地说：“是啊，如果我没有去那里就好了，我就不会听到，也就不会这么久还对此耿耿于怀。”

喻林霖问：“你究竟听到了什么？”

常雨笑了一笑，笑得有点阴沉：“这一次，我是在很近的地方了，他们在窑洞外面，我就在里面。我是听得清清楚楚，就是阮裕和苏致锦。苏致锦在跟阮裕说，叫他晚一点去对面的山头，说有事跟他谈。”

章雪语忙问："就是他出事的那个山头？"

常雨点了点头："所以，我心里是很清楚的，苏致锦就是杀阮裕的人。我猜，苏致锦以前可能还杀过人，而阮裕知道了。阮裕想要揭发他，苏致锦就设计把他也害死了。可能，之后，任也发现了苏致锦杀了阮裕，所以，苏致锦又把任也给推下了山崖。"

夏芾一直听着她们对答，这时，淡淡地说了一句："以前还杀过人？之后还杀了这么多人？小妹妹，杀人不是一件说起来那么轻松的事。在没有决定性的证据之前，你不能随意地去这么评价一个人。你知道苏致锦以前还杀过谁吗？你有证据吗？你仅仅只是猜测而已。"

常雨很不乐意地反驳了一句："我的猜测，可都是有一定根据的！我听到的那些话，不是证据吗？"

夏芾笑了笑，说："你听到的话，只能当线索，绝不是证据。而且，疑点也很多。"

常雨闭上了嘴，大概也觉得自己的"证据"不够充分。

夏棠叹了一口气。她环视四周，暮色沉沉，天都快要黑尽了。不过，看地图，应该是离山腰那个扎营点不远了。

章雪语走在第一个，兴冲冲地说："咱们别说这些无聊的话了，马上就到了，我们可以弄点好吃的！"

章雪语特别爱吃，三句话都离不开吃，也难怪长得又高又壮。

常雨嘀咕了一句："这时候，你还吃得下！"

喻林霖在后面问了一句："常雨，那次实习，你们小组有哪些人啊？"

"我，苏致锦，任也，阮裕，还有温昊和倪皖然。"常雨一口气没停地把人名全说了出来。

喻林霖一皱眉，说："这么巧？我们这次来的人，除了死了的任也和阮裕，其他的人都是一样的。"

常雨发出了一声笑："你不都说了，这是巧合嘛。"

章雪语本来走在前面，这时候，她也回过了头，眼神奇怪地盯了常雨一眼。喻林霖一看她，她又迅速地把头转回去了，继续快步朝前走。

又走上了一段石板路，前面山腰一块避风的平地上，已经有三个帐篷了。章雪语发出了一声欢呼，蹦了起来，往前面就跑。常雨也跟着她想走，夏芾叫住了她。

“常雨，你如果知道什么，最好告诉我。否则，恐怕你会有危险。”

常雨回过了头，夜色之中，她的脸，也是模糊的灰扑扑的一团，看不清眉眼五官，夏棠看在眼里，居然有点恐惧的感觉。

“我知道的,今天不是已经都告诉你们了吗？我也已经知道好久了，也不见得出什么事啊。”

夏芾笑了一笑：“你肯定还有没说的事，不是吗？”

常雨没有回答。

两个帐篷很快就搭起来了。因为有夏芾在，夏棠和喻林霖都不用动手，就在旁边站着看了，夏芾却回头看着夏棠和喻林霖，很有点迟疑的样子。

“你们……晚上有没有问题？”

这个问题，还真让夏棠莫名其妙了：“问题，什么问题？”

夏芾摇了摇头，没说什么。他们带了可以烧水的酒精炉，夏芾说：“你们弄吃的吧，水烧开了，给我弄点咖啡。”

“这时候喝咖啡？”夏棠说，“哥，我带的咖啡真的很浓，我怕你喝了今天晚上会睡不着！”

“我喝惯了，没事。”夏芾说，“你听我的就是了。”

夏棠还是一脸疑虑，不过，夏芾既然坚持，她也就乖乖地去干活了，喻林霖没事干，就帮着去弄晚餐。

这晚餐，还弄得真是很丰盛。

他们带的是“自热米饭”，连热水都不用就可以热出来，有宫保鸡丁味，有鱼香茄子味，还有泡椒牛肉味，一人分了一盒。章雪语又热了一大盒牛奶，一人倒了一杯，还切了几个苹果当餐后的水果。

按着夏芾的意思，不要先对大家说发现了甘雁的尸体，这让夏棠很是不解，但夏芾坚持，夏棠也就没说什么。

常雨倒是一百个赞成，她一脸恨意地说：“我们就当不知道，没发现。看一看，那个杀人犯，还会做出什么事情来？”

夏棠看了苏致锦一眼。苏致锦正在吃他的饭，吃得很专心，不时地喝一口牛奶。他的表情，平静而模糊——或者说，并没有什么表情。

“甘雁呢？”温昊问苏致锦。

总算是有人把这个问题问出来了，不管是夏棠、喻林霖，还是常雨、章雪语，都一直在等着，大家反而都有点“心怀鬼胎”的样子，一直都没有人问出口。

苏致锦端着他的牛奶杯，两眼也看着牛奶：“她啊，她嫌我走得慢，说她走快一点，就把我给扔下了。我没追上她。”

常雨的脸上，露出了冷笑，不过，她好歹还是忍住了，没有说什么，只是哼了一声。

温昊又吃了几口饭，说：“那她跑哪儿去了？不会是抛开我们，自己去寻宝了吧？那她也太不厚道了！”

倪皖然低声地说了一句：“你开什么玩笑呢？”

温昊也跟着笑：“我本来就是开玩笑的。”

吃完了，大家都各自回到了自己的帐篷。夏棠看到除了她和喻林霖之外，别人还都真在认认真真地研究地图。

她是真没有这个心情了。

“棠儿，别睡得太沉。”夏芾叮嘱她，“注意外面的动静，警醒一点。”

夏棠相当吃惊地看着他：“哥，你不会真以为，会出什么事吧？”

夏芾反问她：“你以为我真这么无聊，陪着你们来玩？”

他这话，把夏棠给问得傻了。夏芾又瞪了她一眼，夏棠看着他一直走到了山崖边上，下面就是湍急的河流。

夏棠忍不住跟着夏芾走了过去。这里确实很危险，山崖直直地下去就是河，除了稀稀疏疏的一些小树和灌木长在崖壁上，别的什么都没有，摔下去，肯定没有活命的机会。即便是在漆黑的夜里，夏棠仍然能听到河水奔流而过的声音，又急又猛，她能想象到下面有多少漩涡和暗流。

"这里就是任也掉下去的地方。"

是常雨的声音。

夏棠猛地回过头，就看见常雨披着件黑色的外套，站在黑暗里。她的脸上，居然有股哀伤的表情，跟之前的冷漠和阴沉，甚至恶意的表情大不相同。

"阮裕……他是很内向，可是，他真的是个好人，他只是不会表达。有一次，我失手把一件比较完整的陶器打碎了，这是非常严重的事故，我吓慌了，不知道怎么办，是他挺身而出，把所有责任全部揽下了。就为这个，教授大发雷霆，他的实习也不及格，我真的觉得，很对不起他……"

夏棠怔怔地看着常雨。一瞬间，她想，大概，有时候，看一个人，真是不能看表面吧，谁知道一个人的内心是什么样子？人都是会伪装的呀。

"可是，大家都说，任也常常叫他一起玩，他不肯，还常常不给人台阶下。"夏棠说。

常雨摇了摇头："这只是他内向和胆怯而已……"她的脸上，突然露出了厌烦的表情，似乎不愿意继续说下去。她朝前走了一步，望着山崖下那在夜色里也显得黑黝黝的河流，"我老是做噩梦，梦到他从这里被推下去……"

夏芾在抽烟，一点暗红的烟蒂，在夜色里闪着光："常雨，我还是那句话——如果你知道什么，告诉我，或者，告诉可以帮助你的人。"

常雨反问："我为什么要告诉你？我又不了解你，我只知道你是夏棠的堂哥，只知道你也是学院的名誉教授，别的，我对你一无所知，我凭什么要信任你？别的人？这个世界上，有值得信任的人吗？”她说完这番话，就跑回了自己的帐篷。

夏棠轻轻地说：“听她这么说，她确实还隐瞒了什么。哥，你很奇怪，你知道些什么？你对这件过去的意外，好像是特别的关心，你又是因为什么呢？从小到大，我没见你管过闲事。”

夏芾掐灭了烟头，夏棠就看到那点微红，直坠下去。

这里很高。

她一回头，就看到苏致锦站在不远处。他的肤色真的很白，侧面的线条也很好看，秀雅得像幅画。他茫然地望着山崖下那条咆哮的河，夏棠不知道，他是不是也在想着死在这河里的任也？他真的是个杀人凶手吗？

如果按常雨的说法，苏致锦就是杀了两个人哪。

“棠儿，这旁边有藏宝点C，我们去看看吧。”喻林霖说。

夏棠哪里还有这个心情，摇了摇头：“我不想去，现在哪里还有心情挖石头啊。我还在想甘雁的尸体呢，有些地方，让我感觉不太对劲儿。”

直到她洗漱完在睡袋里睡下了，喻林霖都还没睡。喻林霖弄了个小灯，在那里看地图。

夏棠被那灯晃得眼睛发花，不太开心地说：“你还在看什么，快睡觉行不行？我们又不找了，你还研究啥呢？”

喻林霖朝她的睡袋小小地踢了一脚：“你来看看这个。”

夏棠老大不乐意地把头伸了出来：“什么啊？地图？”

她也不是没有认真看过地图，这地图做得很卡通，像游戏地图，上面画了一个又一个的点，夏棠她们已经去过藏宝点A和B了。

“这图不对，完全不同。”喻林霖有点紧张地说，“我来之前，大概研究过一下青岭的情况。这上面标注的好几个藏宝点，都是以前烧窑的窑洞，你得相信过去那些人的眼光，如果底下有好的水晶矿，绝对不会在那里开窑。”

夏棠怔怔地问：“你是什么意思？你的意思是，这些藏宝点都是假的吗？”

“对，我就是这个意思！”喻林霖相当用力地说，“这张地图，根本就是假的！我可以确定，如果真是有非常大块的紫水晶原石，至少也得在海拔超过一千米的地方，也就是这座山的山顶！可是，你看看，这地图！”

夏棠沉默地看着那地图。是的，地图里面标出的藏宝点，大多数都在山腰以下，只有一个，高于山腰。

喻林霖若有所思地说：“我有一个小小的想法。”

夏棠问：“什么？”

“这些藏宝点，跟他们考古系，大有关系。”喻林霖压低了声音说，“常雨今天讲的事，就跟他们以前在青岭的考古实习息息相关。这青岭上上下下，在古代，遍布着旧窑，出土了不少陶器，又离云顶学院很近，是考古系的基地，所以，照我看来，地图上标注的这些藏宝点，每一个其实都是以前的旧窑，早已被废弃了，这根本就是在给我们乱指路，这些地点，是绝对不会有巨型的紫水晶原石的。”

夏棠更不解了：“为什么？谁会做这么一张假地图给我们？”

“能这么做的人，肯定是这个活动的主办者。”喻林霖怒气冲冲地说，“等我回了云顶学院，我非得把这个人揪出来不可！这就是彻头彻尾的假地图！而且，还要等到最后才从甘雁的手里发给我们……”

她说到这里的时候，突然停住了，夏棠也已经想到了跟她同样的问题。

即使是考古系，或者别的科系，暗地里在实施这个“阴谋”，也不可能买通所有人。“寻宝套装”是早就分发给了他们了，只有这藏宝地图，是最后才递到他们手里的，而且做得非常的明显，甚至是明目张胆。

甘雁并不是考古系的人，她的死，很可能就是因为她接受了某个人的要求，换掉了原本的地图，甚至还弄坏了发给大家的无线电。

而她很快就被杀人灭口，这时候，夏棠更不相信甘雁是被野狼咬死的了。

夏棠突然颤抖了起来。她真不明白，凶手是为了什么样的目的，才会做得这么绝，丝毫不给自己留后路？她们手里那张是赝品的寻宝图，究竟藏着什么秘密？

那天夜里，夏棠睡得非常不安稳，喻林霖也是，本来帐篷就够狭窄的了，两个人还一直翻来覆去，你挤我，我挤你，更睡不好了，最后，夏棠从睡袋里面钻了出来，她推了一把喻林霖。

"反正睡不着，我们出去走走吧。"

喻林霖迟疑地说："这么冷，算了吧。"

夏棠想了一想，也是，这山上，可比下面冷得多。就在她犹豫的时候，她忽然听到外面好像有刻意压低的脚步声，从她们的帐篷旁边经过。夏棠很诧异，她贴近了帐篷门，悄悄地把帐门掀开了一点点，露出一只眼睛往外面看。

是常雨。她披着黑色的外套，头发都拢在帽子里，正在轻悄悄地往树林的方向走。

这么晚了，她去哪儿？夏棠更诧异了。

喻林霖也挪过来看，两个人你看我，我看你，都奇怪得不得了。

喻林霖小声地说："我们跟去看看？"

"会不会有危险啊？"夏棠迟疑，"要不，把我哥叫上？"

夏芾可是柔道黑带五段，身手不凡，喻林霖是三段，反正，甩翻几个人是不成问题的，只有夏棠，从小娇惯，一直都得"靠人来保护"。

可是，她们穿好了衣服，冻得战战兢兢地去夏芾的帐篷的时候，她们却吃惊地发现，里面空无一人。

咖啡杯是空的，还有一堆掐灭了的烟头，看起来，夏芾一直没有睡觉，他要夏棠给他弄黑咖啡，也是为了熬夜。

抽烟也是，夏芾平时没这么大的烟瘾。

为什么？

“……先别管了，我们跟去看看吧。”喻林霖压低了声音说，“放心，一般人可是打不过我的，保护你没问题。”

夏棠把嘴一撇：“说得我有多柔弱一样。”

“我看，常雨是不是半夜想一个人去找那个藏宝点C？”喻林霖低声地说，“她一定知道些什么东西，却不肯对我们说。”

她们悄无声息地向树林那边，溜了过去，常雨早就不见人影了，那树林够茂密的，一钻进去，就完全没法找了。夏棠和喻林霖又不敢开手电筒，只得用手机的微弱光亮来照明，更是只看得见眼前方圆之地了。

走了好一阵，还没有一点动静，夏棠有点不耐烦了，这山里太冷，她本来就是怕冷的人，早冻得打战了。

“林霖，回去吧，我看，找不到什么了。这里太大了，树林就跟没有边一样。”

喻林霖正要回话，忽然，她“咦”了一声：“你听，右边树丛里，是不是有什么声音？”

确实是。夏棠也听到了。她侧耳去听，好像是什么东西被拖走的声音。她转念一想，连寒毛都竖起来了。

不会是真有野狼，在旁边的树丛里拖着什么东西吧？

喻林霖朝她做了个手势，蹑手蹑脚地走了过去。喻林霖拨开树丛，用手机的光一照亮，夏棠就不顾一切地尖叫了起来。

是一具只剩半截的尸体，从腰以上就没了！草丛还是血淋淋的，明显地有着重物被拖过的痕迹！

喻林霖“哇”的一声，把晚上吃的东西，全都吐了出来，直到苦水都吐了出来，她还在吐。

夏棠从第一声尖叫出来之后，倒是镇静下来了。最初的惊恐过去之后，她已经能把这尸体当成“尸体”来对待了。

对一具尸体，就没有什么可怕的了。夏棠定了定神，决定把这尸体想象成正躺在解剖台上的样子，可是，有点遗憾，那摇来摇去、蓝幽幽的手机光线，实在是跟手术室里面的无影灯差得太多了。

如果说，对甘雁的死亡时间，夏棠还有所疑虑的话，对于现在这具尸体，她一点怀疑都没有了。就是刚死的，血都是热腾腾的，溅得周围的树丛上全部都是，另外半截失踪了的尸体，就是在她们来之前，被拖走的。

夏棠看了一下表，她的表是登山表，夜光的。她出帐篷的时候，是一点二十分，而现在，是一点三十三分。

也就是说，她们走了十二三分钟，在这个过程中，她们一边在走，而在树丛深处，正在有人被害。

从那具尸体下半身穿着的衣服和登山鞋，夏棠完全肯定，就是十来分钟之前，她还见过的常雨。常雨穿的是黑底红条子的登山裤，黑底红边的登山鞋，现在这半截尸体，也是这个打扮。

只是，尸体下半身，也是血糊糊的，夏棠只扫了一眼，就看出来，这尸体的断面（她已经不能说是伤口了），也跟甘雁一样，像是被锯子给锯过一样。夏棠想象了一下平时看动物世界，野狼那口白森森的牙，顿时觉得背上都被汗给打湿了。

喻林霖脸色发白，靠在一棵树上，直直地盯着常雨的尸体，她喃喃地说：“这是第二个了，这青岭上，真有这么可怕的野狼……”

夏棠轻轻地说：“我更想知道，她为什么会在半夜跑到树林里面来？她应该知道不安全啊！在夜深了的大山里……”

一阵树丛响，夏芾不知道从哪里钻了出来。他一向整洁，这时候却有点狼狈，头发上还有几片树叶，肩头上还有不知道哪里来的草茎。他一抬头，看到夏棠和喻林霖呆呆地对着他看，失声叫道：“你们在这里干什么？”

夏棠看着他，这一回，即便她再怎么信任夏芾，也不由得不怀疑了。

上一次，这怀疑只是在她心里淡淡地飘过，可是，又发生了同样的事，夏芾的表情和行为，都让她满心里都是狐疑。

她相信，喻林霖也不会没有想法，也许，在发现甘雁尸体的时候，喻林霖就在怀疑夏芾了，只不过，喻林霖没有开口对她说而已。

就像现在，她看到，喻林霖一双眼睛十分敏锐地在观察着夏芾的表情。夏芾已经看到了地上的半截血肉模糊的尸体，不过，在夏棠看来，夏芾的表情，并没有什么不对劲的，他明显是极其震惊的样子。

“这……”夏芾过了好久，才又重复了一遍刚才的问题，“你们两个，这时候怎么会在这里？”

“夏大哥。”喻林霖轻轻地说，“我们是跟着常雨来看看的。可是，她死了，就在这短短十分钟，她死了。”

她拿出了手电筒，这一下，就亮多了，可以清晰地看到，草地上有重物被拖过的痕迹，一连串的血迹，洒在深绿色的草地上，一路往树林深处而去。

夏芾说：“你们两个回去，我过去看看。”

“夏大哥，我跟你一起去。”喻林霖说，她的声音是清脆的，也是固执的。

夏棠已经十分了解喻林霖，她认定了的事，可是不会变的。

夏芾大概也是明白这一点的，没有再说什么，只说了句：“棠儿，你跟着，也小心点，别踩滑了。”

那血迹非常鲜明，愈往树林深处，就愈淡，夏棠走得小心翼翼的，但要完全避开那地上的血，也实在有点困难，因为到处都是，应该是拖走尸体的动物，移动得非常之快。他们已经走到了树林深处，血迹也愈来愈少了。

喻林霖忽然往前就冲，夏芾吃了一惊，用力地扯住她，硬把她拽了回来：“小心！”

喻林霖被他拖了回来，再定睛一看，她也吓出了一身冷汗。因为灌木长得十分茂密，根本看不清外面的情况，她以为前面也还是树，可是，在点点星光下，这时候她是看清楚了，下面是河！

掉下去，就肯定是没命了，尸体都找不到！

夏芾看她定了下神，才放开了她的手臂，警告地说："林霖，你什么时候也这么不冷静了？小心点！"他又回头看了一眼蹑手蹑脚跟在后面，还离得老远的夏棠，"棠儿，你还好吧？"

夏棠现在觉得，自己动作慢，实在是太有好处了："没事没事，我好得很，你们这不是都在前面开路了嘛。"

夏芾叹了口气，又问喻林霖："你刚才是怎么了？"

"有东西。"喻林霖说，"灌木丛上面，挂着什么东西。"

夏芾一伸手，把她说的"东西"给拿了下来。是发带，红黑相间的发带，白天他们都看到常雨戴在头上的，在灌木丛上面，还沾着血。

夏棠皱起了眉头，朝地上看了看。草地上的血，还是湿润的。她蹲下身去，伸手摸了摸。

喻林霖和夏芾并没有注意到她的举动，两个人都站在灌木丛前面，对着下面的河流张望，只不过，除了湍急的河水，什么都看不到。

"不对啊，如果真是野狼把她拖下去了，那难道狼也一起跳下山崖摔死了？"喻林霖狐疑地说，"不太可能吧？"

夏棠正要说话，她忽然看到喻林霖的脸色变了，直直地看着她背后。

她一回头，就看到苏致锦站在她身后，脸跟她凑得很近。苏致锦的脸色，在黑夜里看起来，真是惨白到吓人的，眼睛又通红通红，眼珠黑黑的，直直地盯着她。

夏棠一声尖叫，往后就退，撞到了喻林霖身上，喻林霖猝不及防，也被她撞得一个趔趄，夏芾一把将她们两个都拉住，埋怨地说："你们一惊一乍地干什么呀！"

苏致锦目光直瞪瞪地看着她们，忽然，身子一个摇晃，栽了下去。

夏棠和喻林霖也就直瞪瞪地看着他栽了下去。

焦　尸

“他生病了，在发高烧。”夏棠找了一块干净的毛巾，弄了点山泉水，打湿了敷在苏致锦的额头上。

苏致锦烧得满脸通红，头侧在一边，嘴里喃喃地不知在说些什么。他们已经回到了扎营地，把苏致锦安置在了他自己的帐篷里。夏棠身边有药，也就没惊动别的人，找了药给他灌了下去，不过，看样子，苏致锦没有一点好转的迹象。

夏棠愁眉不展地说：“天一亮，我们得马上把他送下山。他生什么病啊，发高烧？我这个可是很好的抗生素，怎么一点用也没有呢？这个苏致锦，怎么比林黛玉还林黛玉，还是男生呢，这么容易生病，说倒就倒，这个样子，还来考古！”

夏芾掀开帐门走了出去，雨点就夹着冷风一起进来了。

喻林霖也是一脸的愁容，说：“外面在下雨，而且下得真的很大。我很担心，棠儿，这次我们出来，是不是一个错误的决定。”

外面又是一道电光划过，隔着帐篷，都是白亮亮的一片。夏棠又摸了摸苏致锦的额头，不仅没退烧，好像还烧得更厉害了。

“好了，你们也休息吧。”夏芾又钻回了小小的帐篷，“明天还要下山呢。我在这里守着他，你们睡去。”

夏棠并没有睡意，但是，在这里耗着也不是法。

喻林霖却说："我在这里吧，夏大哥，你睡去吧。"

夏芾看了她一眼："那，你们两个人就一起留在这里吧，多个照应。"

他走了。

夏棠沉默了半天，忍不住说："林霖，你什么意思？"

"你都这么问了，还不知道我什么意思吗？"喻林霖说，"今天发生的事情，两次，你哥哥都在场。他都是突然出现的，不由得我不怀疑啊！事实上，他为什么会出现在这里，我就觉得很奇怪了。夏大哥，他一向忙得不得了，我记得有一次你叫他接你，他都没有空。他没有那么好的闲心，来陪我们爬山寻宝的。"

夏棠沉下了脸。不管喻林霖是不是好朋友，她也绝对不乐意她这么说自己最亲的堂哥。

"你是怀疑我哥哥是凶手了？"

"不至于。"喻林霖干脆地说，"就是觉得很奇怪，你哥肯定瞒着你什么事。他知道一些我们不知道的事，他知道这一路上有危险，所以才跟着我们。不过，看样子，发生的事，也超过了他的预料。"

确实很危险！夏棠想着一路上看到的两具尸体，也忍不住做了个苦脸。她见过被野兽撕咬过的尸体，也亲自下手解剖过，但是，从来没有见过这么"新鲜出炉"的，尤其是常雨的尸体，肯定就在她们去前几分钟才被咬成那样。

她一边想，一边给苏致锦换额头上的毛巾。她把毛巾在水里浸了半天，拧了拧，又放下去。

她这么一连做了好几次，喻林霖终于忍不住了，说："你在干什么呀？"

"我在想事情呢。"夏棠慢腾腾地说，"想今天发现的两具尸体。"

喻林霖凑近了她："你有什么发现吗？"

"我偷偷拍了照。"夏棠说，"你跟我哥走在前面，不是怪我走得太慢吗？因为我拍了照，用手机，虽然不太清楚……”

她把手机拿了出来，把刚才的照片，弄到了最大，给喻林霖看。

喻林霖皱着眉，看着那虽然光线很差、全是噪点的尸体“剖面”伤口，把头扭了开去，说：“你在这上面，有什么发现吗？”

夏棠若有所思地说：“一年前，我也解剖过被山里的野狗咬死的尸体。哦，是野狗，不是野狼。我对野狗的牙齿能造成的伤口，是了解的，我昨天看到的，似乎，略有些不同。

“不管是野狗还是野狼，撕咬的能力确实很强，这个我从不怀疑，我见过的。但是，能把一个人咬成两段，或者把头咬掉，仍然是需要时间的，毕竟，它们体积小，不是老虎或者狮子，一口就能把人的头咬下来。想想，它们的嘴，也就那么大啊。”

喻林霖听着她的话，最后问：“那你得出的结论是什么？”

“你知道，在没有做尸体解剖之前，我不能给出准确的结论。”夏棠说。

喻林霖已经习惯了她这“事前声明”，忙说：“我知道我知道，我只是问你推测，就我们两个人说说。又没要你在验尸报告上签字。”

夏棠嗯了一声：“那我得说，我觉得，被野狼撕咬只是个表象，只是看起来像而已。恐怕，她们两个人真正的死亡原因，还不是这个。”

喻林霖低下头，把下巴搁在膝盖上。她的短发，拂在额头上，眼睛黑黑地闪亮着：“那么，我也有一个想法。夏大哥，他今天警告过常雨，叫她有什么知道的就赶紧说出来，而甘雁，她好像也对去年那桩事，态度比较奇怪……是不是……有人想杀死她们？”

夏棠把手机扔开了，端起她冷透了的牛奶，有一口没一口地啜着：“不是没有这个可能。我现在怀疑，来的人，可能都跟那件事有关。哦，我没有关系，我是你硬拖来的！”

她的眼光，在喻林霖的脸上来回飘动：“可是，你，林霖，你是一定要拖着我来的。你，是不是跟这件事……有什么关系呢？你对苏致锦的事感兴趣，也了解得很多，我感觉得到。为什么呢？”

喻林霖愣了半天，才笑出了声：“棠儿，你真是愈来愈敏感了，都怀疑到我身上来了。”

“不是怀疑你啦！”夏棠摆摆手，“我怎么可能怀疑你！我是觉得，你跟我那个哥哥一样，都知道些什么！”她又伸手摸了摸苏致锦的额头，“唉，一点都不退烧，真担心会烧成肺炎。”

喻林霖过了好一会儿，却说了一句莫名其妙的话：“去年，阮裕死之后，他也发高烧了，烧了好久。警方想问他话，都没法问，他在医院里躺了半个月。”

“对了，你说，苏致锦刚才在那里干什么呢？”夏棠说，“他肯定本来就在那个地方，我们过去了，他才出现的。他生病了，更不应该在林子里乱跑啊。”

喻林霖瞅了她一眼。喻林霖的凤眼里，也有点暧昧不明的神情。

“那就得问你哥了，他大半夜的在那里做什么？就跟他之前在藏宝点B一样，做了什么？要抽烟，一支烟早就抽完了，或者，我们也应该想一下，常雨是为什么去的？”她这一串问题，问得夏棠愣住了。

夏棠想了好一会儿，才说：“我明白了，他们应该是在找东西。不管是我哥，还是常雨，或者是其他人，都是知道这地图上的目标藏宝点有某些特别的东西的，所以，他们在找。”

她脸上疑惑的神色更浓了：“可是，他们究竟在找什么呢？而且这也说不通，要找，什么时候都可以，干吗非要在这时候？换我，我肯定会偷偷地一个人来，爱怎么找就怎么找。现在人这么多，你看我，我看你，怎么找啊？”

喻林霖抱着膝盖，把下巴也搁在了膝盖上，这是她很喜欢的动作，短发拂在额前，英气而美丽。她脸部的线条，其实还是柔美的，并不算硬朗，只不过，她喜欢短头发和男孩子气的打扮而已。

“所以啊，棠儿，一定有那么个原因。他们这些人，包括夏大哥，不得不这么做的原因。”

“不好了，不好了，下山的路被堵住了！”

夏棠是被章雪语的大嗓门惊醒的，她也不知道是什么时候，迷迷糊糊地睡着了。这时候，天已经亮了。

章雪语掀开帐门，探了个脑袋进来。她是张圆盘子大脸，眼大鼻子大，突然地出现在昏昏沉沉的夏棠面前，夏棠简直觉得是恐怖片场景。

章雪语一迭连声地大叫着：“你们还睡！还睡！昨天晚上下暴雨，把下山的路给冲断了，是泥石流啊！”

喻林霖一挺身坐了起来：“什么？！”

夏棠呆滞地望望喻林霖，又看了看章雪语。她虽然脑子里昏昏的，但仍然觉得，好像，有什么事情不对。

就在这帐篷里面，有什么不同。

她突然叫了起来：“苏致锦呢？！”

苏致锦原本是躺在地上一张毛毯上,夏棠已经把能找到的可以盖的，包括衣服，都盖在他身上了，可是，现在毯子是揉成一团的，苏致锦却不见人影了，喻林霖也大吃了一惊，看着夏棠，不知所措。

夏棠推开了还把头伸在帐篷里面的章雪语，冲了出去。

“哥！哥！他不见了！苏致锦他……”

她的下半截话，硬生生地断在了喉咙口。她的两眼都直了，死死地瞪着眼前站着的人。

常雨！

常雨仍然穿着黑底红条纹的登山服，黑底红边的登山鞋，罩着件黑色的登山外套，跟昨天的打扮，一模一样，额头上也戴着同样的黑红相间的发带。

她手里拿着一片面包，另一只手里还端着杯牛奶。看到夏棠见了鬼一般的模样，她莫名其妙地瞪了夏棠一眼，说：“干什么？就你们起来最晚了，还不赶紧吃早饭，我们要出发了！路断了，我们要绕路走，得花更多的时间，差不多要走一整天！”

一瞬间，夏棠是真的以为，昨天晚上自己是做了个噩梦。可是，当她回过头，看到喻林霖几乎是惊恐的眼神，她知道，自己不是在做梦。

喻林霖断断续续地说：“你……你昨天晚上……不是……”

“昨天晚上？”常雨更莫名其妙了，“昨天晚上怎么了？”

“昨天晚上，我们看到……你去树林了……”喻林霖说。她一向也是口齿清楚的人，这时候，却真是说不清楚了。

“这有什么大惊小怪的！”常雨一副“你们真是莫名其妙”的表情，“我就是去上个厕所而已！不去树林，还能去哪里？这里又没有厕所！”

“可是……可是……”喻林霖结结巴巴地说，“我们在树林里看到了你的……”

“林霖，棠儿，快点吃饭吧。”夏芾的声音，突然地响了起来，打断了喻林霖马上就要冲口而出的“尸体”两个字，“还要继续走呢。”

他把两个女孩一手一个地拖回到了帐篷里，把面包和牛奶递给她们。可是，两个女孩哪里还吃得下饭，都眼睁睁地看着夏芾，等他解释。

“看我做什么。”夏芾一人瞪了一眼，“我跟你们一样，莫名其妙，起来就看到常雨了，活生生的，就站在面前。我吓得不比你们轻。要不是太阳出来了，照着她有影子，我一样都以为见鬼了。”

夏棠这时候，已经恢复了大半的神智。昨天晚上那具尸体，肯定是尸体，毫无疑问，要是连这个都看错了，夏棠可以把自己的脑袋拧下来当球踢。既然尸体是真存在，那死的人，就一定不是常雨。

喻林霖应该也想到了这一点，她嘴里还含着半块面包，就又想往外冲。

夏芾非常及时地在她背后说了一句：“不用去看了，那里已经什么都没有了。我一看到常雨，就去昨天那个树丛里看过。”

“……我还是要去看看。”喻林霖低声地说，“这事情，太离奇了，我快受不了了。”

她一低头就从帐篷冲了出去，夏棠叫了一声：“等等我！”

她们两个站在树林里愣神，半天说不出话来。

夏芾说的是真的。

昨天那只剩下半截的尸体，已经不翼而飞，更让夏棠沮丧的是，因为昨天那一场滂沱大雨，如果曾经有线索，也被淋得什么都没有了。草地、灌木，都湿透了，而且冲刷得十分彻底，根本没有一丁点的血迹了。

如果不是她们昨天晚上亲眼所见，真会觉得，就是做了一场噩梦。

“要命！”夏棠喃喃地说，“这场雨，下得真是时候。”

她当然知道，只要有一丁点血迹，哪怕是彻底擦洗过，也一样能检验出来。问题就在于，这场雨，下得连地上的草皮都给掀掉了，还把一些大土堆给冲塌，这种状况，真是很难检验的了。

她疲倦地看着地上被雨水冲过的痕迹：“真是太奇怪了。一觉醒来，该死的人，活了。该在的人，却不见了。”

喻林霖随手捡了根树枝，在地上画圈圈：“反正，昨天夜里，我们也没有见到尸体的上半身。如果说不是常雨，也说得通，毕竟，常雨现在活生生地在我们面前啊！”

夏棠苦笑了一下，说：“林霖，说得容易，做来难啊！你随便找具尸体来看看？不可能的。”

喻林霖忽然叫了起来：“对了，棠儿你别忘了，甘雁的尸体还在山下！会不会是……有人把她的尸体搬上来，冒充常雨？！”

夏棠摊了摊手：“林霖，你这么怀疑我的专业知识？我可以向你保证，我们见到‘常雨’的尸体的时候，她死了最多十分钟！她就是刚死的，刚死没几分钟！甘雁都死了多久了？不可能的！”

喻林霖又泄气了，她自然相信夏棠的“专业知识”，夏棠的法医资质，可是拿到了的，这么年轻就有这个资质，绝不是容易的事。

“所以，就多出了一具女尸。”夏棠还在喃喃自语，“真是奇怪，哪儿去找这么一具女尸呢？我真是想不通……”

想不通，就只有回去了。

章雪语正在收拾东西，她嚷嚷着：“你们跑哪儿去了啊！倪皖然和温昊都出发了，我和常雨也马上要走了！你们快一点啊！”

夏棠莫名其妙地问：“去哪儿？”

“下山的路塌了啊！”章雪语说，“就算寻宝活动终止，我们也要下山啊！看地图上目标，经过藏宝的几个地点，另外还有一条路可以下山，我们就走那边吧！我是记得那边有条路的，就是不好走，要绕好大一段，不过，路应该还是通的，我们赶紧走吧，天黑之前应该可以下山的！”

夏棠问道：“你们有没有看到苏致锦？”

“他？”章雪语的眼光闪了闪，她的回答，明显是随口应付的一句，“起来就没看到了，肯定是先走一步了，他这个人，不喜欢跟别人结伴！随他去吧，他对这里，熟得很。”

看起来，也没有别的路可走了。夏棠叹了口气，跟喻林霖开始收拾东西了。

这一趟路，走得可就远不如昨天轻松了。

昨天，他们走的是正路，是铺好了的石板路，而今天，他们走的是山间小路，又经过一场暴雨，全是烂泥，每个人都挺狼狈的，一身上下，全都是泥，再没有昨天的逍遥了。

夏棠摔了好几次，已经在泥里滚了几转，整个人像从泥里捞出来的，连白白嫩嫩的脸上也沾了不少泥，夏芾替她擦了好几次，最后夏棠懒懒地说：“哥，别管了，反正都是一脸一身泥，下了山，再好好洗澡吧。”

夏芾笑笑，刮了刮她的鼻子：“我还真没见过我家棠儿，狼狈成这样子。”

常雨和章雪语本来是走在前面的，可是，走了两个多小时，他们又看到章雪语的时候，却吃惊地发现，只有章雪语一个人坐在树下，一边吃蛋糕喝饮料，一边喘气。她能把这两件事结合在一起，也算是够厉害了。

“怎么你一个人呢？常雨呢？”喻林霖问，她眉梢眼角，全是狐疑的表情，“你们不会这时候还想要分开行动吧？”

章雪语把手里剩下的半个蛋糕，用力地塞进了嘴里，她这一下，差点被噎着，又狠命地吞了几口饮料，才把卡在喉咙的蛋糕给咽了下去，又喘了几口气，她才回答说：“她啊，她这个人脾气怪得很，我拦不住她。她要一个人先走，我也没办法啊。”

章雪语这么说，让夏棠相当的惊讶。因为，就之前她的感觉，她是觉得章雪语跟常雨挺好的，互相对对方的关心都不是假的，而现在，章雪语这样的态度，让她挺意外的。

夏棠问：“那她去哪里了？”

“下山啊，而且也会经过各个藏宝点。”章雪语说，“她对这个兴趣可大着了，好像不找到不罢休一样。一共八个藏宝点，有好几个都在这儿附近。我说你要找，你自己去看。我就直接走了。”

章雪语展开了手里的地图，在那里指指点点：“你们看，我们现在在这个位置。”她又拿出了指南针，在那里看，“没问题，我们没有走错方向。绕过这个山头，再向上爬一段，爬到青岭的最上面，嗯，应该就能走上下山的路了。唉，我们绕了好大一个弯啊。”

夏棠和喻林霖也在研究地图。

他们是在绕着山走，因为青岭的正路是被冲断了，所以他们是打算从小路绕到青岭的最高点，再走到最近的一座山上，沿着那座山的大路下去，而且，非常巧合，地图上所指示的“藏宝地”，也就遍布在这条小路上。

吃饱喝足，他们又继续开始走。

章雪语走在前面，对常常登山的她而言，这路实在不算什么。她一边走，还一边对着夏棠和喻林霖吹嘘她以前登山的成果，爬过这座山，又爬过那座山，这小小的青岭，简直不在话下。

看她们都听得无精打采，章雪语兴冲冲地提议："要不，我们顺便再挖挖宝？"

夏棠头也不抬，继续埋着头走她的路："一想到山下面还有具尸体，我就一点心情都没有了。"

章雪语看起来，却十分有精神的样子。"哎呀！尸体放在那里，又不会跑！我们就看看嘛，看一看吧！"

喻林霖说："你是不是有什么线索了？"

章雪语咧开嘴，笑了起来："是啊，你们看，这里的地表，跟刚才大不一样，长的植物也不同。我们都是通过考试的人，都知道，凡是长了很多这种矮灌木的地方，就容易产出水晶原石矿来，我看起来，这里就挺像的啊。"

喻林霖忍不住讽刺地说："看起来，你不仅是登山的老手，也是挖矿的老手！"

"这有什么稀奇的。"章雪语得意地说，"像我这种经验丰富的登山好手，对于山，可是熟悉得像自己的一部分呢！"

她看到喻林霖和夏棠脸上的表情，知道自己这牛是吹得有点过头了，急忙转移了话题，嘻嘻哈哈地说："看，看那边，灌木长得好茂盛，是不是就在那边啊？"

喻林霖正在观察周围的环境。夏棠这才想起来，喻林霖学的那个神奇的、叫什么固体地球啥啥专业，其中有一个比较实用的"功能"，就是勘察矿石。

喻林霖喃喃地说了句："就这里的地形和植被情况，还真可能是有大型原石矿的地方。"

她又看了一下自己的登山表，她的表上有海拔计，已经超过一千米了，他们已经来到了倒数第二个藏宝点Ｇ。

夏芾却注视着山壁前面的一堆崩塌的碎石块，看起来，像是下过雨之后，有些不太牢固的山石，垮下来了。这本来没什么奇怪的，一路上，他们看到的这样的情况，也够多了，但是，夏芾却看得非常认真的样子。

“哥，怎么了？”夏棠走上前，拉了拉他。

夏芾指了指说：“这里，看起来有点不太正常，不像是自然塌下来的样子。”

章雪语放下背包，居然从里面掏出了一把折叠铲子，她挥舞着铲子说：“你们都让开，让我挖开看看！”

看她这威武的样子，连夏芾都叹了一口气，自觉地让开了。

章雪语一铲又一铲地下去，三下五除二地把地上的那些碎石块给挖开了。有些碎石块真不小，她也挖得轻轻松松。

夏棠偷偷吐了下舌头，说：“好厉害，她大概一铲子就能把我拍飞了！”

被章雪语铲飞的一铲子石块里面，却有个闪光的东西，喻林霖捡了起来，仔细一看，却是一小块紫水晶原石。

章雪语一看，更兴奋了：“哎哟喂，有没有这么容易的事啊！这挖宝，就这样就挖到了！哎哟哟哟哟，我好像都能看到刻着我名字的紫水晶原石放在我桌子上了！加油，加油！”

她又是重重的一铲挖了下去，这一铲，把土都给挖起了一大撮，尘土飞扬，她顺手就想把土铲到一边去，夏棠忽然叫了一声：“等一等！”

章雪语的铲子，顿在了半空中：“干什么？”

夏棠走近了她，捡了根树枝，小心翼翼地把她铲子里面满满的土拨开了。里面有一块烧得焦黑的东西。

章雪语问：“这是什么？”

夏棠绷着脸，说：“你看呢？”

章雪语歪着头，认真地看了半天，她的脸色，渐渐地变了。

“难道是……难道是……不会吧……不……会……吧……”

夏棠大声地说："是只耳朵！人的耳朵！"

章雪语发出了一声高亢的尖叫，把铲子丢开了。她这一丢，力气可真大，铲子连同里面的土满地乱飞。夏棠无语地走到了一边，蹲下身去研究那只烧焦了的耳朵。

她抬起头，说："继续挖看看。这不是割下来的，是烧焦了之后自己掉下来的。"

夏棠说得冷静，章雪语却冷静不了，两只手一齐乱摆："不不不不，我不挖了，这太吓人了！太吓人了！我不挖了！"

夏芾没有说什么，捡起她扔得远远的铲子，继续挖了下去。

其实，也没挖几下，埋在地下的东西，就露了出来。这些东西，原本就埋得十分仓促，仅仅是上面浅浅地盖了一层土，只是因为下雨后，被掉下来的山石给盖住了。

是零散的烧得焦黑的尸体碎肢。

章雪语拔腿就跑，她看样子，是真的吓得魂飞魄散了。

喻林霖叫了一声："章雪语！"

她也当没听到一样，飞一样地跑远了。

"别管她，她跑不到哪儿去的，别让她在这里碍事了。"夏芾丢开了铲子，说，"棠儿，过来看看。"

夏棠深呼吸了一口气，走了过去。她拿了树枝，拨弄了几下："是刚烧掉没多久的，又被雨淋过了。唉，烧得真是狠啊，为了烧得更快一点，把人给分尸了再烧的，耳朵都给烧掉了。嗯……我再看看。"她又仔细看了两眼，说，"看骨盆的情况，是男性，而且，应该是比较瘦弱的男性。"

喻林霖忽然一个激灵："不会是苏致锦吧？！"

"不会。"夏棠答得非常之干脆，"你们看，这明显是被雨浇透之后，再掩埋的。可是，我记得很清楚，昨天晚上，我中途醒过一次，那时候，苏致锦还在帐篷里面睡觉。可是，雨已经停了，之后，可没有下雨了。还有，苏致锦并不矮，这男尸看起来，比他要矮。”

夏芾站在那里，沉默地注视着那堆焦黑的碎肢。不管昨天曾经在这里发现过什么，烧毁尸体的人，一定是不顾一切在做这件事的。碎肢，这是真正的碎肢，要切割一具尸体，真的是件很难的事，因为人体不止是皮肤和血肉，还有骨头，骨头是相当坚硬的。

“为什么要这么做？”喻林霖的脸色，也相当阴沉，她的眼神也很古怪，“这么做，有意义吗？烧了尸体，就认不出是谁了吗？”

“这怎么可能。”夏棠说，“除非烧成骨灰，不然，就肯定可以验ＤＮＡ，ＤＮＡ是不会骗人的。

“烧成骨灰，不是那么简单的事，不是放一把火就可以的，所以，这堆残肢，仍然是可以检验ＤＮＡ的。只是会给我们造成一些麻烦，但是，绝不会辨认不出来。甚至……有时候，我们不需要验ＤＮＡ，就可以做一些推测……”她的声音渐渐低了下去。

她再次拨开了覆盖在焦黑的碎肢上的土，这是头颅，烧得残缺不全，发着黑。

夏棠在注意看的，是牙齿。牙齿是人体最坚硬的部分。

“哥，你认得出来吗，这是谁的牙齿？”

夏棠这个问题，实在是问得很奇怪。夏芾看了两眼，那牙齿的门牙，有一颗有点突出，还缺了一小块。

“我怎么知道。”夏芾回答，“你看出什么了吗？对你这些同学，我可没有注意观察。”

喻林霖失声叫了出来：“是……倪皖然？！”

倪皖然的门牙，确实缺了一小块。他一说话，就能看到，就算不特别留意，只要跟他对着说话，也很难不注意到。

“从一具尸体——甚至是骷髅的盆骨，我们能判断男女，也能大概地判断一下高矮，更何况这碎肢要拼起来，还是完整的。”夏棠说，“他的身高，就跟倪皖然差不多，加上这牙齿，我想，他就是倪皖然。”

夏棠自己也在回想，最后一次见到倪皖然，是什么时候。

对了，是在他们吃晚饭的时候。吃完晚饭，本来天黑得早，大家就没有什么事干，不到九点钟，就钻回自己的帐篷睡觉了。从那时候起，她就再也没有见过倪皖然了。想到这里，她抬起头，看着喻林霖和夏芾。

喻林霖自然也是聪明人，连忙摇头说："别看我，我都是跟你一起行动的，我从吃过晚饭后，就不记得见过他了。"

夏芾沉默了片刻，说："这一点，我也觉得有点奇怪。"

夏棠问道："哥，什么地方奇怪？"

"早上，我听到温昊在叫这个倪皖然，招呼他赶紧走。"夏芾说，"我也听到他们走，不过，我没有看到倪皖然这个人。"

"对了，章雪语！"夏棠叫了起来，"她不是说，温昊和倪皖然提前走了吗？她一定是见到了吧？"

喻林霖跟着叫："章雪语！你在哪里？你跑哪里去了？"

叫了半天，也没听见章雪语答应。夏棠突然有种很不好的预感，她冲口而出："章雪语不会也出事了吧？"这话一出，连她自己都寒毛直竖。

夏芾说："还是去找找她吧。"

他们沿着刚才章雪语跑过去的那条小路，找了过去。走了好一会儿，总算看到章雪语手脚摊开地坐在一棵大树后面，两眼翻白地望着天空，当然，她不是死了，而是一副吓傻了的样子。

夏棠松了一口气，走上前去拉她："我说你啊，章雪语，你怎么不回答啊！你想吓死我们是吗？"

章雪语高叫一声，跳了起来："我才被吓死了呢！那是死人啊！死人啊！烧焦的死人啊！死人啊！"

"你别叫了！"喻林霖不耐烦地用更高的分贝打断了她，"昨天看见甘雁的尸体，你也没吓成这样啊！"

"这能比吗！"章雪语的分贝更可怕了，"今天这个是碎尸啊！还是烧焦了的碎尸啊！我以前在登山的时候见过被野兽吃掉的尸体啊，但这个明显是被人杀了又烧了的啊！这真的不是一回事啊！”

夏芾开口了，他说话的时候，带着一种权威感，让章雪语也乖乖地闭了嘴：“你今天早上，有见过倪皖然吗？”

章雪语呆了一呆：“倪皖然？当然有啊，他不是跟温昊先走了吗？我刚起来，他们就走了！”

夏芾继续问：“你是亲眼见到了倪皖然这个人？还是听到了他的声音？”

“当然见到了啊……”章雪语不假思索地迸出了这一句，紧接着，她又明显地迟疑了一下，“哦，这个，好像，我真的没见着他。我就听见温昊在招呼他，说快点走，赶在第一个去寻宝，然后就听见他们往树林那边走……我，我没有去看啊，因为隔着帐篷，又有很多树，我看也看不到的。”

夏芾追问：“你确定，你听到了温昊说话。那么，你有听见倪皖然说话了吗？别忙回答我，仔细想想，回忆一下。”

章雪语虽然刚才有点神经兮兮的，但她绝对不笨。听了夏芾这一连串的问题，她大概也意识到他这些问题的目的了。

她想了好一阵，才慢慢地说：“不，我没有听到倪皖然说话。平时，他不是太爱说话，声音也比较轻比较细，温昊嗓门大，所以我习惯了听温昊说，倪皖然顺从地听他的，所以……我认为，我听到了他的声音……然后……我也想当然地认为，我看到了他。其实……你说得对，我既没见到倪皖然的人，也没听到他的声音。”

夏棠长长地吐了一口气：“那么，我看，那具尸体，就是倪皖然无疑了。”

又一名死者

没有人在昨天晚饭后再见过倪皖然。

没有人在今天早上真的见过倪皖然，甚至，连他说话都没听到。

所以，一切的疑点，都集中在了豪爽爱笑的温昊身上。

夏芾阴沉着脸，这时候，本来还算明亮的天色，也沉了下来，每个人的脸色，也都不那么好看。

忽然，章雪语像被雷劈了一样，跳了起来："糟了糟了！这下糟了！糟了！常雨，常雨走在前面，她会不会碰上温昊啊！反正就这一条路，他们很可能碰上啊！"

她这一嚷，大家都紧张了起来。如果按刚才的推断，问题肯定是出在温昊身上。倪皖然昨天晚上下大雨前就已经死了。可是，温昊跟他同住一个帐篷，又跟他"一起"离开——这是不可能的，唯一的可能性就是，温昊在努力地遮掩着倪皖然早已死了的这个事实。他为什么要遮掩？

答案自然只有一个：温昊就是杀死倪皖然的人。

想到这一点，夏棠也觉得常雨的处境，一定十分不妙。常雨对温昊，可绝对不会有一丝一毫的防范之心。

"走，我们赶快，去追！"章雪语朝前面就跑，"天哪，这简直是太可怕了，太可怕了！我们怎么会遇到这样的事呢？！"

她也不管别人，一个劲地就往前跑，跑得很快就没影了。章雪语对这里的路，看起来十分熟悉，在树林和小路间穿梭，连想都不用想的。夏芾沉思地望着章雪语的背影，一直没说什么，直到夏棠重重地拉了他一下。

“哥！哥！哥！你在发什么呆？我们怎么办？你说呀！你从一来这里，就像变哑巴了，什么话都不说，什么事都不主动做，你到底跟着我来是干什么的呀？你倒是说话呀！”

喻林霖忍不住在旁边笑：“我还是第一次看到棠儿对人这么撒娇！”

夏芾无奈又宠溺地看了夏棠一眼：“你要我说什么？你要我做什么？我不就是担心你的安全，才跟着来的啊！”

“那你也至少说个清楚明白呀！”夏棠继续叫。

夏芾过了好一会儿，才说：“把你们那个寻宝套装，打开看看。”

夏棠莫名其妙地从口袋里把那个布袋拿了出来：“这里面的东西，我都看过无数遍了，还有什么可看的？”她一边说，一边摊开手，从袋子里把东西往外倒。

一朵紫红色的花，飘落到了地上。夏棠张开了嘴，怔怔地看着，没有动。

九重葛。

她已经不再陌生的花。

这朵九重葛，已经不算新鲜了，原本的紫红，都有点变色了，不再那么艳，沉淀成了暗红色。大约，是摘下来久了的缘故。夏棠久久地凝视着这朵九重葛，突然，她把手里的布袋，翻过来翻过去地看。

在布袋上，印满了抽象的紫色的花，每一朵都像三个菱形组成的三角形。夏棠现在才看出来，这布袋上面印的，就是九重葛花的抽象版。

夏棠弯下腰，捡起了那朵飘在地上的九重葛。

“哥，你知道什么，对吗？”

夏芾深深地注视着她：“你还记得吗，棠儿？沈靖飞在馨园那片九重葛前面，说过的话？”

在这样的花下面，往往埋着尸体。

夏棠曾经以为，沈靖飞只是打个比方，而现在，夏芾的意思，十分直接——馨园的九重葛下面，真的埋着尸体。

站在这本来应该是让人遍体清凉的山间小路上，夏棠这一回，已经是背后寒气直冒了。

“我……我不明白……哥……我不明白。”夏棠喃喃地说，“这是怎么一回事，我一点也不明白。”

夏芾淡淡一笑，说：“九重葛还有个名字，你知不知道？”

夏棠问道：“什么名字？”

夏芾又笑了一笑，却并没有回答她这个问题。他接下来说的话，却好像是完全不搭，一下子跳到了另一件事情了。

“以前，云顶学院，曾经有个女孩子，很漂亮，非常的漂亮。”

喻林霖笑着说：“比棠儿还漂亮？”

夏芾用一种很奇怪的眼光，看了夏棠一眼：“跟棠儿完全不一样的漂亮。棠儿……还是小女孩呢。”

夏棠再怎么样，也不会喜欢别人当自己是小孩子，哪怕这个人是自己堂哥。她怒了，一跺脚说：“哥！你怎么这么说，我马上就要十八了！”

夏芾当然也不会在这个问题上跟她争执，只是笑笑，说：“在我眼里，你永远是我的小妹妹。”他沉默了一会儿，又说：“她的名字叫宝锦。”

夏棠说：“好奇怪的名字。”

他们现在正跟着章雪语跑走的方向走，夏芾走得很慢，很明显，他还沉浸在自己的回忆之中，夏棠和喻林霖，也并不愿意去打扰他。

“很多人追她，这是再自然不过的事了。”夏芾发出了一声长长的叹息，“她美到赏心悦目，我现在都还记得她在阳光下的样子，像颗宝石，闪闪发光。可是……”他的声音，沉落了下去，“有一天，她失踪了。”

夏棠奇怪地问：“失踪？失踪的意思是什么？”

喻林霖接过了她的话头：“就是真的失踪。这么多年了，她的尸体，一直没有被找到，这跟任也失踪的情况，很不一样。那是一桩非常奇怪的案子，至今，都没有一点线索，她就像是从这个世界上突然消失了一样。”

夏棠仍然不明所以：“那又怎么样？跟现在的事，又有什么关系？”

“啊——啊——啊——”

一阵高亢的尖叫声，硬是把这深山里面的宁静给打破了，叫声又尖又亮，连一群小鸟都被吓得拍着翅膀乱飞。

夏棠一个激灵，叫道：“是章雪语！”

这声音，离他们并不远。

夏棠跑到章雪语身边的时候，已经在喘气了。夏芾和喻林霖都比她快，两个人怔怔地站在她面前，把她的视线都给挡住了。

夏棠绕过他们，走上了前去。

她轻轻地“哦”了一声，低低地说：“紫水晶原石，就是这样子啊。”

在山壁上，很明显，是有人用鹤嘴锄之类的东西敲打过，石块一片片地散落下来，掉得一地都是。

足足有两米高的一大块紫水晶原石，就深深地嵌在山壁里。夏棠从没见过这样的水晶原石，颜色是美丽到神秘的，深深的紫，但是透明，里面有柳絮状的绵体。按理说，夏棠应该好好地欣赏一下这块原石的，毕竟，他们这一次的目标，就是这块紫水晶原石，可是，这时候，她实在是提不起欣赏的兴趣了。

有一个人，确切地说，一具尸体，就像紫水晶原石嵌在山壁里一样，这尸体也嵌在紫水晶中空的间隙里。因为他很高大，而这个间隙又并不够大，他就只能蜷缩地很勉强地被塞在里面，像只虾子一样。

章雪语呆呆地坐在地上，她大概也叫得声音都哑了，没什么力气再叫，人也脱力了。

夏棠只听见喻林霖轻轻地说：“这下，温昊也死了。我们想问问题的人，就赶在我们之前，死了。他本来是杀倪皖然的最大嫌疑犯，现在，他也死了……”

夏棠沉默着，走上前了几步，她抬起头，仔细地看着温昊的尸体。她觉得相当的奇怪，这块紫水晶原石，离地面有两米多，又没个可供攀爬的地方，这个凶手，是怎么把温昊的尸体弄上去的？

温昊又高，又结实，要把他的尸体举上去，等于是举着一块一百八十斤以上的大石块（尸体本来就是死沉死沉的），这并不容易啊。如果让跟夏棠差不多身材的女生来做，这是绝对不可能的。

夏棠的视线，落到了温昊的登山背包上。她沉吟着，直到喻林霖声音干涩地开口问她。

“棠儿，你有什么发现吗？”

温昊那个本来塞得鼓鼓囊囊的背包，现在好像却扁了，夏棠也记得，温昊那个登山背包，实在是塞得很鼓，这种登山包，够大的，可以有一个女孩那么高。夏棠觉得来的时间不长，所以她带的登山背包也不算大，可是，温昊这个，几乎是体积最大的那一种了，可以把夏棠整个人给装进去。

想到这一点的时候，夏棠本来已经被冷汗湿透的背，又一次全湿了。她蹲了下去，把背包倒过来，往下用力抖。

只有零零星星的几样登山用的必需品，军刀、哨子、手杖之类，别的，什么都没有，就这点儿东西，能塞满一个巨型登山包？

最后抖出来的，是一卷塑料膜。夏棠没有用手去碰，只是认真地看了片刻。

这一次，她是再也不会有怀疑了。塑料膜上面，有明显的干了的血迹。

温昊，他这个巨大的登山包里面，背的并不是登山用的东西，而是——尸体。

夏棠只觉得一阵又一阵的恶心，翻胃，想吐。

所以，早上没有人看到倪皖然。

所以，倪皖然是被分了尸的。

在树林里分尸，然后用塑料薄膜裹好，一块块地塞在登山包里，然后，把登山包拉链拉好，没有人能看出任何不妥，根本连想都不会想到那儿去。

春天，山上很凉，尸体不会腐烂得那么快。

温昊就这样，一张黝黑的脸上，满是愉快的笑意，跟大家道别，说自己要先走一步了——他就这样，明目张胆背着一具尸体走了。

章雪语真是不笨，这些她居然也都想到了，因为她咽喉里发出了奇怪的“嗝”的一声，似乎是反胃到想吐。她紧接着问道：“就算温昊是凶手，他为什么会死在这里？”

夏棠抬起头，向上望着那具紧紧嵌在紫水石原石里的尸体，仿佛二者已经合为了一体。

“这，就要等验尸结果了。就目前看来，他身上没有任何明显的外伤，因为他的姿势，还有，太高了，我什么都看不到。”

“他为什么要这么做？杀人分尸？烧毁尸体？然后自己也死了？”章雪语继续问，虽然，她也知道，现在没有一个人能回答她这一连串的问题。

在接下来下山的一段路上，所有人都特别沉默。夏棠留意地在看夏芾，夏芾根本没注意到她的眼神。他的眼神很茫然，明显地心思不在这里。

夏芾究竟是为什么出现在青岭的？

夏棠直到这时候，才突然想起来一件她本来不应该忽略的事。她根本没有把自己要来“寻宝”的事告诉夏芾，为什么夏芾自己就知道了？是谁告诉他的？反正，绝对不是夏棠本人。

一路上，夏棠觉得，就算她看到常雨和苏致锦的尸体，她也一点都不会觉得奇怪了，可是，这一路却是平静得不能再平静了，绿荫清凉，鸟儿在头顶上飞来飞去，要不是刚才温昊那个大登山包让她倒胃得到了极点，夏棠都会恍惚间觉得这是一次愉快的踏青了。

当夏棠看到坐在山脚的一块大石头上，一脸不满的常雨的时候，她的眼珠子都要掉出眼眶了。

在她不远处的另一块石头上，居然坐着苏致锦。

苏致锦看起来，比昨天晚上好多了，虽然脸色还是十分苍白，但明显没有发烧的样子了。他有点无精打采地坐在那里，手里居然还拿着一瓶只剩一点的酸梅汁喝着。他看到夏棠和喻林霖，对着她们笑了一笑，摇了摇手里的瓶子。

“真是谢谢你们这东西，喝了心里舒服多了。”

夏棠想，自己这时候的样子，一定挺傻的。她想笑，却实在是挤都挤不出一个笑来。

“你们……你们怎么在这里？”

“不是说了今天下山吗？我就下山了啊。死了人，难道还要寻宝？”常雨说话仍然是那么不客气，“你们走到哪儿去了？这么慢，等你们都等得要睡着了！太阳都下山了，你们这也太慢了吧！”

喻林霖呆滞地看着苏致锦：“你……早上你怎么不见了？”

“什么不见啊。”苏致锦说得轻描淡写，“我睡醒的时候，烧已经退了，真是多谢你们啊！我看你们还睡得很熟，就没有打扰你们，我就自己走了！我本来还在认认真真找原石，结果常雨来了，跟我说什么死人了，快下去，我就跟她一起了！”

再傻的人都能听出来，这番话的漏洞实在是太多了。常雨跟苏致锦完全是仇敌一样，会叫他一起走？这两个本来互相看不顺眼的人，这时候居然还互相打起掩护来了？

喻林霖瞪着他们，瞪了半天，忽然哈哈大笑起来，她笑得大家都莫名其妙。

常雨恼怒地说：“笑，笑什么？有什么好笑的？”

喻林霖终于止住了笑。她的眼光，从章雪语、常雨和苏致锦的脸上，一个一个地看了过去。

“等我回了云顶学院，第一件事，就是要去找这次寻宝活动的主办人，看一看，这究竟是怎么一个陷阱，又想要达到什么目的！这也未免太耍人了，杀人是件好玩的事吗？！”

夏棠理解她的愤怒和不满，不过，夏棠自己已经没有力气发作了。

跌跌撞撞地走回了青岭下那个小村子的时候，夏棠真的都快脱力了。夏棠的体育成绩并不差，也常常锻炼，但是这一天，也真是有够呛的。

夏芾在路上曾问：“要我背你吗？”

夏棠虽然真心很想，但也不好意思点头，毕竟她已经不是小孩子了。

开头他们在村子里见过的那个叫王叔的中年男人，看到他们这么狼狈地从另一条路过来，真是很吃惊的样子。

夏棠这时候才发现，这个王叔，就是她开头有留意到的，在家门口种满了九重葛的那一家的主人。王叔正在那里把花枝用绳子给绑起来，牵到另一边，这样，九重葛就会沿着绳子，像爬壁虎一样，一路地爬过去，给他的家铺满紫红色的屏障。

这时候，已经是傍晚了，暮色四合，夕阳的光，洒在那小小的屋子上，也洒在九重葛上面。夏棠本来就走得昏昏沉沉的了，一瞬间，她甚至有种错觉，恍惚间自己不是在青岭的山脚下，而是在云顶学院的馨园里面。

开得艳极而妖的花下面，往往埋藏着尸体。

这一刻，夏棠是信了，虽然她也不明白，她为什么会信。

也许，是因为又看到了沈靖飞的缘故。

夏棠都有点怀疑，自己是不是眼花了。

沈靖飞就站在那九重葛前面，他跟夏棠印象里的一样，就算阳光没有洒在他身上，他也明朗得像是在发光。夏棠记得很清楚，沈靖飞是很爱笑的，他的嘴角有点上翘，不笑的时候，也像在笑。

可是这时候，沈靖飞的脸上，一点笑容也没有，他的脸色，相当的阴郁。

夏棠突然觉得，自己现在这模样，实在是太难看了，根本就是从泥里捞出来的。不过，沈靖飞看起来，并没有在意。

他走到她面前，对她说："棠儿，你累了，你应该回学院好好洗个澡，吃点东西，休息一下。"

夏芾一直在盯着沈靖飞看，对于沈靖飞的出现，他似乎是觉得十分诧异的。

沈靖飞回头也盯着他，看了很久，最后说了一句："夏芾，你真是让我失望。"

他拉开车门，把夏棠扶了上去，又说："林霖，你们几个也上车，我送你们回去。"

沈靖飞开的车，正好把几个人全部塞下。他又回头看着夏芾，说："你上不上车？"

"不用了，我在这里还有点事。"夏芾淡淡地说，"你把他们送回去吧。棠儿，你回去，好好休息，别的什么都不要多想了。"

"哥，我们一起回去吧。"夏棠轻轻地说，"你在这里，还能有什么事呢？这里，除了尸体，还是尸体啊。"

沈靖飞把他们送到了云顶学院，看着他们狼狈不堪的样子，实在是忍不住笑。这时候，沈靖飞已经比较恢复正常了，在车上，他阴沉的脸色，让夏棠话都不太敢跟他说。

事实上，沈靖飞又是怎么会突然出现在这里的？他分明是为这两天发生的杀人事件而来的，他消息怎么会这么灵通？

在山上，手机信号完全不通，不可能有任何消息传出去啊。

这一点，让夏棠相当困惑，却又不好问。

"好啦，你们先回去整理一下。那边的事，你们放心，有人处理。"沈靖飞笑着说，"不管怎么样，你们现在这样子，也够瞧的。"

喻林霖怒火满腔地说：“休息？我不用休息，我也不用整理。我这就去这次活动的主办方那里，我要问清楚，究竟是谁搞出来的这活动！究竟是谁，给了我们假地图！”

苏致锦一直没有说过一句话，这时候，他发出了很轻的一声笑：“算了吧，喻林霖，你以为，这件事有这么容易？那个人，就那么傻，在那里等着你去责问？”

喻林霖沉默了。

她又何尝不知道，这件事不那么简单。她也明白，去问的话，给她看的，绝对是一张没有问题的地图，几乎可以确定，地图的调包，是在甘雁手里完成的，而他们，已经不可能去问已经成了一具尸体的甘雁了。

干这事的人，想得非常周到，而且狠毒得到了极点。

她横了苏致锦一眼：“是啊，我也知道，那个人非常聪明。在这个莫名其妙的陷阱里面活下来的人，才有这样的聪明吗？”

苏致锦笑，他连笑起来都是苍白的：“你是在说你吗，喻林霖？还是夏棠？”

“你们有完没完！”常雨非常之不耐烦地打断了他们两个，“散了散了！我要回去洗澡了，一身的泥！脏死了！”

她果然说到做到，扛着她那个大登山包，转身就走。夏棠有点沮丧地看着常雨，她发现，在这个小团队里面，她好像真是最娇弱的一个。

“快去吧，棠儿。”沈靖飞对着她挥手，又上了车，“好好休息。”

夏棠嗯了一声，看沈靖飞发动了车，又情不自禁地叫了一声：“你……你去哪里？你还要出国去交换吗？”

“哦，暂时不会。”沈靖飞笑眯眯地说。

看着他笑，夏棠把这两天的血腥景象都给抛到脑后了。

“等你睡醒了，我请你吃饭。”

夏棠努力展现出一个最甜美的笑容，可是，她突然听到喻林霖在旁边哧哧地笑，才想起来，自己脸上泥都没擦干净呢，头发也像个鸡窝，她再天生丽质，也好看不到哪儿去的。

只不过，沈靖飞也老练得很，仍然一脸是笑地对着她说："拜拜，棠儿，晚点见！"

"走吧。"喻林霖拖着夏棠就走，常雨早走得没影了，苏致锦也不知道哪里去了，"我们回宿舍吧。"

夏棠看了看云顶学院大门上面，那朵大大的云。"我真觉得，这两天一夜，我是做了一个噩梦。只是个梦。"

回到了宿舍，没有人，查妙琪不在，不知道跑哪里去了，杜亚冰也还没有回来。夏棠痛痛快快地洗了个澡，把宿舍里面的剩的一点糕点用来填了填空空如也的胃，倒上床就睡。她的头发还是半湿的，她也懒得用吹风机吹，抱着被子就上床睡了。

夏棠的头发乌黑，散在雪白的枕头上。她沉睡的面孔很美，像美丽的玉像。

她又开始做梦了。

又是那个梦。雪山，草地，盛开的鲜花，她甚至能够感觉到，自己赤着的脚踩在柔软的草地上，草尖上的露珠，还湿了她的脚。这个地方可真是不那么暖和的，夏棠甚至能感觉到草地的寒气在往脚上面冒。

她的头发垂在肩头上，又细又软。夏棠也能感觉到风吹过来，拂起了自己的头发。

好像有什么特别的东西，在吸引着她的视线。

是一个小湖。碧绿的小湖。

夏棠一步一步地往那个小湖走去。有什么在吸引着她。她走到了湖边，往里面一看——夏棠尖叫了起来。

"棠儿，棠儿，棠儿！！"

喻林霖在拼命地摇晃她，叫她。

夏棠迷迷糊糊地睁开眼来，喻林霖正把缠在她脖子上的长发给拉开，替她擦额头上的汗。

“你怎么了？你叫得好大声，我在对面都被你给惊醒了！你怎么了？出什么事了吗？我还以为有人要谋杀你了！”

夏棠直瞪瞪地看着她，喻林霖着急地问：“你怎么了，说话呀？你可别吓我！”

“……我没事。”夏棠慢慢地说，“我又做梦了，又做那个从小就做的梦了。”

不止是如此，这个梦，现在是真变得愈来愈清晰，而且，细节也愈来愈丰富，甚至，还有新的“内容”在梦里面了。比如，这一次，这个梦里面,她做了一件之前一直没有的事,那就是走到小湖前面,往里面看。

她记不得自己看到什么了，一点都想不起来了。梦的其余部分，都清晰得不得了，就只有往湖里看之后的部分，完全不记得了。

“什么梦？可以告诉我吗？”喻林霖问，“你看起来，真的很困扰的样子，我从来没有看过你这样。”

夏棠轻轻地说：“如果一个人把梦里的一部分全部忘掉了，那是不是因为，那一部分的梦境特别的恐怖，所以我的潜意识，就想把那些东西给遗忘？”

她疲倦地闭上了眼睛，喻林霖还在替她擦汗：“好了，你快睡吧，没事的。”

“等我有空，我再告诉你我的梦吧。我先睡一会儿。”夏棠浅浅地笑了一下，“我懒得出去了，你帮我带宵夜回来吧。”

大闹考古系

喻林霖比不得查妙琪，一向是个很有效率也言出必行的人。夏棠也就安心地躺在床上，等着宵夜回来。

结果，她没等来喻林霖，却等来了杜亚冰。

杜亚冰一阵风似的跑了进来，嘴里嚷嚷着说："不好了，不好了！棠儿，你还睡呢，快起来，快起来！出事了啦！"

夏棠肚子正饿得咕咕叫，很没好气地说："出什么事啊？"

"林霖，她跑去大闹考古系了！"杜亚冰眼睛都瞪圆了，"快起来，我们拖都拖不住她啊！她这次是真发大火了，我从来没见过她发这么大的脾气！"

她这一说，夏棠也一骨碌地从床上爬了起来。喻林霖向来冷静稳重，居然会去大闹考古系？这热闹，可真不能不看。夏棠匆匆地去洗了一把脸，换了件衣服，就跟着一脸兴奋的杜亚冰跑了出去。

这次的"寻宝活动"，其实是考古系和地质系共同提供"技术支持"的，有一个"活动委员会"，设在考古系的学院楼里面，有个小办公室。

夏棠和杜亚冰赶去的时候，喻林霖正一脸怒气地叉着腰站在办公室中间，那个"寻宝套装"被她扔在桌子上，东西掉得到处都是，来看热闹的学生，已经挤得满走廊都是，夏棠和杜亚冰是一路挤过来的。

“姓孔的！你给我说清楚，这是怎么回事！你把我们都骗去送死，你究竟安的是什么心？”喻林霖指着坐在办公桌后面那个戴眼镜的男生，差不多是在破口大骂了。

那男生已经被她骂了不知道多久，一脸沮丧地坐在那里，声音低得不能再低了。

他叫孔敬，是这次活动的负责人，已经念到博士了，可算是有资历的学长了。喻林霖这么吼他，实在是太不给面子了。

“林霖，喻林霖，我的大姐，我说过很多次了，真的很多次了，我什么都不知道，我不知道啊……对，寻宝活动是我计划的，东西也是我监督着制作的，可是，我真的没有骗过任何人去送死啊……”

夏棠实在是看着很好笑，挤进办公室，拉了拉喻林霖：“你这是干什么啊！全学院的人都跑过来看了！”

喻林霖仍然怒气冲冲地瞪着孔敬，孔敬都快哭出来了。

“喻林霖，我害你们干什么呀？我有那个胆子吗！我，我就是个考古系的学生啊！就算读到博士了，也就是个学生啊！你，你千万别再摔我了，我知道你是柔道黑带三段，我挨不起你一下子！”

杜亚冰在旁边，“噗”的一声笑出来了。

喻林霖气冲冲地在一张椅子上坐了下来，指着桌上那堆东西说：“那你告诉我，这地图是怎么回事？”

孔敬拿起来，逐一地在那里看。

“地图不是我做的。”

他最后说了这么一句，然后把他办公桌上的笔记本，推向了喻林霖，“你看，这才是我做的地图。”

这地图是用 CorelDRAW 制图软件做的，做得很精细。

杜亚冰走过去看，说：“你没有转曲？”

“这上面的没有转曲。”孔敬回答。

转曲的意思，类似于 PS 的合并图层，合并之后，要改动就不那么容易了。孔敬回答说："我直接导了一个图片出去，到学校的印刷厂那边帮我印，所以，我自己计算机上的，就没有转曲了。"

杜亚冰说："那就是能接触到你计算机的人，都可以拷走你的档，然后悄悄在上面改动，重新制作地图？"

孔敬求饶地看着喻林霖："对啊对啊对啊，就是这个意思！我天天忙这忙那的，常常电脑就扔在办公室，又没监视器，谁都可以进来拷贝我做的地图啊！这本来就是间没人用的小破办公室，又在角落，谁管啊！"

喻林霖狠狠地瞪了他一眼，说："走！去你做地图的地方！"

孔敬萎萎地站了起来，跟着她走了。

在外面探头探脑挤成一团看热闹的学生们，相当自觉地让出了一条路。喻林霖一出来,眼光像把刀子一样左右横了一眼,大家连声都不敢出。

夏棠和杜亚冰跟在后面，杜亚冰小声地说："看不出来，林霖发起脾气来，还真的很有气势呢！好女王！手里再拿根马鞭就更像了！"

夏棠甩了她一个白眼，杜亚冰忙说："你是公主、你是公主！你是戴红宝石项链的白雪公主！"

喻林霖听到了，回头问："那冰冰你是什么？"

杜亚冰想了想，说："我是宫女！侍候女王和公主的宫女！"

夏棠和喻林霖都喷了出来，连孔敬都忍不住笑了出声，被喻林霖瞪了一眼，赶快又装回了严肃的表情。

云顶学院是有自己的出版社和印刷厂的，对于大学院，这是必需的，光是学院自己出版的书籍就是很大的量；各种广告宣传的东西，也专门由云顶学院自己的广告公司来做，给学生价格，都是最便宜的。

"是啊，是我印这地图的。"接待他们的，是广告公司的小韩。他在自己乱得像老鼠窝的桌子上翻了半天，拿了一张地图给孔敬，"不就是这个吗？"

“是这个。”孔敬只看了一眼，就转手递给了喻林霖，“你看，我真的没有说谎，小韩可以帮我做证！”

夏棠和杜亚冰都探过头去看。杜亚冰看不出个所以然，夏棠却是非常清楚，这上面标注的藏宝点，大部分都在半山腰的扎营点以上。

喻林霖拿出了自己那份地图，往桌上一拍，说：“这个真不是你们做的？”

“不是啊，我的姑奶奶！”小韩无可奈何地说，“我们对自己的彩印机，就像自己的孩子一样，印出来的东西，怎么会不认得？每台彩印机，颜色都有些轻微的不同，你们拿的这份地图，我可以向你们保证，绝对不是我这台出来的！”

他指指点点地说：“看，颜色这么差，我这可是新换的彩印机，五色机哦，才不会印得这么偏色！”

她们一比较，还真是，自己手里的假地图，连山上的浓绿色都变成了草绿，而小韩给的地图，绿的颜色蛮真实的。

小韩抢过喻林霖的假地图，在那里看了半天，说：“偏色到这地步的机器，我们这里也有一台啊，基本上都没用了！”

夏棠和喻林霖都精神一振。

杜亚冰忙问：“在哪里？在哪里？”

在一个很破旧的小办公室里，但是有意思的是，这机器上面，居然没什么灰，按理说，早该积满厚厚的一层灰了。

小韩把电源插上了，看了一会儿说：“最近有人用过这机器。我怎么不知道？”

夏棠忽然弯下了腰，在地上捡起了一样东西。

一朵花。凋谢了的紫红色的花，现在变成了暗红色。

又是九重葛。

这花，简直是如影随形，像个幽灵一样，游荡在她们的周围。

夏棠抬起头，茫然地望着四周，这附近，可是一株九重葛都没有。

事实上，在整个云顶学院，好像，她就只有在馨园里面看见过九重葛。

不会是飘进来的。一定是有人来过这里，留下了这么一朵凋谢的花。

说不定，也正是这个人，把九重葛的花朵，放在布袋的最下面。

他，或者她，想传达一个什么样的信息？

“有一个人，他来过这里。他打开了孔敬的计算机，修改了他的地图，悄悄地把地图重新印了出来。他透过甘雁，把假地图发到了我们手里，可是，为什么要这么做呢……为什么……”喻林霖喃喃地说，她的脸上，也全是迷惑不解的神色。

夏棠转过头问孔敬：“究竟是谁，提出了这么一次寻宝活动的？”

对这个问题，孔敬是认真地想了很久。他回答的时候，也说得很慢，字斟句酌。

按他的说法，首先，会出现这件事，是因为确实在青岭上，地质系发现了一块紫水晶原石，但还没有开始正式挖掘，但是，因为青岭一向是考古系的地盘，所以他们肯定要征求考古系的同意，考古系同意了，于是成了“联办”的活动。至于细节问题，都没有什么特别的，都是按学院平时的活动流程处理的。

孔敬摊了摊手：“所以，你们看，这个事情，牵连很广，也很难说，是哪一个人决定的。”

夏棠举起了那个漂亮的布袋：“那，有没有人能告诉我，这个布袋子上面的图案，是谁设计的？”

孔敬的回答来得快极了，完全没有经过任何思考。

“苏致锦。”

哦，绕了好大一个弯，又绕回到了原点。一瞬间，夏棠真想歇斯底里地大笑，绕来绕去，还是这个谜一样的苏致锦。

站在馨园的九重葛前面，苍白而冷淡，嘴角挂着一缕让她不解的笑容的苏致锦。

喻林霖却笑了一笑，注视着孔敬，说：“不管怎么样，你也很有嫌疑啊。毕竟，你是负责人，没有人比你更清楚全部计划了，也没有人，比你更容易调换地图了。别人可以偷偷进到印刷厂，使用那台机器——你也一样可以啊，不是吗，孔敬，孔大博士？”

孔敬推了推他的眼镜。他的笑容，忽然也变得有些暧昧不清了。

“是啊，喻林霖，你说得很好。我也没有办法否认这一点。不错，我确实有这个嫌疑，不过，没有人能证明这一点，不是吗？”

喻林霖直到跟夏棠分开，和杜亚冰一起回宿舍的时候，还在骂孔敬，看样子她这次受的刺激是真不小，一向沉静的她，也失了风范了。

杜亚冰也是个唯恐天下不乱的，一直在旁边添油加醋地说：“对对对！这个孔敬，一看就有问题，我帮你查！我回去就查！好好查查他的底细！”

夏棠去吃宵夜了，学院里有通宵的餐厅。喻林霖没有给她带吃的回来，这时候，她早已经饿得肚子咕咕叫了。

夏棠是饿慌了，她要的汤包终于端上来了，她也不顾什么淑女姿态了，直接拉到自己面前，刚吞下一个，沈靖飞就走过来朝她打招呼了。

“嗨！棠儿，你都没看手机吗？我打你好多次电话了！”

夏棠咬着半个汤包，吐掉也不是，吞掉也不是，狼狈透了。她好不容易才把那个汤包咽下去，喉咙烫得要命，沈靖飞赶紧倒了杯茶给她递过去。

“你慢点，慢点，可别噎到了。”

夏棠沮丧得要命，自己的形象算是彻底没了。

“我，刚才，出来得快，手机没有带出来。”

沈靖飞哈的一声，笑了出声：“喻林霖大闹考古系，简直不敢相信！我说，她平时不是这么冲动的人啊，这次是怎么了？我还真不知道，她发起火来有这么泼辣！”

夏棠捧着茶杯，愁眉不展地说：“我也不知道呀，我一睡醒跑过去，就看到她在那里大骂孔敬，唉！也不知道她是哪根筋出问题了！”

“你吃饱了？”沈靖飞问，“如果你不打算继续吃东西了，我想告诉你今天青岭那边，警方发现的情况。而且，关于尸体，我也有一些事，想咨询你的意见。毕竟，你也是在场的证人，警方会找你录口供的。”

“没问题。”夏棠立即摆出了很“专业”的姿态，“随便问！我一边吃一边听，都是没有问题的，你放心！”

沈靖飞叹了一口气：“我们已经把温昊的尸体，从紫水晶原石里面弄出来了。你如果有兴趣，可以参加验尸。尸体已经运过来了，云顶学院最近，肯定是送到这边来解剖，这是最方便的。”

夏棠问道：“他是怎么死的？当时，他的身体，就像是个婴儿，嵌在水晶的母体之中——很可怕，我看不出来他的死亡原因。”

沈靖飞又叹了一口气：“你有没有想过一个问题，就是，杀死他的人，是怎么把他弄上去的？离地快两米高的地方啊！”

夏棠想了一想，说：“你是想告诉我，他是自己爬上去的？”

沈靖飞笑了，对她翘了翘大拇指：“你真聪明，棠儿。”

这时候，夏棠要的小笼包又送上来了。夏棠眼巴巴地望着那热乎乎香喷喷的小笼包，她真的很想吃，可是，碍着沈靖飞在旁边，又不太好意思。

沈靖飞看到她的表情，笑出了声：“你这是干什么？难道我还拉着你不准吃了？”

他自己拿了一个吃起来，夏棠也赶紧抓了一个开始吃，她一面吃，一面听沈靖飞继续讲温昊的情况。

“那个位置，只可能是他自己爬上去的，然后不知道为什么，他硬把自己很努力地蜷缩了起来，缩在那个紫水晶的空隙里，这是一个很吃力的动作，我们还不知道他为什么要这么做。我们唯一能肯定的，是他的死因。”

夏棠嘴里咬着包子，紧张地看着沈靖飞：“死因是什么？”

“很有趣。”沈靖飞说，“在紫水晶原石的空隙里面，找到了一根很粗的针。对，你没听错，就是针，针上有毒，是剧毒。他的手，被刺中了，上面的毒药，就是最常见的剧毒之一——氰化钾。”

夏棠若有所思地说：“就算是剧毒，一根针上的就算能达到致死分量，但也得要点时间。只有大剂量口服，或者快速吸入高浓度的氰化钾气体，才会在一到两分钟内死掉，进入血液虽然也快，但是，针上的剧毒再怎么都有限，他发作需要时间啊。”她的眼中，出现了疑惑的表情，“是在哪里弄的？这可不是能轻易弄到手的剧毒，管制非常严格的。”

她停顿了一会儿，慢慢地说：“不是人人都有方维那样的实验室，任何毒药，都可以随手拿到的。”

听她提到方维，沈靖飞也沉默了好一会儿。方维，这个男人，曾经出现在上一桩案子里——一个科学狂人。

“是的，所以现在，云顶学院的化学系正在盘查，看有没有丢失这种毒药。”沈靖飞说。

夏棠笑了笑，慢条斯理地说：“在化学系读书，真是高危！”

沈靖飞忍不住想笑，说：“你有时候还真是很幽默。”

夏棠啜着她的茶，悠悠地说：“才没有，我说的是事实。那，现在有没有结果呢？知道是谁弄出来的吗？”

几乎就在她话音还没落的时候，沈靖飞的手机就响了。

沈靖飞接了电话，他的样子，有点吃惊。他望着夏棠，过了好一会儿，才说：“温昊是校篮球队的队长，很多女孩子追他……”

他这“介绍”，让夏棠莫名其妙，夏棠一扁嘴，说：“我才不信，有追你的女孩那么多？不是传说都排到云顶学院外面了吗？”

沈靖飞顿时脸红了，夏棠也是冲口而出，说完了又觉得不好意思了。

沈靖飞咳了一声，说：“我那么说的意思，是因为，有女孩子追他，所以讨好温昊，温昊去实验室找她，她也没有特别遵守实验室的规定，让他进了实验室。”

夏棠面色凝重地点了点头，也不再跟沈靖飞开玩笑了：“明白了，他就是这样得到了剧毒药品……不过，他用在了自己身上，这是不是有点太扯？”

沈靖飞呆了一下，明显地，他还没有想过这个问题，他笑了一笑，说：“我可也没有说，他是自杀的呀。”

夏棠问：“确定是在哪个女生那里丢的吗？”

“确定。”沈靖飞说，“三堂会审呢，就算她是个石头人，都能叫她开口！”

弄丢了药品的女生，叫董薇薇。她长得挺普通的，这时候知道出了大事，就只会哭哭哭，坐在那里哭个不停，警方和校长想问她的话，都问不出个所以然来。

最后，化学系那个严厉的郭教授终于毛了，用力一拍桌子，吼道：“哭什么哭？最多就是个处分，我们还能拿你这个小女生怎么样？哭什么？我还没哭呢！因为你这愚蠢之极的疏忽，不对，就是玩忽职守，我还要替你担着！”

董薇薇终于止了哭，可怜巴巴地抬起头，看看这个，看看那个。

“是我的错，我那天不应该让他进实验室的。他……他说刚打完篮球，热得不行，想喝杯水，我就出去给他倒了……”

郭教授又一拍桌子，手指头就差戳到董薇薇脸上去了：“你还好意思说！你这个死丫头！我还以为你靠谱，结果，结果你就这样报答我？”

董薇薇又哭了起来，断断续续地说：“我真的不知道……我也没有注意到，氰化钾少了一点……郭教授您知道，那个，致死的量，只需要五十克……我当时没有去称……”

郭教授拍案而起：“五十克？！五十克？！你知道五十克是个什么概念吗？！你的书都读到狗肚子里去了？既然知道，你还敢把一个外人单独留在这里，你还敢把他一个人放在这里，给他去偷东西的机会！”

看他的样子，真是想把董薇薇给暴打一顿了。

不过，这件事情，就算确实是董薇薇的责任，她毕竟是个学生，最多也如郭教授说的，给个处分。温昊来偷这种药，肯定是早有准备的，总会得手的。不过，正如沈靖飞所说，偷这毒药干什么？为了自杀吗？

要自杀，直接把那药吞下去就是了，哪用得着这么麻烦。

不，温昊肯定是被人谋杀的，但是，为什么呢？

那天晚上，夏棠躺在床上，一直睡不着。她想把这两天发生的事，好好地理一下。

地图是有人调换了无疑，但是甘雁已死，实在是没有可能再去搞清楚，是谁买通她的。这个人既然下毒手杀了甘雁，也就绝不可能留下什么线索让人来抓，虽然警方在做这方面的调查，但是夏棠觉得，应该不会有什么大发现。

既然要冒这么大的风险去杀甘雁换地图，那所有的目的，就在于地图上错目标藏宝地点。在最后一刻把地图换到他们手里，就是因为那时候已经上了青岭，没有手机信号，即便是大家心里有疑问，也没办法再打电话回学院问了。

就是为了让他们去那A、B、C、D、E、F、G、H的藏宝点。

究竟那些地方，埋着什么秘密？夏棠大部分都去了，她觉得，就是些破窑洞或者是山洞，什么特别的都没有，考古系的基地，如此而已。事实上，早已没有什么可挖的，能挖的都已经挖了，更多的是给学生们“实习”而已。

地质系这次居然能找到个大紫水晶原矿，也够让人惊奇了。当然，这一点，也是可以理解的，因为考古系基本上都在半山腰以下活动，而矿石基本上都在靠近山顶的地方，这是由水晶原石的特点决定的。

反正，考古系和地质系，都跟这次事件有千丝万缕的关联，谁都脱不了干系。

夏棠又想到了孔敬眼镜片后面那双闪耀着奇怪的光芒的眼睛。是，夏棠是相信，孔敬不像是个杀人凶手，但是，他知道的，肯定比他愿意说的要多。

夏棠疲倦地闭上了眼睛。她只希望，今天晚上，不要再做那个梦了。宁愿做噩梦，梦见尸体都可以，也不要一直一直地重复那个梦。她已经觉得很烦躁了，烦躁得一向睡眠不错的她，都有点害怕睡觉了。

要不，想想沈靖飞吧！沈靖飞的突然回来，让她有点意外，又好像是在情理之中的。

夏棠真的挺高兴的，她最介意的，反而是——这一回，她的形象，已经在沈靖飞的面前给丢光了。她一直精心维护着的美丽又高傲的形象啊！

一想到沈靖飞，夏棠又想到她的哥哥夏芾。

夏芾在这件事上的表现，实在是太奇怪了，奇怪得连最信任他的夏棠，都不由得心生疑虑。

星期一，平静地过去了。学院里很安静，毕竟嘛，那事情，也不是发生在云顶学院之内的。学生们会偷偷地议论，但是，离引起大家的恐慌还差得很远。

也难怪啊，夏棠漠然地记了起来，就在去年，枫红祭死了人，不，是那么多年的枫红祭，云顶学院都一直在不间断地死人，对大家，不也没有多少影响吗？

云顶学院，是个那么巨型的存在，仿佛它就是一个独立的王国，来到这里的人，都要遵守它的规则。久而久之，人都被同化在其中了。

夏棠叹了一口气。她抱着手里的几本书，在犹豫着，是直接回宿舍呢，还是去馨园散步呢？

最后，她选择了去散步。

对馨园，她的好奇心日益增加。

这一回，她在馨园那株茂盛到极点的九重葛前面看到苏致锦的时候，不知道为什么，夏棠一点都没有感到惊奇，仿佛，这是十分顺理成章的事。

苏致锦比之前她看到在山上的时候，好不到哪里去，仍然苍白，眼底下有淡淡的青色，显然是没休息好的样子，可是，苏致锦这么看起来，却很好看，出奇的清秀，皮肤是浅淡的瓷器一般的颜色。

尤其是，被后面带着夕阳的艳光一般的九重葛衬着，他的脸都几乎是在反光了。

他看到夏棠，也并没有惊讶的表示，只是淡淡地说了一句："你来了。你好像也很喜欢这个地方，是吗？可是，馨园，并不是散步的好地方。"

夏棠忍了忍，但还是忍不住问了出来："为什么？你为什么这么说？"

苏致锦只是淡淡地笑，不置可否。夏棠拿出了那个印满了紫色花朵的布袋子，举了起来，说："他们说，这是你设计的，是吗？"

"是。"苏致锦只看了一眼，就十分干脆地承认了，"就是拿九重葛做原型，设计出来的。挺好看的，不是吗？"

夏棠满腹疑问地看着他。她知道，这个苏致锦心里肯定有很多秘密，不过，他杀过人吗？看他那么文文弱弱的样子，老实说，夏棠不是特别相信。

"你看着我的眼神，实在是很古怪啊。"苏致锦笑着说，"夏棠，你是不是觉得，我是一个杀人凶手？常雨一定跟你讲过那个故事了？"

夏棠点了点头："那是真的吗？"

苏致锦又笑。他笑得云淡风轻的："你们觉得是真的，那就是真的吧。我有什么好在乎的？反正，又没有证据，是不是？"

他朝夏棠走近了一步。他的笑，有点古怪，眼睛却闪闪发光，一瞬间，夏棠居然有点害怕。

"你一个人在这里，你就不害怕？说不定，我会把你也杀了，然后……"他回头一指，"把你埋在这九重葛下面。然后，每一年，这花就开得愈来愈鲜艳了，它们会从你的身上，吸收养分……你这么漂亮，夏棠，吃着你的血肉，开出来的花，那得多美啊，不是吗？”

他朝夏棠伸出了手来，脸上仍然带着那个古怪的笑。他的手也很美，白皙，五指修长，可是，看在夏棠眼里，却是真吓着了。她猛地往后一退，苏致锦却一伸手，牢牢地抓住了她的胳臂。

“你干吗要跑？你怕了？我以为，你天天对着腐烂的尸体，把那些尸体剖开，器官一样样地摘下，已经什么都不会害怕了呢。你哥哥为什么同意你做法医呢？你这么美丽,为什么非要去干那么吓人的职业呢？”

夏棠有点恐惧地发现，不管苏致锦怎么看起来文弱，他仍然是个男孩子，男女之间天然的体力差别，是绝对存在的。她想把苏致锦甩开，可是，苏致锦抓着她手臂的手，就像铁钳一样，她怎么也挣不开。

原本，他们是站在离九重葛两三米的地方在说话的。这时候，苏致锦拖着她，一直把她拖到了九重葛的花旁边。那些花，密密麻麻的，从夏棠细嫩的脸上擦过。

“夏棠，我真的很奇怪，你为什么会对九重葛这么感兴趣？别告诉我，是你的直觉？你就没有想过，把这花拔起来，对，连根拔起来，看一看，在下面埋着什么，才会让它开得这么反常的艳丽？”

苏致锦的脸，跟夏棠已经相隔很近了。夏棠恐惧地觉得，这时候的苏致锦，已经不太正常了，他的眼睛亮得吓人，脸色也是潮红的。夏棠也发现，苏致锦抓着她的手，太过于烫了，都快烧着她的皮肤了。

“你……你还在发烧。”夏棠最后挤出了这么一句，“你应该去看看病，检查一下。你一直发烧，这么烧法，不太正常的。”

苏致锦盯着她，看了半天，最后放开了她：“你还真是善良，会为别人着想。”

“你在干什么！放开她！”

沈靖飞的声音在不远处响了起来，他的声音里，满是愤怒。他奔了过来，伸手一带，苏致锦就被他摔开了，摔进了那九重葛的花幕里。这还是夏棠第一回看到沈靖飞出手，眼睛都直了，看到沈靖飞还想动手，忙抱住了他的手臂。

“别，别！他没对我怎么样，你别冲动！”

沈靖飞问：“你没事吧？”

夏棠一个劲摇头：“没事！没事！真的没事，不信你看！我没事，真没事！”

摔在花幕里的苏致锦，突然笑了起来。他的笑声很低，很清晰，但听在夏棠耳里，尤其是，这时候天已经全黑了，她觉得简直像是鬼片里面的冤死的鬼出来吓人时发出的笑声。她被笑得毛骨悚然。

沈靖飞怒吼了起来：“有话就说，在这里装神弄鬼做什么！”

“说得好。”苏致锦抬起了头来，他苍白秀气的脸，露在花幕之中，“这里本来就有鬼，而且是冤死了好久了，血肉都化成了花了吧？”

夏棠怔怔地看着他。苏致锦声音里那股强烈到不加掩饰的恨意，让她相当的震惊。

沈靖飞这时候，倒是镇定下来了，他很平静地说：“苏致锦，你仍然活在过去。宝锦的死，只是个意外，你却仍然记着。”

“宝锦”，这个名字，夏棠第一次听到，是自夏芾的口中。

这时候，当这两个名字放在一起的时候，夏棠总算是明白了。

苏宝锦，苏致锦，还有比这更像兄妹或者姐弟的名字吗？

夏棠盯着苏致锦，想听他解释。

苏致锦淡淡地笑了笑，他伸手拂开了遮在自己头顶上的重重的九重葛。这花，有一点像迎春花，可是，迎春清新淡雅，花也是小小的，这花却浓艳得像一片聚起来的云，开得密的时候，连叶子都看不到一片。

苏致锦的脸，衬着这花，居然有股无法形容的凄艳。是，用这个词来形容一个男生，不太恰当，可是，夏棠的感觉，就是这样。

“真是意外吗？我如果不记得，难道应该遗忘吗？那是我最亲的亲人啊！”苏致锦一字字地，迸出了这句话。

沈靖飞恼怒地说：“我都说了，那是意外，意外！你非要到这个云顶学院，你非要来！你自己看看，又惹出了多少事情来？”

夏棠吃了一惊。这时候，她才发现，沈靖飞是认识苏致锦的。她的惊讶，并没有逃过苏致锦的眼睛。

苏致锦对着她，笑了一笑。这一笑，却真的很美，眉梢眼角，都有点夕阳的残艳在里面。

“不明白？去问你的好哥哥吧。你以为，他为什么要跟着我们一起上青岭？你以为他就是担心你吗？你了解你的哥哥多少，夏棠？嗯？”

“你给我闭嘴！”沈靖飞更恼怒地吼了起来，“你少在这里挑拨离间！你敢挑拨他们兄妹的感情，我会让你好看的！”

沈靖飞一向都算绅士的，居然冒出了这么句话，夏棠就算是在这个时候，也觉得挺想笑的。

“我挑拨？”苏致锦冷冷地说，“你自然是帮着夏芾的，我还不知道了？不然，你这时候回国做什么？还不就是为了这事？”

沈靖飞不再说话，他拖着夏棠，就往馨园外面走。夏棠被他抓得紧紧的，想停下来都不行，几乎是一溜小跑的。

苏致锦看着他们，只是微笑，突然，他扬起声音，说：“沈靖飞，你一向总是说，你尊重人的生命。可是，你为一个夏芾，就视宝锦的生命于无物吗？”

这句话，总算是让沈靖飞停了下来，他已经拉着夏棠走到馨园门口了。夏棠偷眼看了一下沈靖飞的脸色，沈靖飞的表情实在是阴沉极了。

他放开了夏棠，一步步地走了回去。

“好，苏致锦。我知道，你一直认定，宝锦的死跟夏芾有很大的关系，或者，你根本就认为，是夏芾害死她的。我也知道，你相信，就在这里——”沈靖飞指着那九重葛，“在这下面，埋着苏宝锦的尸体。好，既然你这么固执，固执到这个地步，我就成全你！

“明天，我就想办法让人来挖，把这九重葛铲掉，挖开它的根。看一看，究竟是不是因为苏宝锦的尸体，才让九重葛开得这么艳？”

他这一席话，说得几乎没有停顿。夏棠眨着眼，在努力地消化沈靖飞的话。苏致锦却笑了，他的头往后仰了下去，那些浓艳的花，就那么拂在他的脸上，像是纱，紫红色的纱，搭在他的身上。

“很好，沈靖飞。我就等你这句话。明天晚上——我在这里，等你。你可不要失约哦，夏棠，你当见证，好不好？”

夏棠看看这个，又看看那个，她已经莫名其妙到了极点了。

沈靖飞大声说：“跟她没有关系，为什么要她到场？”

夏棠举起了一只手：“好，我来，没有问题。我对尸体感兴趣——如果真的有尸体的话。”

沈靖飞深吸了一口气，他想说话，但想了一想，又吞了回去。他是领教过夏棠的脾气的，劝也是劝不住的。

“好了，棠儿，我们走吧，别跟他说了。”沈靖飞继续拉着夏棠的手往外走，

两人刚走出馨园没多远，就碰上了迎面而来的查妙琪。查妙琪仍然背着她的大画板，穿着条紫色的大摆裙，披着一头长卷发，悠悠闲闲地晃过来了。

她一看到沈靖飞和夏棠，就“哇”的一声，叫了起来：“你们这是在干什么？啊？怎么都没有人告诉我啊？我消息又不灵通了吗？”

沈靖飞低头一看，自己还拉着夏棠的手，赶忙放开了：“妙琪，你胡说什么。没，没那回事，你可别乱想。”

查妙琪捂着嘴，笑得花枝乱颤：“这有什么好否认的嘛！你们天生一对，哪里不好了？放心，有人敢在背后捅刀子，我替棠儿挡着！”

夏棠翻了个白眼，懒得跟她多说。

查妙琪朝他们挥了挥手，说：“你们慢慢聊，我去画画去喽！”

“这么晚了，你还画画？”夏棠说，“我们一起回宿舍吧！”

查妙琪回过头，对他们抛下了一朵笑容：“我才不要当电灯泡呢，我才不会这么不识趣。走啦走啦，不打扰你们了！”

查妙琪总算是走了。

沈靖飞认真地对夏棠说了一句:“苏致锦的事，跟你无关，他说的话，你别真当回事。他这个人，一直都是这样，有点怪怪的，心眼特别多。”

“你说得倒是容易。”夏棠有点茫然地笑了笑，“事关我的哥哥，我难道就真的不会有疑惑吗？”

“你可以怀疑任何人，但是不能怀疑夏芾。”沈靖飞更认真地说，“他绝对不是那样的人，你应该了解他。”

夏棠轻轻地笑了一下，说:“小沈，我觉得，你好像比我更了解他呢。”

沈靖飞被她这话，说得怔了一怔：“棠儿，我们家，原本就跟你伯伯家是世交，我跟你哥哥，从小就认识，所以很熟。”

这话说得夏棠更莫名其妙了：“不可能吧？跟我们家是世交？那我怎么从来都没有见过你呢？这不可能吧？”

沈靖飞低下了头，不看她。夏棠也不知道，他到底在想些什么。

过了好一会儿，沈靖飞才说：“反正，棠儿，你别听苏致锦胡说八道。他姐姐的失踪确实很离奇，他就只有这个姐姐，姐弟俩相依为命，他对这事情特别敏感，所以会胡思乱想，甚至怀疑到夏芾身上去。你别当回事，这件事，迟早会搞清楚的。”

夏棠注视着他，没有再说什么。她知道，再问什么，沈靖飞也不会说的。

什么都瞒着自己。

大家都一样。

九重葛下的“人”

沈靖飞究竟是怎么申请去把馨园给挖开的，夏棠并不知道，就像她从来也没真正搞清楚过沈靖飞的身份来历一样。

他是云顶学院的大三学生，每年有一半以上的时间都在国外的学院当交换生，是新闻社的社长（挂名的，当然有时候他也会干点活，或者出来“装装门面”，比如去年枫红祭的时候）。反正，不管怎么样，第二天傍晚的时候，夏棠收到了沈靖飞的消息，让她到馨园来。

夏棠和喻林霖一起过去了。

这天太阳蛮大，都有一点不像春天而像夏天了。夏棠穿着件很轻薄的纱纱裙，七分的大袖子，橘红色，她看起来，漂亮得就像朵海棠花，明眸皓齿。喻林霖在查妙琪的强迫下，继续穿着她的手绘T恤和短裤，一双晒成古铜色的长腿露在外面，修长又健康。

沈靖飞站在那九重葛前面，看到夏棠和喻林霖，他回过头来。他的脸色凝重，一点平时爱笑的样子都没有了，夏棠看着他，觉得好奇怪，沈靖飞好像一下子，就年纪长了几岁一样，老成多了。

“棠儿、林霖，你们都来了。想看一看吗？究竟苏致锦说的，是不是真的？”

苏致锦就在不远处，他仍然苍白秀气，只是一双乌黑的瞳仁，跟平时的淡然不一样了，焦灼，燃烧。

夏棠有点怀疑，这个苏致锦是不是一直发烧就没有好，他现在看起来，都像是在发烧的样子，脸上不自然地发着红。

云顶学院有几座建筑正在施工，沈靖飞请了几个工人过来帮忙。这九重葛长的地方，并非是应该长花的地方，下面都是青石板，这花是硬生生地从青石板破损的间隙里长出来并扩散的。

所以，首先就要把脚下的青石板给撬开。建筑工地上，这样简单粗暴的工具有的是。

夏棠听着那“碰碰碰”的砸碎石板的声音，她开始觉得焦躁了。看着那青石板一块块地崩裂开来，慢慢地，露出了下面的泥地。

喻林霖走上前了一步，她的浓眉皱在一起：“这里的路，铺得真奇怪，垫这么些乱七八糟的塑料布干什么？”

两个工人一起把那层垫着的塑料布给掀开，扔在一边，然后就抡起锄头，挖下面的泥。

这一来，那九重葛，就不得不被连根给铲起来了。

夏棠发出了很遗憾的轻轻一声叹息。那九重葛，长了那么多年，几乎年年都开花，开得那么艳丽，是这馨园的青绿之中，抢人眼球的一抹亮色。现在，就这样，被连根铲了起来，抛到一边，花枝都从中折断了，紫红色的花，散了一地。

这下面的土，其实挺松的，夏棠看他们挖起来，并不吃力。又下去了几锄头，一个工人忽然叫了起来：“快来看！”

所有人都“唰”一下，拥了过去。

果然，是挖到了什么东西。是用塑料布给紧紧地裹住的。沈靖飞的表情，也有些错愕，看样子，他是真没想到会有所收获。

沈靖飞抢过了锄头，他下手的时候，虽然用力，但很小心。夏棠明白，他是怕工人们一不小心，损伤了下面埋着的东西。他把那一片土给全挖开了，夏棠再看一眼，就完全没有疑问了。

那是一具尸体，用塑料薄膜紧紧地缠着，这是很常见的一种保存尸体的方式，夏棠记得，上一次她见过的同样的尸体，是一个男人把他的妻子杀死后，藏在了墙壁里面，用塑料薄膜紧紧缠住尸体，可以推迟尸体的腐烂。因为这些年，恐怖电影拍得太多，把尸体藏墙里，实在已经不是什么新鲜事了。

沈靖飞弯下腰，拂去了尸体面部的泥土。

虽然经过塑料布的重重包裹，但是从身形看来，并不是个女性。夏棠本来心里已经信了苏致锦的话——九重葛下埋着他的姐姐，因为苏致锦实在是太过于坚持这一点了，但是，她看到尸体的第一眼，就松了一口气。

那是具男尸，而且身材十分高大。

看到男尸的脸的时候，苏致锦发出了一声惊呼。

他看起来，完全没办法掩饰自己内心的惊讶了，他脱口叫了一声："任也？！"

任也？不就是常雨说的，被苏致锦从山崖上推下去，连尸体都没有找到的考古系的学生？！

沈靖飞侧过了头，他微微眯起了眼睛，打量着苏致锦，苏致锦的表情，真是惊愕到极点的，微张着嘴，呆呆地看着任也的尸体。

"哦，苏致锦，真是太有意思了！你说这九重葛的下面，可能藏着你姐姐的尸体，结果，挖出来的却是任也的尸体。你有什么想对我们说的吗？你能再对我说一遍吗？那天晚上，任也是怎么摔下山崖的？他的尸体，怎么会出现在云顶学院的馨园里面？"

夏棠的注意力，全都在任也的尸体上面了。她闻到一股刺鼻的味道，这尸体，是很小心地做过防腐措施的，福尔马林之类的药物，能用的全部用上了。不过，尸体的样子，让夏棠皱起了眉，弯下腰仔细去看。

夏棠突然有点歇斯底里地笑了起来。她很少这么笑法，笑得沈靖飞和喻林霖，都奇怪地对着她看。

“真有趣，实在是太有趣了。”夏棠指着任也的尸体，笑着说，“对不起，我知道我不应该这么说，可是，我真的觉得太有趣了。你们看，他就跟埃及古墓里面的尸体一样，简直像是被做成木乃伊了！内脏器官什么的，都是被掏空了的！我们一般验尸，内脏器官会摘出来，但是最后还是会还回去缝合好的。可这尸体，完全不一样啊，谁会做这么‘专业’的事呢？”

喻林霖冲口而出：“考古系的学生？！”

这个推测，可以说，是极其合理的。苏致锦却仍然像是没听到一样，他的样子，是震惊极了，周围的一切，他现在都像是没有听到一样。

沈靖飞问身边的工人：“一年之前，这个馨园，整修过吗？”

吓得面如土色的工人，点了点头：“对，因为这馨园里面青苔很多，走路打滑，有个学生在这里跌倒骨折了，所以，学院就决定，把里面的路，全部铺上青石板。以前，只有主道是青石板，这些角落，就没有铺。”

喻林霖说：“所以，那个谋杀者，就趁这个机会，把任也的尸体埋在了下面？青石板路一铺好，就再也不会有人想来挖开，这尸体就不会被发现了！”

夏棠笑了：“然后再种上一株九重葛？”

沈靖飞让那几个张皇失措的工人先离开，然后蹲下身，看着还半跪在地上仔细察看尸体的夏棠。

“还有什么发现吗？”

“还有一点。”夏棠说，“他是被分过尸的，分成了三段。头，上半身，下半身。我猜想，是为了方便地搬到这里来。一个大型的登山包，分两次，就完全可以做到这一点了。这个任也，他很高，有一米八吧，要把整具尸体从那么远的地方搬过来，可不容易，所以，杀他的人，想到了这个方法。”

她抬起头，望着苏致锦：“然后，再简单地把他的尸体缝合起来，并进行防腐的措施，再——偷偷地埋在这下面……”

苏致锦一手紧紧抓着花枝，那九重葛的花，都被他给捏碎了。苏致锦脸色惨白，两眼直直地盯着地上的尸体。看样子，他的震惊，真不是假装的。

夏棠更好奇地看着他了。苏致锦一直坚信，这下面埋的是苏宝锦，现在看来，确实，苏致锦的猜测是错了。

开得过于妖艳的花下面，往往埋藏着尸体。

是的，可是，这花开得妖丽，并不是因为苏宝锦。

苏致锦忽然一转身，跑了。他跑得很快，就好像是有非常恐怖的东西在追着他一样，转眼就跑出了馨园，不见了。

“不打算通知警方吗？”喻林霖问，“他可是嫌疑人啊。现在，总算是有了尸体这个最大的‘物证’了，说不定，能找到苏致锦杀任也的证据呢。”

“我知道。”沈靖飞若有所思地说，“不过，就算他是凶手，移尸的也不是他。他很惊愕，这一点，我不怀疑，他不知道这下面的是任也。他大概真以为是他姐姐苏宝锦。”

夏棠问道：“究竟这个苏宝锦是怎么回事？现在，既然挖出来的尸体不是苏宝锦，可以说一说她的情况了吧？”

沈靖飞叹了一口气：“她是你哥哥以前的女朋友。”

夏棠再也顾不得形象了，她的嘴张成了一个圆滚滚的“O”字形。

她对夏芾的私生活一向不会特别关心，夏芾也不会特别对她说。本来嘛，她哥要交女朋友也是非常正常的事，夏棠几乎从来没有见过夏芾的女友，夏芾不是会带女朋友回夏家的人，更何况，夏棠自己也是很忙的。

这是好几年前的事了。

苏宝锦也是考古系的，她主攻的方向是各个朝代的各种服装首饰，通俗点说就是古代人用的绫罗绸缎和珠宝，以及上面的各种图案花纹。夏棠记得，苏致锦也曾经说过，她用的那个海棠花小手袋，上面的扣子样式不太吉利。所以，苏宝锦姐弟俩，学的是差不多的。

夏芾是学院的特聘教授，有时候，会在学院讲课。苏宝锦究竟是怎么跟夏芾交往的，这一点，估计只有他们自己才知道。不过，苏宝锦如果真漂亮到那个地步，至少外表跟夏芾是相配的。

夏棠咕哝地说："我哥一点都没告诉过我。我伯伯伯母肯定都不知道。"

"只是交往而已。"沈靖飞耐心地说，"如果每个交往的对象都要带回家，那你伯伯伯母不烦死吗？而且，我不觉得夏芾动过跟苏宝锦结婚的心思，夏家肯定会找个门当户对的女孩子，苏宝锦家境很不好。"

喻林霖在旁边叫了起来："小沈，你不至于也这么嫌贫爱富吧！"

"我不是这个意思！"沈靖飞也叫了起来，"我当然不是这种人！问题是，我不是这种人，夏芾是这种人啊！"

夏棠无语。沈靖飞这个解释，简直是此地无银三百两："家境不好？不好到什么程度？夏家又不缺钱，她再家境不好，也没关系啊！"

"我就跟你说实话吧。"沈靖飞犹豫了半天，才说："我说的不好，是指这个苏家，十分的不清白。苏宝锦的父亲，本来也是个事业有成的人，后来监守自盗。他们的妈妈，是个大美人，她……她把她丈夫杀了，然后自杀了。"

他又尴尬地说："她丈夫监守自盗，是为了跟别的女人私奔，她完全受不了这个打击。苏家姐弟，是在亲戚家长大的，从小日子就很苦。"

喻林霖想了一会儿："你说的这案子，我好像有印象。我好像看过以前的旧报纸，上面登过这新闻，当时闹得很轰动，是不是？"

"是啊。"沈靖飞说，"太轰动了，这案子把所有抓人眼球的元素都集齐了，媒体还能不大肆渲染报道吗？他们姐弟，也是真的蛮惨的。"

夏棠想着苏致锦，那个孤僻冷淡的身影，又出现在她的脑海里。

"即使如此，也只是他们的父母。苏致锦和他姐姐，并没有什么错啊，他们也是受害者啊，我更应该同情他们才是，有什么不门当户对的？"

喻林霖哧的一声笑："棠儿，你真是又天真又善良。你是法医，也懂一些犯罪心理学，你应该知道，犯罪的因子，还真是遗传性很强，尤其是这种比较极端的罪犯。我就不相信，苏致锦他们姐弟，会没受到他们父母的影响，绝不可能。"

这一点，夏棠不得不承认，但她还是嘴硬地说："这个，也不绝对吧？只有说，有一定的概率而已。"

喻林霖好奇地看着她："你对苏致锦印象不错啊，为什么？"

为什么？这连夏棠自己都没想过，夏棠又问："究竟苏宝锦是怎么失踪的？"

沈靖飞说："也是在青岭，一次普通的考古实习，本来，跟平时没有什么不同。唯一不同的，就是苏宝锦再也没有回来。"

夏棠瞪大了眼睛。又是青岭。

"没有人知道在她身上发生了什么事。"沈靖飞望着夏棠，说，"她就像是突然从这个世界上消失了一样，没有尸体，没有线索，什么都没有。"

夏棠喃喃地说："如果是这样，苏致锦怀疑他姐姐是被人杀害的，完全说得过去啊。可是，这跟我哥真有关系吗？总不成，你们真怀疑是我哥杀了她？"

喻林霖咳了一声："棠儿，有件事，我没有告诉你。"

夏棠回头瞪她："什么事？！你们当我好欺负啊，啥事都瞒着我？你可别告诉我，这件事，又跟宋诗言那事一样，你也是苏宝锦的朋友？"

"当然不是。"喻林霖苦巴巴地说，"怎么可能，我怎么可能谁都认识嘛！而且，苏宝锦跟我，完全不是同一挂的人嘛！"

夏棠怔了一下："那是怎么回事？你倒是说呀！"

"还能是怎么回事，是你哥啊。"喻林霖更无奈了，"是他要我约你的，要把你一起叫去参加这个'寻宝活动'。我也很莫名其妙的，对，我对苏致锦的事感兴趣，因为那就是发生在去年的事，我有仔细看过当时的案情。我压根儿没有往他姐姐身上想！”

夏棠瞠目结舌：“我哥？他叫你约我一起的？”

“对啊！”喻林霖一摊手，“我也不知道原因啊！我还以为，他是觉得你一天闷在手术室里面，叫你出去踏踏青，他话也是这么说的嘛！而且，我本来就是打算参加寻宝活动的，我也确实需要一个伴嘛！我看到他也来了，我才知道，事情不那么简单的，我至今都还不知道他要我叫你的原因！”

夏棠闭上了嘴。她在那里站了至少一分钟，然后跑了开去，一直跑到了一个最安静的角落，才拿出手机打电话。

“哥，告诉我，这是怎么回事？这皮球，最后还是踢回到你这里来了！”

夏芾似乎早知道她会打电话过来追问原委。他的回答，来得很迅速，也出奇的平静。

“那一回，我是陪苏宝锦一起去他们的一次考古实习。她是领队，就在那次实习中，她消失了。我不知道她是死了，还是怎么样了，反正，她就像是从这个世界上消失了一样。而这一回，不知道是谁，给了我一个信息，说苏宝锦会重新出现在青岭。我很奇怪，就去了，现在看来，这个人，是想要好些人都去的，并不止我一个人。”

他听夏棠没有回答，问：“棠儿，你在想什么？你不会真怀疑我跟苏宝锦的死有关吧？”

“当然不。”夏棠说，“可是，你肯定对她的死——不管是死，还是消失，都有疑虑，是吧？”

夏芾在电话那头，笑了一声：“是啊，我当然奇怪，一个人，怎么会就这样凭空消失？不过，棠儿，你应该很明白，在这个世界上，尸体是很难被彻底销毁的，总会在某个特定的时刻，以某种让人意想不到的方式，出现在人们的面前。我本来是认为，这一次去青岭，我们会发现她的尸体的，然而，却没有。”

这一点，夏棠不得不表示同意。要销毁尸体，也就是所谓的“毁尸灭迹”，比一般人想的，要难得多。

而现在，ＤＮＡ技术已经相当完善了，如果想要用别的尸体来蒙混过关，在现代科技的帮助下，基本上是不可能的。对于身份有疑问的尸体，验ＤＮＡ可以说是必需的。

好了，这下子，问题就来了，尸体，还真是不好解决的事。碎尸是件伤时费神的事，用化学药品来销毁比碎尸更不可靠，因为这些药物，能得到的途径实在是太少了，大多数一查就能找到了。

“哥，你是不是在怀疑，苏宝锦并没有死？”夏棠问，“我听起来，沈靖飞也是不相信九重葛下面真埋着尸体的，也就是说，他也认为苏宝锦没有死。”

夏芾在电话那头，又笑了：“相信我，棠儿，一个人要隐姓埋名，会比起销毁尸体，容易得多。”

夏棠咀嚼着他的话：“哥，你是不是有什么原因，才怀疑苏宝锦并不是死，只是悄悄跑了，一直没有出现？”

“我这么说，肯定是有原因的。”夏芾淡淡地说，“我一直都忙，跟宝锦见面其实都不多。她非要拖我去青岭，都差不多是强迫要我去了。我后来回想起来，都觉得有点怀疑，她是不是有意要我们这些人，都当见证？见证她突然从这个世界上消失？这个问题，还真是困扰了我好几年。所以，这一次，我去了，而且我带上了你。”

夏棠怔怔地问：“为什么要带上我？我不明白，这跟我一点关系都没有啊。”

“你不去，我有什么理由去？”夏芾反问她。

夏棠倒是完全没有想到这一层，也对，否则，夏芾去，太奇怪了，要说是陪她去，还算说得过去。

“还有个原因，因为你是专业法医，我希望你能在第一时间看看尸体。”夏芾又笑了一声，说，“结果，尸体是找到了，却不是苏宝锦，我还真没想到。”

“原来你老是在树林里面晃，就是在找她啊。”夏棠这一次，总算是明白了，“我还以为……”

“我还莫名其妙被林霖怀疑呢。”夏芾笑着说，“不过，她怀疑也难怪了，毕竟，是我叫她约你去的。”

他又沉默了好一阵，才说：“其实，我跟苏宝锦，也是因为她缠着我，追得比较紧，就交往了半年左右吧，时间不长，感情也说不上多深。沈靖飞那时候就说，叫我别跟她交往，她的家庭很有问题，恐怕会惹麻烦。我不以为然，现在看来，他说的还真没错。不说别的，我跟她没交往几天，就惹上了这件事，我当时为了这个，不知道被问过几次话。那时候，她是我女友嘛，我也有动机啊。”

他的声音，忽然变得有点冷漠和讥嘲：“现在，我还真有点怀疑，苏宝锦跟我交往，是不是从一开始，就没安好心？她除了给我带来麻烦和困惑之外，就没有别的什么了。”

所以，夏芾提起苏宝锦的时候，相当的冷淡，而沈靖飞呢？沈靖飞也是有相当的敌意的，不过，他的敌意，是对苏宝锦还是苏致锦，就不得而知了。

“对了，棠儿。”夏芾又说，“你知道，宝锦这个名字，是什么意思吗？”

夏棠呆了一下：“什么意思？”

“有一次，苏宝锦告诉过我，她名字的由来。”夏芾慢慢地说，这一回，他的语调不再有嘲弄，却是带着点温柔的回忆了，“她说，她出生的时候，家里花园里的一株九重葛，开得非常灿烂。她妈妈就想用这花当她的名字，可是，三角梅，九重葛，好像都不太适合当名字。这花，还有一个名字，叫——宝巾。取这个谐音，就叫宝锦。”

“她说，她小的时候，家里是很幸福的，直到她父亲发生那件事……她的人生就被毁了，她就只有她弟弟一个亲人了，所以，我虽然对她的

‘失踪’疑虑重重，但是，就她一直没有联络她弟弟这个事实，我想，她可能是真的死了。”

夏棠这一次，是真怔住了。她还握着手机，那边的夏芾，已经挂断了电话。

三角梅。

九重葛。

苏宝锦。

苏致锦自然是知道他姐姐名字的来由的，所以，他对这九重葛，十分的介意。甚至过于在意了。

所以，秘密就在这个苏宝锦身上喽？这个跟自己一样，拿“花”来做名字的女孩子？她究竟是什么样子的人？

夏棠突然之间，充满了不可抑制的好奇。

王叔的话

“哪，这个就是苏宝锦！”

杜亚冰把笔记本推到了夏棠的面前。找数据搜集情报这种事，一向都是自称“计算机天才”的杜亚冰的事，当然了，她确实是天才少女，虽然她也稍微爱吹牛了一点。

夏棠望着笔记本上那个女孩子。苏宝锦跟她弟弟苏致锦长得像极了，都是秀气白皙的瓜子脸，纤细文弱的身材。有意思的是，这张照片上面，苏宝锦的背后，就是一大丛茂密的九重葛。她白皙的脸，好像也被这花给染上了一层艳光。

她嘴角似笑非笑的样子，跟苏致锦实在是很相像。

查妙琪趴在桌子上，看着那照片：“唉，看来我是不入你哥法眼了，你哥原来喜欢这种类型的女孩子啊，有点狐媚样哦。”

“原来你看上我哥了啊。”夏棠瞪了她一眼，“告诉你，没戏，你这样疯疯癫癫的，才不配我哥呢。”

查妙琪把嘴一撇：“我好歹也是出身书香门第！家学渊源！你就这么看不起我！你看你看，这个苏宝锦，爸爸不是个好东西，妈妈还是个杀人犯，你哥都不介意呢！”

“有这么比的吗？”喻林霖瞪了她一眼，“你在胡说些什么呀？”

只有喻林霖没对苏宝锦的照片发表意见，夏棠想，她肯定是已经看过了："林霖，你还有什么线索吗？"

"……哦，没什么。"喻林霖说，"只是想办法打听了一下当年的情况。"

喻林霖跟夏芾说的，大致相同，但是，喻林霖讲了不少细节，而夏芾，大概是很不愿意回忆这件事，所以说得非常简单。

那一次考古实习，就跟平时的没有什么两样，苏宝锦那时候已经是研究生了，经验丰富，他们这次实习本来就不是特别严肃的性质，所以也不是什么大事，所以，她把夏芾也叫上了。

还是去挖窑，上次某个窑里面，居然发现了一些水晶制成的古代饰物，这样的首饰在古代是很少见的，所以，苏宝锦一行人也十分有兴趣。

喻林霖看了看自己的记事本上面潦草地记着的一些东西。

"所有人都能证明，那天晚上，苏宝锦的行踪。她晚上有点感冒，就一个人待在了帐篷里面，夏芾去看过她，跟她说了几句话，弄了点吃的给她。注意，在这个时候，苏宝锦绝对是活着的，因为在之后，所有人都看到，她离开了帐篷，说要出去一下。"

杜亚冰一直在认真地听，这时候叫了起来："不对，她明明发烧生病了，为什么还要出去？夏大哥也应该拦住她啊！"

"夏大哥那时候正在帮她弄吃的！"喻林霖又看了一眼自己的手里的本子，"苏宝锦让他帮忙去热点东西。但是，你们注意，这时候，所有人都在，真的，都在。互相都可以做证，这是警方反复询问过多次的，不必有任何怀疑。"

然后，苏宝锦就失踪了。

她这一去，就没有回来，就像是从这个世界上消失了。

有一点值得注意的就是，她死的时候，跟任也的季节不同。任也死的季节，是水最丰富的夏天，尸体如果一下河，就会冲得没影了。而苏宝锦消失的时候，还是冬天，这时候，水少得不行，河床都露了出来，有些地方都是光秃秃的。

如果她是摔了下去，不可能找不到。

那一次，搜山都搜了无数回，十分彻底，能够想的办法都想了，稍微有一点点“掩埋”过东西的痕迹的地方，都掘地三尺。警犬也来了，却在山上团团乱转，最后又转到了山脚下，在那里叫着团团转，一副茫然的样子。

包括山脚的村民都来帮忙搜寻了，仍然一无所获。

这个苏宝锦，确实是“在空气里消失了”，连她的一根头发丝，都没有找到。

夏棠想，也难怪苏致锦耿耿于怀，这件事，实在是太诡异了。活要见人，死也要见尸啊，连她堂哥夏芾，心里也一直有个疑影吧，因为，苏宝锦总归是在他的面前消失的哪。

“别的人呢？”杜亚冰咬着一颗巧克力，问，“在场的别的人，还说过什么有用的话吗？”

喻林霖叹了一口气，说：“实在没有。大家都在营地做自己的事，有几个人在打牌，有人在研究资料，但是，大家都聚在一起，这一点是最重要的。大家互相做证，在苏宝锦消失的时候，没有任何人离开过！大家一起待到了半夜十二点！”

杜亚冰得意地提出了一种可能性：“也许是有人在十二点之后，把她杀了呢？”

“那么尸体呢？”喻林霖继续叹气，“你能告诉我，她的尸体在哪里吗？如果她死了的话？哦，我还忘了告诉你们一件事，那天晚上，因为冬天野狼出没，村子里以前出现过狼下来拖走鸡鸭的事，所以村子也有准备，轮流在值夜。山上下来的口子，都守着。你们说，连只狼都钻不过来，一个大活人，怎么能行呢？”

这么一说，这事情，确实就已经走入死路了。

夏棠手指绞着自己的一缕头发，说：“既然这事已经过去了，那现在为什么还会有人翻出来呢？”

这话自然没有人能回答她。

夏棠想了想，又说：“当时在场的人，还有没有现在能够联络得上的？”

“都毕业了，大都各奔东西了，还有在埃及挖墓的呢。”喻林霖又去看她的小本本，“也有在大英博物馆和别的地方工作的。哦，有一个，有一个留校的。他在考古系读博士，马上就要毕业了。”

夏棠问：“能找他谈谈吗？”

“没问题啊。”喻林霖古怪地看了她一眼，“你早就见过了啊，你也认识。”

夏棠瞪圆了眼睛：“谁啊？”

喻林霖说：“就是这次活动的负责人，孔敬。”

夏棠张开了嘴，又闭上。她轻轻地“哦”了一声，一时之间，似有所悟。孔敬，原来就是几年前那事情的证人中，唯一还留在云顶学院的人。

那么，是不是，他的心底，也有着跟夏芾相同的疑问？而这个疑问，数年以来，就像是不散的乌云，一直聚在他的头上？

会不会，孔敬就是真正的幕后策划者？

孔敬目前并不算忙，要找他很容易。他的论文已经完成，就等着博士答辩了。这一回，夏棠看他，要比上一次感觉顺眼多了，上一回，在喻林霖的怒喝声下，孔敬完全都快被她吼得缩到地上去了。

夏棠这才有机会重新好好地打量一下他。

是个长相平凡的人，但是有双聪慧的眼睛。不出众，但沉稳，有种让人信赖的感觉。

“哦，苏宝锦。”孔敬走到了窗前，他掀开了窗帘，眼神茫然地望着外面，“是啊，我对她还记得很清楚。她是我们考古系的系花，长得真是很美。追她的人很多，不过，她眼光高，一般人她是看不上的。”

他的语调里，带着点怪怪的味道。夏棠忍不住问："你也追过她？"

"没有，我是个有自知之明的人，我根本不是她看得上的。"孔敬自嘲地笑了一下，"我是个书呆子，读死书的书呆子，苏宝锦这样的女孩子,怎么会看得上我？她看上的,不就是你哥哥吗,院长的独生儿子？"

孔敬说得太直接了，倒让夏棠有些怔住了。

孔敬回过头，望着她："夏学妹，你可能不知道，宝锦她当年是怎么追你哥的，真是想尽了办法，不然，你哥恐怕不会跟她交往的。当然，也就是交往而已，夏院长是不可能同意的。"

喻林霖插嘴说："她不是很漂亮吗？"

"是啊，可是天下漂亮的女孩子那么多，宝锦再漂亮，她的家庭，她也无法选择啊。"孔敬叹了口气，说，"你们都还小，而且你们都是千金小姐，很多事，你们不懂的。"

夏棠和喻林霖都撇嘴，对孔敬这话，她们是绝对不赞成的。

孔敬看她们这表情，就说："我就跟你们明说吧，她啊，就是想攀高枝，不过，这也挺正常的，他们姐弟，从小被那些亲戚推来推去，日子是过得够惨的，总算进了云顶学院，也算是一个很好的跳板。"

夏棠问道："追她的人里面，就没有很有钱，她看得上的吗？"

"她看得上的，不仅是要有钱，还要家世好，还要本人好。"孔敬摊了摊手，"这些条件加起来，可就不容易了。所以，她才把注意力放在了你哥身上啊，而且，她平时很注意维持自己的形象，绝对不会随便跟人交往，只不过，我看得出来，她本质上，是个贪婪的女孩。"

喻林霖忍不住问："她弟弟呢？跟她一样吗？"

"不一样。"孔敬简单地说，"不过，她对她弟弟是真的好，那是她唯一的亲人。"

他叹了口气，又说："你们来找我，不是想问我那天晚上发生了什么事吗？"

看起来，他是愿意回忆那天晚上的事的。

夏棠有点紧张地问：“到底，那天晚上，就是她失踪那天，发生了什么？”

孔敬闭上了眼睛，仰靠在椅背上：“这就是最奇怪的地方，没有发生任何值得注意的事。这几年以来，我回想过很多次。我没有骗你们，我一直在回忆那天晚上的事，每个人的举动，每个人说的每一句话，所有的细节，我都在一一回想，可是，我真的没有想出来任何有价值的东西，没有，一点都没有。”

那天晚上，孔敬并没有参加牌局，四个人在打扑克牌，有两个在观战。孔敬在看书，还有个在查资料的。

夏芾本来在帐篷里陪着苏宝锦，孔敬是有听到他们说话的，他们本来声音也不小，说的也是平常的话，也没有想过要避人。

然后，夏芾就出来了，跟孔敬要了盒牛奶，在那里热。因为小小的酒精灯热牛奶很慢，花了大概十分钟。

帐篷离他们打牌的地方，有一段距离。

孔敬是亲眼看到苏宝锦离开的。

苏宝锦从帐篷里钻了出来，向树林的方向走。她走出来的时候，动作挺慢的，因为她有点发烧，人不太舒服，有点头重脚轻的样子，还一脚踩上了一大堆枯草，踩得嚓嚓的响。她还是穿着白天那套宽宽松松的亮黄色登山服，头发拢在帽子里，因为天冷，她怕吹着风了。

“她走的时候，跟你们打过招呼吗？”夏棠问道。

孔敬的眼睛，直直地盯着前方。他脸上那难解的表情，是困惑的。

“有，当然有。打牌的四个人里面，有一个正对着帐篷的方向，就叫了她一声。夏芾也听到了，他原来是背对着帐篷的，这时候也回头了，叫了一声，问她去哪里，怎么不待在帐篷里。我本来在看书，这时候也抬起头看了一眼。”

他讲得实在是太仔细了，每个细节都讲了出来，可想而知，这段记忆，在他的脑海里，反复地过了多少次。

孔敬抬头的时候，正好苏宝锦转过了头来，她笑了一笑，却摇了摇头，把手指放在嘴唇上，做了个“不要跟来”的表示。

“我们都认为她去树林是上厕所的，这种情况，当然是不会要别人跟去的。这是很正常的。”孔敬缓缓地说，“我们完全没有放在心上。树林就离这边不远，她对路也熟得很，我就继续低头看我的书了，打牌的又继续打牌。夏芾也继续热他的牛奶，因为风不小，酒精灯很容易熄灭，他的注意力都在那上面。”

他抬起头，疲倦地望着夏棠：“你不用担心，夏学妹，你的哥哥，绝对跟苏宝锦的失踪没有关系。我向你发誓，当时，我们所有人，全部都在一起。没有人有机会脱身离开去杀人的，绝不可能。”

夏芾热好了牛奶，这时候，已经过了十分钟左右了，可是，苏宝锦还没有回来。女孩子们，动作慢一点，是可能的。夏芾也并没有着急，还跟孔敬聊了几句，大约到了苏宝锦离开了二十分钟的时候，大家都开始觉得有点奇怪了。

夏芾叫了个观战的女生，然后和孔敬一起过去找。找了一圈，叫了半天，没有见着人，这边打牌的几个，看他们一直没回去，也跟着过来了。

接下来，他们就一直在一起，找失踪的苏宝锦的踪影。

“你的意思是说，还是有这么短短的一段时间，你们是分成两组行动的。”喻林霖听了孔敬的讲述，说，“是不是有一种可能，跟你们不在一起的，那几个打牌的人，他们把苏宝锦……”

“不可能。”孔敬立即打断了他的话头，“你们去过那里，也知道那里的地形。看看地图，如果她去了树林，是不可能不经过帐篷而回来的，根本没有路，绝对不可能。”

喻林霖和夏棠都在回想孔敬的描述。是的，孔敬说的是对的。但，这就又成了一个悖论了。

苏宝锦消失到哪里去了？

“我并没有说她死了。”孔敬平静地说，“之后，我向你们保证，我们全组人，一直在一起，就算你说可能有那么几分钟离开，去杀人，那，藏尸呢？谁能有机会藏尸？谁能有这个时间？不可能的，绝对不可能的。在她消失之后，我们就满山到处找，一直找到第二天凌晨。”

喻林霖静静地说：“那么，孔学长，你的意思是，她是失踪了。”

“这个也有疑问。”孔敬说，“山下的村民说得非常清楚，他们是十一点开始守夜的。我们算过，非常认真地算过，以苏宝锦的脚力，半个小时下山，是极限，绝对绝对是极限。这是黑夜里，她路再熟，也走不快。她必须在他们在山下设障碍之前，离开村子，至少需要四十五分钟，可是，她离开帐篷的时间，到十一点，只有二十分钟不到。她来不及的。”

他沉默了很久，又说：“当然，也可能是下面的村民有疏漏，让她找到机会溜走了。这个结论，我觉得更可信一点，因为，山上真的已经是搜遍了，真的没有找到她的尸体。既然没有尸体，她活着的可能性更大吧。”

说到这里，他的表情和声音，都变得十分茫然了。

“但是，为什么？这么些年，这个疑问，一直纠缠着我。我本来可以离开云顶学院，去别的地方工作的，可是，我本能地感觉到，这个秘密就藏在云顶学院，或者说，就在青岭。不把这件事弄清楚，我……我真的无法安心地离开……”

他的眼睛，恍惚地看着面前的几个女孩：“我有一种强烈的感觉，她有话要对我说。她就在我身边，我每次……每次走到青岭的时候，我仿佛……都能感觉到苏宝锦的存在。我每次走到山脚下，我都有种奇怪的感觉，好像我一回头，就会看到她站在我身后……但是，我每次回头的时候，除了那跟她名字一样，浓艳到妖丽的九重葛，我什么都看不到……”

九重葛。

夏棠定定地注视着神思恍惚的孔敬：“你知道，在九重葛下面，挖出了一具尸体吗？”

孔敬点了点头：“知道。但是，不是宝锦，是吧？她不在这里，如果她真的还在，她也在青岭，不在馨园。你们可以说我迷信，但是，我相信我的直觉。”

他这番话，让夏棠实在是有点难以理解。夏棠这么充满理性的人，她不相信这些感觉，即便是那个云顶学院的魅影，枫红传说中存在的魅影，他也并不是一个幽灵，他也是个实实在在的人，只不过，他疯狂地燃烧，甚至不在意把自己烧成灰烬，但他仍然是个活人，而孔敬说的，完全让她无法理解了。

不过，孔敬这么肯定地说，馨园九重葛下发现的尸体，并不是苏宝锦，难道他听到了什么消息了？

“有人告诉你了？”喻林霖在问了，“有人告诉你发现的尸体是谁了？”

“没有，这件事保密得很好。大家都知道发现了，却不知道发现的是谁。”孔敬问道，“你们能告诉我吗？”

夏棠真不明白，喻林霖怎么会告诉孔敬？这是应该保密的事啊，但是，喻林霖就是说了，而且说得很清楚，很明白。

“任也。”

这个名字一出口，孔敬就从椅子里直跳了起来。他原本一直还算镇静，最多也就是有点恍惚，可是，这时候，他完全变了一副样子，眼神非常古怪地看看这个，又看看那个。

“任也？你们说……任也？！去年死在青岭上，据说是掉落悬崖，连尸体都没有找到的任也？”

他的反应太大了，看样子一定知道什么内幕。喻林霖马上乘胜追击，她很得意自己的试探没有错。

“是啊，就是任也。怎么，看样子，你知道什么？”

孔敬双手捂着眼睛，倒回了椅子里。他喃喃地说：“果然他说的是真的。他不是喝多了，不是在做梦，不是看错了，果然……”

夏棠不耐烦了，大声问道：“谁说的是真的？谁啊？孔学长，你就不能说清楚嘛？”

孔敬放下了双手，注视着她们。

“我不是告诉过你们，可能有人进过我的办公室，偷走了地图的原版吗？我本来，就有一点怀疑这个人。因为我有一次，见她来过……她有点不自在的样子……”

“你说的是谁？”夏棠紧张地问，“谁？”

孔敬望着她，慢慢地说出了一个名字：“常雨。”

夏棠叫了起来：“你之前怎么不说？！”

“坦白说，我之前也不确定，只是隐隐有点怀疑。你们当时一副来抓杀人凶手的样子，万一常雨来，只是个巧合，我不是冤枉她了吗？”孔敬说。

他说得也不是没有道理。喻林霖狐疑地问：“就这个原因？就算这样吧，她跟任也的尸体，又有什么关系呢？”

孔敬突然地笑了一下。“我本来只当是他喝醉了，信口胡说的，没想到，他说的，居然是真的。”

这一回，所有人都紧张起来了，死死盯着他。

孔敬慢条斯理地说：“这件事，我谁都没有说过。阮裕，杀他的人，可能就是任也。”

这绝对是个大炸弹，炸得夏棠和喻林霖你看着我，我看着你，都不知道说什么好。

喻林霖呆了很久，才说：“怎么会……怎么可能？你是听谁说的？”

孔敬说：“王叔。”

王叔，就是夏棠去青岭那天，在山脚下遇到的中年大叔。

因为孔敬是个随和的人，脾气好，也乐于助人，所以，他跟青岭下面的村民关系挺好的，有时候，村民新买的电脑出了问题，如果碰到孔敬过来实习，会找他来帮忙，所以孔敬也就愈混愈熟了，尤其是王叔，特别好客，经常请孔敬在自己家里吃饭。

王叔是老光棍，老婆很早就死了，也没有儿女。他的爱好居然是玩电脑，青岭山下这个村子，也是有网络的，他还特别爱在网上看电影，但是，他电脑玩得也不是很好，有时候出了问题，孔敬会帮他弄。

这天，王叔又留他吃饭。孔敬坐在院门口看书，忽然，看到常雨的身影，在门口一闪而过。孔敬觉得十分奇怪，常雨穿着打扮，可不是平时那样，穿的是当地人很朴素的衣服，头上还包着头巾，生怕人看到的样子。

孔敬叫了一声："常雨？"

常雨就像没听到他声音一样，急匆匆地就消失在了小路了。孔敬摸着自己的头，莫名其妙地看着她消失的方向。

"小孔啊，你在干什么？"

王叔出来招呼他："快进来，吃饭了！今天杀了只鸡，炖了汤！还有从山上摘的菜,这菜新鲜得很,你们那儿可吃不到,我们这里的特产！"

孔敬跟着他进去吃饭，可是，他心里仍然在想着刚才见到的常雨。

常雨那时候，刚进云顶学院，孔敬已经在读博士了，是她的大学长了，不过常雨很用功，有些学习方面的事也会来请教他，孔敬跟常雨还算是比较相熟的了，他觉得，自己不会认错。

问题是，常雨见到他，怎么会不理不睬，转身就走？常雨虽然不算是个圆滑的人，但至少见面也会打招呼呀。

"我说，小孔，你在想什么呀，这筷子都夹到盘子外面去了？"王叔说，他的观察力可不差，虽然已经喝了好几杯白酒，说话还是很清楚。

他听孔敬讲了刚才的事，嘿嘿一笑，举着筷子，神神秘秘地凑近了孔敬。

"我告诉你，但是，你谁都不要说。这个妹子啊，她最近总神神秘秘地在这儿附近转，我怀疑，那件事情，她也有份儿呢！”

孔敬奇怪地看着喝得满脸通红的王叔：“哪件事情？什么事情？”

“那个小伙子被山上的石头砸死的事啊！”王叔说，“那石头，在山上那么多年，稳稳的，怎么会掉下来？根本就是被人撬松了！而且，一个人还撬不松，他们是好几个人，一起干的啦！”

孔敬连饭碗都差点跌掉了：“什么？什么？王叔，你怎么知道这么多？警方来调查的时候，你怎么不说？”

“我又没有看到，我只是猜的！”王叔用手指敲了敲自己的脑袋，“你别看我没读几年书，我会上网的，也看那些推理电影！我跟你说，他们那个小组，肯定有问题。他们不知道因为什么事，一起合谋，把那个小伙子给弄死了！而且，他不是被那大石砸死的，那石头掉下来的时候，他已经死了！”

孔敬愕然。

王叔又喝了一大口酒，说：“我就全部告诉你吧。我看到，那个高个子小伙子，他把一块全部是血的砖头，扔进了河里。那砖头上，真的，全部是血，还沾着人的头发！我相信，那个小伙子，一定是被砖头砸死的，后来被山上那块大石头压到，压成那样子了，所以没有人看出来。”

他又叹了口气，说：“我当时也跑去看过，头骨都全砸碎了，验尸也验不出来啊！”

孔敬当时，对他真是刮目相看了：“我说王叔，你这都快赶上柯南了！我说，你既然知道，就应该马上报警啊！要不，我现在就报警，你当证人？”

“证什么啊！”王叔大摇其头，“你这小子，比我还笨。你说，一块带血的砖头，能说明什么？你准备去河底捞砖头吗？”

王叔是个大嘴巴，尤其是喝了点小酒之后，孔敬对他是再了解不过了。所以，这个事，孔敬也是带点疑问的，并不完全相信，更不好去到处乱说。

孔敬看看夏棠，又看看喻林霖："我后来也去打听过，那一次，出事的时候，常雨也在。任也、温昊、常雨、倪皖然，他们都在。当然，还有阮裕。肯定当时发生了什么事，我确定。所以，我怀疑，常雨是想把大家都弄到青岭那些藏宝点去。但是为什么？她总要有个目的啊，不是吗？就算她想杀人，也得有目的啊。"

"我大概知道。"

有个大嗓门，在门口响了起来。这个声音，夏棠并不陌生。

章雪语。

章雪语阴沉着一张脸，站在门口。看起来，她在门外已经很久了，从头到尾，她是都听见了。

夏棠从来没有见过章雪语这个表情。章雪语一向大大咧咧的，大说大笑，可现在，她的脸上，乌云密布，眼里甚至有厌恶和憎恨的表情。

"我一直在怀疑。但是，连我自己都觉得，我的怀疑，太没有根据了，所以，只是怀疑。现在，我明白了，我都明白了！这件事，实在是太让人恶心了，我想起来，就觉得恶心，那些人，我觉得，他们真是该死的，死不足惜！"

夏棠怔怔地问："你说的他们，是指谁？"

"温昊、倪皖然、任也。"章雪语说得清晰锋利，一字一顿，"除了大家都讨厌的阮裕之外，别的人，都该死！都是魔鬼！"

孔敬突然问了一个问题，他的声音，听起来很暧昧不清。

"章雪语，你好像没有提到常雨。常雨当时是跟他们一起的。"

章雪语盯了他一眼，她的眼神却是锋利的："你说为什么呢？你跟我心里一样明白，常雨在做什么，是不是，孔学长？"

同　谋

章雪语第一次听到风声，是在一次考古系的聚会上。因为她是地质系的优等生，所以常常参加跟考古系联办的活动，章雪语大方爽朗，跟考古系的人都处得不错。

他们刚完成了一个实习的项目，就一起聚餐，吃的是海鲜自助餐，大家都吃得很兴头，酒也是随便喝的，结果，几个男生，就喝多了。他们还一个劲儿劝章雪语也喝，只可惜，章雪语从小跟着她爸喝酒，那酒量喝翻几个男生没问题，她一杯一杯地干，把几个男生都喝得眼都直了。

有几个，就跑去吐了。

章雪语也去洗手间洗把脸，她偶然一回头，看到倪皖然在花园里，扶着任也，任也看起来是刚吐过了。

“你就少喝点行不行，真是。”倪皖然喝得少，在那里抱怨，“你一喝多，就惹事，真是没酒品，喝多了就乱来。上次，你一冲动就砸了人，要不是大家一起替你遮掩，你现在还能在这儿喝酒啊？都说了，少喝点……”

“你管我呢！”任也是真喝多了，把倪皖然用力一推，“我怎么了？大家谁没去啊？还有温炅，他还不是……大家都有那个心思，都想把那东西瞒下来，不报上去，难道就我一个人了？真是……我就知道阮裕不合群，但连这种事，都，都不合群，还说，还说要揭发……他不死，谁死？啊？你说？”

“行了行了，你别说了，当心有人听到了。”倪皖然又去扶他，“我扶你去洗把脸吧！以后少喝，你一喝酒就乱说话，乱做事，这脾气坏事，什么时候能改！”

章雪语站在那里听着，她的酒劲，是一丝一毫都没有了。她是真吓着了，一股一股的寒气，在她身体里窜。

她不知道是鼓起了多少勇气，才能回到餐厅里面。原本，她是还想去吃点心和水果的，可现在，她完全一点食欲都没有了。

常雨笑着问她："你是不是喝多了？刚才还夸口呢，说你千杯不醉，是不是也跑去吐了？"

章雪语回头看着常雨。一瞬间，她觉得，面前这些人，一个比一个的遥远，遥远得她都好像不认识了。

她当然知道刚发生的那两起事故，只需要稍微一联想，她就能想明白了。

一定是任也他们在这次实习里面，发现了某种东西，具体是什么，章雪语不得而知，但是，肯定是件非常有价值的东西，以至于他们想藏起来，对考古系的学生来说，这简直是件完全违反职业道德的事，所以，阮裕坚决地反对。

本来，或者这事可以到此为止，起了贪心，也不过是一念之间，理智总能占胜贪念的。但是，从倪皖然的话里面，章雪语可以想见，就是因为任也喝完酒就会发酒疯，才失手杀了阮裕。

既然到了这地步，就再没什么道德观可以约束的了。

再可怕的事情，都可能发生了。

“从那时候起，我就开始跟常雨接近，我想知道这件事的真相。”章雪语平静地说，“可是，我觉得，常雨本性是很好的，很善良，总觉得，她应该不至于干出合伙杀人的事来，虽然她当时也在场，也是同一个小组的人，我相信我的感觉。虽然她这人说话不好听，完全不圆滑，可是，她对我很好。她真是个好人，而且，有正义感。但是，我相信，常雨对这件事，一定是知情的，甚至，她也在其中起了什么作用。”

章雪语停顿了片刻，她的声音，也有点变化了：“如果当时她确实做了不该做的事，那么，现在，她就是在为此赎罪——虽然同时也是最不能用的方式。”

夏棠觉得，自己的声音都有点打战了：“你的意思是……”

“我之前只是有一点不太清晰的感觉。”章雪语说，“直到，温昊他们一个一个地死在那青岭上面，我才明白了。如果说，任也的事，还可能只是巧合的话，在青岭上面，我就不再怀疑了。”

她的眼光，逐一地扫过面前的夏棠、喻林霖，还有孔敬。

“她是在报仇！她要把当时杀人的凶手，一个一个的杀死，不管是主谋，还是帮凶，全部杀死。”

喻林霖的声音，有点变调：“我们应该马上报警。这……这不是件小事情。……很可怕……”

夏棠困惑地问：“那苏致锦，又是怎么回事呢？”

章雪语摇了摇头：“我想，他跟常雨之间，有某种协议。苏宝锦的事，应该是另一件事，跟常雨他们的事无关。”

他们这一回来到青岭的时候，又看到了王叔。王叔还在院子里浇他的花，那九重葛，开得更多更艳了。

沈靖飞正在那里跟王叔说话，这个王叔，像是听到了，又像是没听到，就只管浇他的花，也不说话。

夏棠奇怪地看着沈靖飞，不知道他究竟跟王叔在说些什么。终于，王叔似乎是被沈靖飞给说动了，扔下了他的水壶。

“好啦，我就告诉你们吧！你这孩子，还真有耐心，磨了我这么久。”他又看了孔敬一眼，“小子，是不是你告诉他的？除了你，我可没告诉别人。”

孔敬笑着说：“我没有，你喝醉了说的话，常常都不靠谱，我才不会告诉别人，让别人来取笑我呢。”

“你小子！”王叔指着他说，“下次别想来蹭我的饭！”

沈靖飞已经不知道跟他说了多久了，夏棠看他嘴唇都干了，悄悄递给他一瓶矿泉水。

沈靖飞朝她笑了笑，催促王叔：“王叔，您就快说吧，什么事都瞒不过你的眼睛，是不？”

“这村子的事，我什么不知道呢？”沈靖飞的恭维，显然让这个王叔十分受用，有点得意地说，“我的家，位置可是最好的，这青岭下来，我这是必经之路。”

沈靖飞继续催他：“您老就讲一讲，那天晚上发生的事吧！”

孔敬叫道：“王叔，你还有没告诉我的？你这肚子里，藏了多少东西啊？“

王叔拿了把剪刀，去剪掉九重葛上的一朵稍微有一点点枯萎的花。夏棠看着他的举动，她想，这个王叔还真是个注意细节的人，那花也就边缘上有一点变色了，他都要把这朵给剪掉，看样子，他是真的很喜欢这株九重葛。

“其实，我也没看到多少啊。几个男学生，抬着一具用塑料布裹着的什么东西，我看起来，就是个人！他们把那东西，扔进河里去了！你们知道，那河，只要是夏天，丢下去，就啥都找不到呀！”

喻林霖叫了起来。“你怎么不报警？他们很可能是在处理尸体呀！”

“我哪知道。”王叔埋着头，闷闷地说，“我们这种乡下人，知道什么呀。不过，当时他们说了几句话，我倒是记得清清楚楚。”

他想了一想，复述道：“一个说，谁叫他非闹着要说出来，我也是不小心嘛！另一个说，都怪你喝多了酒！还有一个说，别说了别说了，赶快扔掉吧，谁都不会知道的，她想的办法很好，能掩饰过去的！”

沈靖飞问道："王叔，你还记得什么吗？"

王叔又想了一会儿，说："第一个说话的，又说了一句，说真奇怪，她就那么恨吗？还拿砖头把死人砸得血淋淋的,我过去看到她在那里砸，都吓死了！那血啊，溅得到处都是，吓死人了！"

王叔说得混乱不堪，但是听的人，都是听懂了。

王叔说的"三个男学生"，应该就是任也、温昊和倪皖然。任也和温昊是主犯，倪皖然算是从犯。

任也和温昊大约是喝酒喝多了，失手杀了跟他们争执的阮裕。而常雨，并没有打算为这件事报警，反而主动提出替他们掩饰，给他们想办法。从他们说的话中可以看出，常雨似乎非常憎恨阮裕，任也他们找了东西过来准备裹尸体的时候，还看到她在恶狠狠地用砖头敲击阮裕的头部，砸得头破血流。

沈靖飞说："王叔，警方会再找你要正式口供的。这个事情，你早就应该说了，不应该瞒到现在。"

王叔一听，就紧张了："这个，我不会还有责任吧？我……我早就把这事情给忘了啊！你不追问，我根本想不起来！他们，那些学生，天天在山上干这干那的，搬东西抬来抬去的，我哪里记得！"

章雪语忽然把手机拿了出来，看了一眼。她的脸上，现出了十分奇怪的表情。"是常雨的信息，她叫我去山腰上——叫我们都去。"

夏棠轻轻地笑了一下："看样子，她是打算对我们揭晓谜底了，真是非常让人期待啊。不是吗？"

常雨果然就站在山腰上，之前他们扎营的地方，她平时盘起来的头发，现在放下来了，被山风吹得飘飘的。

她面对着悬崖站着，下面就是汹涌的河。

她的脚尖，已经触到了山崖的最边缘。

站在那里，她是孤独的，整个人站得笔直，有种孤寂而凌厉的美，尤其是她的黑发飘在山风里的时候。

一看到她这个姿势，沈靖飞就紧张了。

他想靠近，常雨连头都没回，就淡淡地说了一句：“离我远一点，否则，我马上就跳下去，那样的话，你们就一辈子都别想解开这个谜了。”

沈靖飞吸了一口气，立即站住了脚，常雨并不是威胁，她如果真想跳，没有人拉得住她。

“好，你不要冲动。”

常雨回过了头，她双臂抱在胸前，长发被风吹得纠缠着，缠在她的脸上。她笑着说：“冲动？我从来都没有冲动过。除了杀死他的时候。”

夏棠本能地问：“他？你说的他，是谁？你究竟杀了几个人？”

“不管杀多少个人，我都没有你说的冲动的感觉。我是很冷静地在做的。”常雨说，“原因很简单，在我杀死阮裕的时候，我全身的血，一瞬间就像是燃烧起来了，然后就彻底地冷却了。

“真是很奇怪的感觉啊，从那个时候起，我觉得，我的血就变成冰冷的了，就算是听得到自己的心跳声，我也觉得，自己就像个死人。”

章雪语大声地问：“常雨，那天，究竟发生了什么？你跟我们讲的，到底有多少是真的？你说的你看到的事？”

常雨的眼光，飘远了：“别急，雪语，我会告诉你的，我说的第一件事是真的，第二件是假的——我是想嫁祸苏致锦，才编出了后面的事。

“那天，我确实听到了他们在吵架，但是，我原本以为是苏致锦在跟谁说话，后来我才知道，是阮裕在跟任也说话，苏致锦跟我一样听到了而已。可笑的是，我一直在怀疑苏致锦，我却不知道，那时候，任也已经起了杀心，阮裕却抢先一步，把东西藏了起来，准备明天下山叫人来一起取。

“他告诉了我地点，还笑着对我说，那地方也不算太难找，说不定下场大雨，地质系就会发现一块最漂亮的紫水晶原石了。”

她的眼睛，被她的头发挡住了，看不清她脸上的表情。

“原本他们没有打算杀阮裕的，要杀人，真的是一件需要勇气的事。他们都并不真的是有勇气的人。温昊和任也叫了阮裕一起在营地喝酒，我猜，他们想跟阮裕好好地谈谈，把东西瞒下来。那时候，我不在，他们把我支开了，所以，我其实也没看到当时他们杀人的情形，后来，听他们说，是阮裕不但不肯，还说了很多尖刻的话，任也一怒之下，借着酒意，就随时举起了身边的一块砖块，对着他的头打了过去……”

虽然她黑黑的头发遮住了脸，但是，夏棠能看到，常雨在流泪。泪水顺着她的脸颊，滑了下来。

“这一下打得不轻，阮裕满头是血地倒下了。他们的酒也吓醒了，去找塑料布了，准备把他裹起来扔到河里去——这真是一个愚蠢的想法……可是这时候，我回来了……看到满头是血的阮裕，我惊呆了……”

夏棠轻轻地说：“他还没有死，是吧？”

“哦？你怎么知道？”常雨又笑了一笑，“他还活着，但是头骨已经裂开了。他看到吓傻了的我，挣扎着对我说，他们不会放过我的。我哭着说我会救他，他说，不，杀了他，只有这样，我才能活……”

夏棠只觉得头皮发麻，一身的鸡皮疙瘩都在往外冒，她说什么也没想到，会是这样。

她终于明白了常雨说的：“阮裕是个好人”的意思。

阮裕说得没有错，杀他的人，不会放过常雨，常雨是目击证人，唯一能保全她的方法就是——让她也变成同谋。

没有比这更好的方法了！阮裕在临死之前，这灵光一闪的方法，真是高明的妙招。

“杀一个人，没有那么容易。”常雨笑着说，眼泪却纵横在她的脸上，“我知道，他说的是真的，也是唯一的办法。我已经听到他们的脚步声了，我跑不了了。可是，我手里捏着的砖头，又掉在了地上。我没办法去杀人，他还是活着的，我对他说，如果马上送医院，他可能还能活！”说到最后几个字的时候，常雨已经几乎是在嘶叫了。

夏棠呆呆地看着她，常雨的头发，覆在她的脸上，她看起来，像神话里的复仇女神。

“他也听到了。我不知道他那时候，怎么会那么清醒，难道就是传说中的回光返照？他说，活下去，常雨，活下去，我喜欢你，我没有机会说，你要活下去。就算是为了我报仇，你也要活，不能让我死得不明不白！”

没有一个人说话。所有人，都怔怔地盯着常雨。

一个字都说不出来。

常雨继续在讲述。她的声音，突然地，平静下来了，平静得几乎像是一潭死水。

“我也不知道，我哪里来的力气，突然就跳了起来。我抓起了旁边的一块砖头，用力地敲在他的头上，一下，两下，三下……他的眼睛闭上了。对，我看到，他眼睛闭上了，他甚至还在笑。笑得很心满意足的样子，好像不是死了，而是睡着了。我听到，我的背后有脚步声，我不管，我仍然握着砖头，继续，敲，敲，敲……”

几乎每个人，都被她这“逼真”的描述，惊呆了，话都说不出来。

常雨却转向了夏棠，说：“你已经想到了这一点，为什么？”

“……因为血。”夏棠低声地说，“照王叔的说法，几个男学生回来的时候，正看到他被打得‘鲜血四溅’。可是那时候，一个死人，哪怕头骨被砸碎，也没有血来‘四溅’了。所以，那时候，我就知道了，那是一个活人，正在被砸死。只不过，他们当时都很害怕，也没有相关的医学常识，所以没有想过这一点，然后，他们撬松了石头，把阮裕放在下面正对的位置，巨石就砸下来，把阮裕砸成了……”

她深深地吸了一口气：“再高明的法医，面对彻底碎裂的头骨，都是无能为力的。只不过，没有看出移尸的痕迹，只能说明他们的运气很好，在出现尸斑之前，就已经完成了。”

一片可怕的寂静。

只有呼呼的山风声，和悬崖下汹涌的河流声。

常雨站在那里，全身黑衣，就像复仇女神。

沈靖飞终于问道："你是为了替阮裕复仇，才杀了他们？"

"对，处心积虑。"常雨非常简单地说，"策划已久。从我杀死阮裕的那一天开始，我活着，就只有这一个目的。"

章雪语的声音，带了哽咽："常雨，阮裕是不希望你为他报仇的，他希望的，仅仅是你活下去。他临死前那么说，只是为了让你下得了手，他并不是真要你为他报仇的，你心里也很清楚！"

常雨望着她，眼神里闪过一丝柔和："是的，你说得对。可是，我忘不了那个晚上。他的血，第一滴，溅到我脸上的时候，我就知道，一切都不能再回头了。"

月光下的复仇女神，黑发在山风里飘扬。

手里紧紧地抓着一块青砖，一下，一下，砸在身边的男孩子头顶上，直到头骨破裂，头破血流。

"月光把我的影子，映在后面的山壁上。"常雨指着旁边一块长满青苔的石壁，一边笑，一边流泪，"就是这里。我每次来到这里，都会看上一眼。好像，我总觉得，当时那个影子，就是我举着砖头，砸死他的影子，就印在了石壁上。以后，来这里的人，都会看到，看到我杀死了他。"

章雪语的眼泪，无法控制地掉了下来，成串成串："没有，石壁上什么都没有。你回头看看，什么都没有，真的。只是幻觉，常雨，是你的幻觉。"

"对啊，只是幻觉。"常雨笑着说，"可是，会永远印在我心上，雪语，永远！我过不了我自己这一关的，我永远都会记得，他的血溅在我的脸上，那滚烫到要烧起来的感觉。那一瞬间，我的心脏，好像都要冲破我的胸膛，跳出来——然后，血就冷了。"

我听得到我的心跳。可是，血却是冰冷的。

再不沸腾。再不燃烧。

从那一刻，我就跟着死了。

不知不觉，夏棠的泪，也跟着下来了。她不由自主地跟着常雨指的方向，去看那块光滑的石壁。

什么都没有。本来也不会有。

这是最恐怖的杀人凶手的自诉。

“你是怎么杀他们的？你一个人，恐怕有困难吧？我能想象，你是把倪皖然的尸体分尸，然后藏在温昊的登山包里面。但是，这件事，总得有温昊帮忙，不是吗？你是怎么说动他的？他就不怕被人发现吗？”

沈靖飞终于打破了这片恐怖的静默。看来，他还是最理智的一个。

常雨耸了耸肩，说：“甘雁对我没有戒心，我杀她轻而易举，用特制的锯子把她锯开，模仿野狼咬的伤口，也轻而易举，考古系的女生，什么粗活重活都能干。温昊在我的怂恿下，杀了倪皓然，又把他的尸体背走烧掉了。

“但是，杀温昊，我觉得很吃力，真的很吃力，他戒心很重，个子又大，我实在是很没有把握。所以，我告诉温昊，我想起来了，阮裕在当天，曾经到过什么地方，他一定是把东西藏在那里了，温昊爬上去了，然后，他的手，被沾了氰化钾的针刺穿了。”

沈靖飞问：“你是怎么说服温昊帮你弄氰化钾的？”

“我说，在我们中间，总会有些人可能出卖我们。倪皓然从任也死的时候，就开始害怕，甘雁死在青岭上，他更害怕。”常雨笑着说，“我一直在提醒温昊这一点，所以，他最后才会毫不犹豫地杀了倪皖然啊。只要杀过人，就不会再怕杀人了，这一点，我想，我们每一个人，都差不多，而且，杀人凶手都往往很自信，自信他们可以再一次杀人，而瞒天过海，不被揭穿的。”

“你仍然在回避我的问题，常雨。”沈靖飞望着她，说，“苏致锦，他也是你的帮凶，是吧？很多事，你一个人没办法完成的！”

常雨笑了笑，她的黑发，被风吹得覆盖在她的脸上，遮住了她的眼睛。她回过头，说："不是，他不是我的帮凶。我说过，是我一个人干的。"

苏致锦从树林里面走了出来。夏棠每次突然地见到他，总觉得，他虽然好看，但实在是太苍白了，苍白得就像是有什么病一样。

"我在等你的回答呢，常雨。你答应过我的。"

常雨低下了头，夏棠依稀地看到，常雨嘴角泛起的一丝古怪的笑意，"苏致锦，你就没有听过一句话吗？"

苏致锦问："什么？"

"九重葛太艳，艳得有些病态了。这样的花下面，往往埋藏着尸体。"常雨微笑地说，"这话，你就不知道吗？"

"馨园下面的，埋的并不是我姐姐的尸体。"苏致锦说，"而是任也的尸体。我真没想到，你会把他埋在那里。"

"他们以为把他扔进了河里就万事大吉了，可我不想这么做。"常雨说，"我想留下这具尸体当作证据。我对青岭，实在是太熟，所以我指示他们扔的地点，是我能找回来的地方。我后来把任也的尸体找了回来，分尸之后，装在登山包里，带到了云顶学院。"

她的声音，变得有点朦胧而阴森："所以，那株原本要死了的九重葛，就在青石板的间隙里，生根，发芽，开花了。开得那么明艳。就像我把他埋下去的那天晚上，我在馨园看到的晚霞。"

常雨的语调，更柔和了几分："云顶学院，真是个美丽的地方。我真想，再多在那里待那么一段时间。"

苏致锦说："你仍然没有回答我的问题。你答应过我的。"

常雨笑了，摇了摇头："我已经告诉过你了，我说的是实话。她就在九重葛的下面，就在你们的面前。你们在青岭来来回回，常常看到她，却——没有人发现她。眉毛就在眼睛上面，你们却永远看不见。"

苏致锦盯着她，没有说话。

常雨又朝后退了半步。沈靖飞紧张到了极点，又向前了一步，叫道：

"常雨，别这样！这件事，是有原因的，你可以……"

"请个律师吗？为我辩护吗？"常雨打断了他，"不，没有必要。"

"有必要！"沈靖飞高声地说，"你有理由，你可以为自己申辩……"

常雨反问："那甘雁呢？我用各种方法，威胁利诱，让她帮我做调换地图和破坏无线电的事，我不能让她说出来，所以，我把她杀了，她是无辜的，也是冤枉的。这一点，你准备怎么给我找理由？"

"……我想问你，你为什么一定要把杀人舞台安排在青岭？"沈靖飞问，"你大可不必搞这么麻烦，以你跟他们的熟悉程度，你可以在任何地方杀人！"

"我就是要他们死在这里。阮裕和我，在那天夜里，都一起死在这里了。所以，他们也要死在这里。这是个好地方，没有比这里更合适的了。

"沈靖飞，在云顶学院，要一个个地杀人，并不容易，到处都是眼睛，谁都在看着你。这里——除了不会说话的山石和树木，就什么都没有了，我觉得，十分安心。"

常雨微笑着，她的眼光，停留在章雪语的身上。

"谢谢，雪语，谢谢你为我所做的一切。你是我这辈子，除了阮裕之外，唯一的一个朋友，就算我死了，我也不会忘记你的。"

喻林霖发出了一声惊叫，她闭上了眼睛，不愿意再看。

夏棠就那么看着，看着常雨后退了一步，她就那样跳下了悬崖。她穿了一身黑，就像是一朵乌云，飘了下去，被滔滔的河水，迅速地吞没了。

漩涡和暗流。

她的尸体永远不会被找到的，就留在这下面，深深的河底，与水草纠缠在一起，腐烂在河底的淤泥里。

章雪语发出了一声狂叫，她捂住了嘴，眼泪涌了出来。

"我是觉得她不对劲儿……尤其是这次寻宝之前……青岭上，我已经有所察觉，她支开我，然后，就发现了甘雁的尸体……可是，我没有说……因为，我想，她一定有她的原因……不得不那么做的原因……"

沈靖飞长久地站在悬崖边，望着下面汹涌的河水。

过了很久，他回过头来，对章雪语说："刚才的话，你就永远埋在你心底吧。从阮裕死那天开始，常雨这个人也不存在了，就像她所说那样，即使她听得到自己的心跳，感受得到她血液的温度，她仍然是个死人。如果她活着，大概就只在你的心里面。"

夏棠微微地震动了一下，喻林霖说："你怎么了？"

"没什么。"夏棠茫然地说，"我就是突然在想，如果跟常雨相反的话，一个人，一直认为自己是真真实实地活在这个世界上的，突然，她发现，根本不是这样。她原本就是个虚假的存在……如果这样的话，会怎么样？"

喻林霖注视着她："你问了一个很奇怪的问题，棠儿，让人听不明白。"

夏棠淡淡地笑了一笑："哦，林霖，我只是在随便发点感慨而已。"

尾　声

九重葛，又被连根铲了起来。

只不过，这一次不是在云顶学院的馨园，而是在青岭下面，王叔的屋子前面。

那个王叔，并没有什么惊慌的表示，他只是站在那里，笑着，看着九重葛从自己的花园里被挖起来。

可是，他的笑容却那么奇怪，让夏棠看在眼里，不寒而栗，他笑得，并不太像是一个正常的人。

警方在他的家里面，找到了各种奇怪的东西。他的电脑里面，藏了大量的色情电影，以及一些著名的案件的资料。看起来，这个王叔，喜欢的一是色情片，二是变态杀人案，他保存了大量的这类影片。

孔敬沉默地站在旁边，一言不发。

夏棠问："你知道？"

"我帮他修过电脑，他不太懂。"孔敬说，"我扫到过一点他保存的影片，但是，我没有放在心上。我根本没有去联想，毕竟，他打了一辈子光棍，看点这些，也不是特别不正常的事……我从来没想到过……"

喻林霖冷冷地说："你跟一个杀人凶手当了这么多年朋友。他居然没把你杀了，倒是让人意外得很。"

孔敬打了个寒噤。

“有发现！过来看！”挖的人在叫，夏棠也跑了过去。

她倒抽了一口凉气。

一具被塑料薄膜包着的女尸，静静地躺在花根处。透过那塑料布，依稀地可以看到她的脸。

好美丽的一张脸，眼睛居然还是睁着的，像还是活着的，水盈盈的，看着人，眼珠好像还会转动。

夏棠不自觉地回头看苏致锦。苏致锦跟他姐姐，长得是真像，一瞬间，夏棠都产生错觉了。

沈靖飞盯着王叔，说：“是你杀了她。”

“对啊。”王叔戴着手铐，却一点没有害怕的表示，依然笑嘻嘻地说，“那天夜里，我就看到她了，很快地从山上跑了下来。她一个人，旁边一个人也没有，很安静，那天特别的安静，我突然兴起了一个念头，如果，我把她藏在我自己家里，她就永远跟我在一起了。”

沈靖飞问：“那是几点？”

“不到十一点。”王叔说，“如果到了十一点，就会有人跟我一起守夜，我就不能把她悄悄地藏在我家里了。”

他咧开嘴，继续笑，笑得非常欢愉的样子。

“我把她藏在了我家院子里。那儿，就在这里，埋在土里，然后种上了跟她名字很像的花。这花，开得真鲜艳，就像她一样鲜艳。她真漂亮，我第一次看到她到这里来，我就藏在窗户后面，偷偷地看——她终于属于我了，这么美丽的女孩子，就像花一样……”

沈靖飞实在听不下去了，大喝一声：“还有人想听他胡说八道吗？带走！”

警车走了。

苏致锦走到了九重葛下面，那些被连根拔出来的花，还开着，还没有谢。

他凝视着苏宝锦依然美丽的脸，发出了一声长长的叹息："我能感到，她在花下面，可是，我万万没有想到，她在这里。"

喻林霖回头望着孔敬："你的直觉，倒是比谁都正确。"

孔敬只能报以苦笑。

夏棠问苏致锦："她究竟要去哪里？究竟一个人跑下山要干什么？你现在总可以说了吧？"

"……不能。"苏致锦的笑容，像个难解的谜，"我也不知道。所以，我什么都不能告诉你。"

喻林霖声音更冷："就算常雨那么说了，你也不可能逃避责任的。你还是会被起诉，苏致锦，你就是她的帮凶。"

"哦？是吗？"苏致锦笑，"那，拿出证据来吧。只要有证据，我会认罪，可是，没有证据，你能拿我怎么办呢？"

夏棠定定地注视着他。

就像是第一次遇到苏致锦的时候，那些花，紫红的，浓艳如晚霞，在他背后开放，衬得他的脸，苍白秀雅到出奇。

馨园里，不再有九重葛了。那些被敲碎的青石板，又被拼了回去，完全看不出这里曾经有花存在的痕迹了。

夏棠捡起了一朵花，这是夹在石头缝里的，已经完全凋谢了，像纸片，非常黯淡的红色，都接近泥土的颜色了。

"这里已经没有秘密了，你还要来这里散步？"

夏棠回过头，是苏致锦。她望着苏致锦，又重复地问了那个问题。

"苏宝锦，她到底要去哪里？你扮演了什么角色？这里，只有你和我两个人。花不会说话，树也不会说话，墙更不会说话，我只是想知道这个谜底。"

"你是个好奇心很强的女孩，夏棠。"苏致锦淡淡地笑着说，"你说得对，馨园的一切，都不会说话。你想得太多了，你们都是这样，把简单的事想复杂了。

“我的姐姐，并不是一个像你这么单纯的女孩子，夏棠，你是千金小姐，从小就被所有人宠着长大，你不懂的事情太多了。我不怪她，也愿意帮她，因为她真的曾经很苦，为了我和她可以长大成人，她做了很多不愿意做的事。不管怎么样，对我这个弟弟，她是付出了很多，我为了她，也可以做很多事。”

苏宝锦偷了东西，而且打算从此远走高飞，改名换姓，摆脱她家庭的原罪。

“我姐姐要我帮她的忙，我帮了。你看到了，我跟她长得非常像，在夜色里，树影的下面，就算是你哥哥，远远瞟一眼也分不出来。

“她在你哥哥一走开之后，就马上溜走了，带着她要的东西，而我，在他们面前出现之后，藏在山里，第二天才又出现的——大家都以为，我是赶来找我姐姐的。可是，我却没想到，她会一去不见踪影。

“我以为，过段时间，她会跟我联系的，可是……我不相信，她会抛下我。她从来做什么事情，都会先考虑我的，包括这件事……所以，我认定，她一定是死了……”

青岭，大家都以为，已经没有什么东西可挖了。

该挖的，早已经被挖干净了，不是的，其实不是的，苏宝锦就在里面发现了好东西，但是，东西都是有件数可查的，她实在没有办法把这东西偷偷带走，一旦送回学院考古系，这东西就马上会被发现真正的价值。

外面是个陶壳子，里面却是一件水晶的器皿。紫水晶。在古代，是很少有水晶器皿的，这是件国宝级的宝贝。

苏宝锦起了贪念，也是邪念。

“这是在紫水晶原石里面的窟窿发现的。温昊就是为了拿这个，才会手被毒针刺穿。毒针就卡在壶嘴上，正对着外面。他一伸手去拿，一定会被毒针戳伤。氰化钾的毒性，不需要我对你说明，棠儿。”

沈靖飞把那件水晶器皿放在她面前的时候，夏棠眼都直了。漂亮极了，晶莹的葡萄紫，雕成一个壶的形状，刻满花纹，上面还覆盖着一些碎陶片，当年那个人，用这种方法把它偷偷地藏在窑里面，可能是为了躲避战火。王叔不是个无知的人，不应该不知道这东西的价值，他却放回了原处，又埋了起来，结果，又被任也发现了，然后又引出了更疯狂的一串血案。

夏棠问："他为什么要放回去？他不知道这东西很贵重吗？"

"他说他知道。"沈靖飞说，"他说，他一辈子都在青岭，他怎么会不知道那是什么东西，可是，他没有兴趣。如果是以前，他也许会卖掉它，离开青岭，可是，现在他不会了，他就想在这里，永远地守着九重葛下面的苏宝锦，看她美丽的面孔。哦，他是在那些电影和资料里面，学会怎么给尸体防腐的，你别说，还做得真好，比专业的还强！"

夏棠苦笑地说："常雨不也很厉害吗，把任也的尸体做得跟木乃伊差不多？不愧是学考古的高才生。"

"考古系和地质系现在都发疯了，又开始疯狂地在青岭挖宝了。"沈靖飞嘴角也带着个有点无奈的笑意，"明明是个实习基地，结果现在发现居然还真有宝。大家能不兴奋吗？这个虚假的寻宝活动，最后却弄假成真了，真是挺讽刺的。青岭这一回，又会被挖得千疮百孔了！"

九重葛下面，的确有秘密。常雨的冰冷的恨意，苏致锦一定要找出答案的固执，都藏在那里。

夏棠还记得孔敬的话，孔敬说，每次他站在青岭下面，总觉得，苏宝锦就在看着他。

也许吧。

孔敬经常在王叔家里，也许他无意间，已经注意到了某些东西，只是他并不够有想象力，他不能把种种蛛丝马迹联想到一起而已。

当然，也可能，这个世界上，本来就存在着某些未知的东西。他确实，感受到了苏宝锦的存在。

因为，苏宝锦曾经离他那么近。他在王叔家的院子吃饭的时候，苏宝锦甚至就在他的脚下。

参加寻宝活动的人，最后“巧合”地就是他们这几个人，世上哪有这样的巧合。常雨究竟是怎么说服了孔敬，孔敬是永远不会告诉他们的。也许，常雨仍然是用苏宝锦的下落来做诱饵的，这是她的撒手锏，夏棠依稀能感觉到，孔敬是喜欢苏宝锦的。

给夏芾的信息，可能是来自苏致锦。苏致锦确实是怀疑过夏芾的，而夏芾，一是为了弄清真相，二是为了证明自己清白，又叫上了喻林霖和夏棠。

他心里没鬼，但是他知道，这一行人里面，肯定有人心里有鬼。

夏棠问苏致锦：“你为什么不肯把真情告诉我们？这对你，并没有什么损害。”

“她死了，可是，她在人们心里都是个美丽可爱的形象。”苏致锦说，“那是我的姐姐，我想维护她的形象，就是这么简单，你们想复杂了。你哥哥，不也一样不愿意说她的坏话吗？虽然她对你哥哥动机不纯，虽然他们交往的时间并不长，但是，你哥哥也不肯多说的。”

“那你为什么要告诉我？”夏棠问。

苏致锦笑了笑：“因为你善良。”

他转身要走，夏棠又叫了一声：“任也是怎么死的？是你推他下悬崖的吗？是你吗？那天晚上，只有你跟他在一起啊！常雨又是怎么知道你姐姐的下落的？”

苏致锦沉默了很久：“王叔说，他常常看到常雨在附近窜。可是，相应的，常雨也看到了，他那个时候——就是我姐姐死的时候，他在那里，种起一株九重葛，让这花，爬满了他的院子。他做了跟常雨一样的事，或者说，常雨无意识地模仿了他。”

夏棠锲而不舍地继续问：“你还是没有回答我别的问题！”

“除了常雨，还有谁说过，阮裕是个好人的？”苏致锦反问她。

你。

就是你，苏致锦。

你是想为阮裕复仇的。

你跟常雨都是杀人凶手。

这些话，夏棠已经不用再说出来。

苏致锦已经等于承认了。

苏致锦注视着她。他的眼里，露出了淡淡的笑意。

“夏棠，他的尸体，就跟常雨一样，埋在河底，再也挖不出来了，所以，注重实际的你，永远看不到他的尸体，你也不会知道，他是怎么死的。他死了，为自己的错事，付过代价，就结束了。”

他微微地偏过头，眼里流露出淡淡的哀伤：“曾经，我也以为，任也是个好人。我相信他。可是，他杀阮裕，我是知情的，这种感觉，你不会懂。这就是为什么任也是跟我在一起的时候，死去的原因，你明白了吗？”

夏棠听不太懂。

沈靖飞听了她的转述，说：“照这么说，可能是常雨和苏致锦共同设下的陷阱，让任也失足摔下去的。可是，如他所说，我们永远找不到证据了。”

“那警方会放过他吗？”夏棠问，“没有证据？”

沈靖飞看了她一眼。“你知道吗，为什么苏致锦这么容易生病发烧，身体这么弱？”

“为什么？”夏棠问。

“他有病。”沈靖飞说，“白血病里很严重的一种。苏宝锦那么做，我想，也是为了他吧，他们姐弟相依为命，感情很深。”

夏棠低下了头，她终于明白，为什么苏致锦看起来总是那么苍白了，“我会找我伯伯帮忙，云顶学院对治这个病，还是很有经验的。”

“那也要看他本人有没有这个兴趣治。”沈靖飞说，“你认为，他看起来，是还想活的样子吗？如你所言，云顶学院不缺资金，也不缺技术要治他的病，不是没可能，可他根本就在隐瞒他的病。”

夏棠无言以对。

这回，沈靖飞带了一束海棠，送给她。

“唉，你一给我送花，就表示你又要走了。”夏棠笑着接了过来，“上次你走的时候，送了我一束不应该在冬天开的海棠。这一次，已经到了海棠花开的季节了。”

“你如果穿白色的晚礼裙，头上戴一朵这样的海棠，再配上你那串红宝石项链，一定会很美。”沈靖飞说。

夏棠略微地有点惊异：“你还记得我的红宝石？”

“星光红宝石。那么美，只要看过一次，就绝不会忘。”沈靖飞笑着说，“如果你参加舞会，可一定要像我说的这么打扮。还有，你的第一支舞，要跟我跳哦。”

夏棠笑着点头，虽然她觉得，自己这么做是不是太不够矜持了。“好。就是不知道云顶学院什么时候会开舞会呢，至少最近没有这样的计划。”

沈靖飞朝她眨了眨眼睛：“放心，不会太久的，我相信。”

——全文完——

后 记

《九重葛的秘密》。

这个故事完全起源于九重葛这种花。

它有很多名字，最常见的应该是“三角梅”。而“九重葛”这个名字，却是诗意极了，光是听在耳里，就有种缠绵不断的感觉。

这是种极其常见的花，而且也很好养活。种得好的话，就是紫红色的一大片，倾泻而下——我从第一眼见到这种花，就不由自主地联想——在九重葛的下面，会埋着尸体。

我本人并不相信神鬼之说，在这个方面，我跟夏棠一样，认为只有尸体是最诚实的，既不会说谎，也不会骗人。但是我绝对承认，有种东西叫作“气氛”。九重葛就有这样的“气氛”。它总给我一种开到极艳马上要凋残的感觉，那种“下面埋着尸体”的感觉，也真是不由自主产生的，我每次看到，真会不受控制地这么想。

《九重葛的秘密》是《云顶学院》系列五本中，构思最晚的，但却出乎意料地，最贴合这个系列的气氛，也让我决定了，这个系列的每一本，都要跟一种花（红枫虽然不是花，但具有花的意境，也算是吧）相关。每一个故事的气氛，都跟这一种花息息相关，或者凄艳，或者幽怨，或者苦涩无望……

缺乏“气氛”的只有女主夏棠。

只有她冷静客观得与所有人都格格不入。

沈靖飞在这一集的最后，送给她一束海棠，并对她说，如果她参加舞会，头发上簪一朵海棠，一定会很美丽。大概所有人都认为，夏棠名字的意思，就是夏天盛放的海棠，包括她珍爱的红宝石项链也是海棠花形——其实并不是这样。

这个答案，就跟夏棠那个重复出现的奇怪的梦一样，一直跟着这个系列走，直到最后揭晓谜底的时候，才会一同浮出水面。

读者们可以猜一猜，夏棠名字里面的“棠”，究竟是哪一种花。那种花，才是她的代言者，才象征着真正的夏棠。她是我书里最特别的女主角，称得上独一无二。

小提示：夏棠的名字，得跟她的哥哥夏芾放在一起看。

原《噬魂师之印》《彼岸花之殇》全新再版！

第一话　红朱恨

第二话　千年之吻

第三话　古城幽魂

有着奇特生辰八字的导游杜润秋，遇到了两个神秘女孩——丹朱和晓霜，开始了步步惊魂的前世追寻之旅。深山灵湖，大漠戈壁，与世隔绝的竹林村寨，楼兰古国的遗迹……在旅程中，他们总会碰上各种各样诡异无比的事，然后一步一步地接近真相。

杜润秋开始觉得害怕，他有种不祥的预感，也许会有那么一天，他将不能全身而退，因为他已经陷得太深，无法自拔！

也许从一开始，他就是那两个身份神秘的女孩捕猎的对象，只是，爱情的萌生，从来都由不得自己。他爱她们中间的哪一个？她们对他，又是否有一点点的真情？

第12夜：埃及神庙之谜

程启思收到前女友曲琬一封古怪的来信。曲琬在埃及随同考古学家李教授从事考古工作，最近似乎相当困扰，急切地希望程启思去一趟。

长达五千年历史之久的大墓地，数以百计的殉葬人群，都给阿拜多斯蒙上了一层悠长的暗影。狗头的死亡之神阿努比斯的脚印，石棺里突然出现的女性木乃伊，“献祭之夜”李教授的神秘死亡，留在石棺上的“灯心草”血字……每个人都被笼罩在神庙诡异的气氛之中，迷失在古老的黑暗里。

从几千年前开始，就作为死亡圣地而存在的古埃及神庙，真的藏着诅咒吗？